료마가 간다
1
시바 료타로/박재희 옮김

동서문화사

폭풍속을 달리는 료마
시바 료타로

역사의 기적

사카모토 료마(坂本龍馬)는 메이지유신 역사의 기적이라고 한다.

분명 그랬을 것이다. 같은 시대에 활약한 소위 영웅호걸들은 그 시대적 제약에 의해 몇 가지 유형으로 나눌 수가 있다. 특수형이라 일컬어진 다카스기 신사쿠(高杉晋作)도 그것은 성격이지 사상까지 특수형은 아니었다.

료마만이 특수형이다.

질풍노도의 사람 료마 같은 유형은 막부 끝무렵 유신시대에 살았던 몇 천 명의 지사들 중에서 한 사람도 그 유례를 찾아볼 수가 없다. 일본 역사가 사카모토 료마를 가졌다는 것은 그것 자체가 기적이었다. 왜냐하면 하늘이 이 기적 같은 인물을 내리지 않았던들 역사가 달라졌을는지 모르기 때문이다.

나는 어렸을 적부터 그런 것을 생각하고 있었다. 신문기자를 지낼 때 조금씩 자료를 모으기 시작했다.

"사쓰마 조슈 연합, 대정봉환(大政奉還), 그건 모두 료마 혼자서 한 일이야."

가쓰 가이슈(勝海舟)는 그렇게 말했다.

물론 역사란 그런 것이 아니다. 료마 혼자서 해낼 수 있는 일도 아니지만 료마가 없었더라면 사태는 달라졌을 것이다.

그 료마가 지니고 있는 어느 부분이 그것을 해냈는가.

또 한 인간이 지니고 있는 매력은 역사에 어떻게 참가해 가는 것일까.

그리고 그런 료마의 인간상이 어떻게 해서 완성되어 가고, 주위 사람들은 그것을 어떻게 보았는가.

그러한 것에 흥미를 가졌다.

언젠가 그것을 소설로 써야겠다고 생각하면서 세월을 보냈다.

태평양을 건넌 한 통의 기록

내가 마침내 이 작품을 쓰기 시작한 것이 1962년 초여름부터였다. 그런데 우연하게도 십 년 이상 내가 몸을 담았던 신문사에 이 소설을 연재하게 되어 나에게 커다란 감동을 주었다.

나 같은 사람의 소설이 이처럼 읽혔던 예는 일찍이 없다.

나다니기를 좋아하지 않는 나이지만 료마의 인간상을 확인하기 위해 될 수 있는 대로 많이 돌아다녔다.

많은 사람들로부터 가르침도 받았지만 취재여행 중에 나는 많은

행운도 만났다.

료마가 지바(千葉) 가문에서 받은 호쿠신 일도류(北辰一刀流)의 인증서에 대한 기록 한 권을 볼 수 있었던 것도 그 중의 한 가지이다.

그 기록은 메이지 이후 그의 친척들 사이에서 전전하다가, 마침내 1926년 그 마지막 소유자가 미국으로 건너가면서 그곳으로 함께 가져갔다.

이 소설을 시작할 무렵, 때마침 그 소유자와 관련 있는 부인이 귀국하여 고치 현청(高和縣廳)을 찾아와 이렇게 말하며 그것의 영구 보관을 위탁했다.

"저희들은 필요 없는 것이기 때문에……."

현청에 다른 자료를 보기 위해 들렀던 나는 우연히 그것을 보게 되었다. 이런 이상한 인연에 나는 놀랐다.

료마라는 사람은 어릴 때부터 태평양을 건너보고 싶다고 염원했다. 그 혼백이 한 권의 기록에 담기어 바다를 건넜구나 하는 생각이 들었다.

아니, 기록 같은 것은 아무래도 좋다. 료마는 살아 있다. 일본 역사가 있는 한 영원히 살 것이다. 그것을 느낀 나는 내 심정을 소설로 썼다. 이것도 하나의 행복이라 할 수 있을 것이다.

불타라! 칼이여

한 노인이 있었다.

양철 가게를 하고 있는 아들에게 몸을 의탁하고 있었는데 드디어 노쇠하여 죽게 되었을 때 말했다.

"참회를 하고 싶다."

노인의 이름은 와타나베 이치로(渡邊一郞)라고 한다. 옛 막부시대에는 와타나베 아쓰시(篤)라고 하며 교토의 야나기반바 아야코지(柳馬場綾小路)에서 류신 관(柳心館)이라는 도장을 내고 있던 일도류 검객이었다. 유신 후에는 교토 부립 제일중학과 경찰, 재향군인회 등에서 검술을 가르쳤다.

그가 참회하고 싶다고 말한 것은 1915년 8월 초순께였다. 가족과 지인들을 머리맡에 불러 놓고 일전의 교토〈히노데신문(日出新聞)〉기사를 보았느냐고 했다. 그 기사란 사카모토 료마의 혈연자가 교토 대학에 입학했다는 기사였다.

"그 사카모토씨를 암살한 게 바로 나다. 평생토록 속이려고 했는데, 그 기사를 읽고 윤회의 무서움을 알았다. 이걸 털어놓고 깨끗이 이 세상을 떠나고 싶다."

와타나베 노인은 이렇게 말했다.

이 이야기의 내용이 1915년 8월 5일 목요일자 〈아사히신문〉의 11면에 나와 있다. 그 표제는 이러했다.

'사카모토 료마를 살해한 노검객, 회한의 정에 사무쳐 사망'

이 참회담은 노인의 기억이 잘못된 탓인지 앞뒤가 맞지 않은 점이 많아 좋은 자료가 되기는 어렵다. 아무튼 료마 암살사건의 씨과는

1915년까지 계속되었다. 그러나 여전히 하수인이 누구였는지는 정확히 모른다.

처음에는 신센조(新選組)의 소행으로 보았다. 다니 간조(谷干城) 등은 평생토록 그렇게 믿었다. 다니 간조는 도사 번(土佐藩)의 상급 무사 다니 모리베(谷守部)를 말하는 것인데, 뒷날 세이난 전쟁(西南戰爭) 때 구마모토 진대사령관(熊本鎭臺司令官)으로서 사이고 군(西鄕軍)의 공격을 막았던 인물이다.

다니는 사건 발생 당시 가장 빨리 현장으로 달려간 한 사람이었다. 이어 가와라 거리 번저, 육원대에서도 사람들이 달려왔는데, 그 중에는 신센조 참모로 있다가 탈퇴하여 고다이 사(高臺寺) 겟신 원(月眞院)에서 동지들과 함께 있던 이토 가시타로(伊東甲子太郎)도 왔다. 현장에는 범인이 버린 물건이 있었다.

남빛 칼집이었다.

"이 칼집은 본 기억이 있다. 신센조의 하라다 사노스케(原田左之助) 것이 틀림없어."

이토는 그렇게 증언했다. 그 말을 듣고 보니 모두들 지피는 데가 있었다. 중상을 입은 나카오카(中岡)가 다니 등에게 말한 바에 의하면, 범인 하나가 심한 시코쿠 사투리, 특히 이요(伊豫)에서 잘 쓰는 사투리를 쓰며 쳐들어왔다는 것이다. 하라다는 이요 사람이다.

신센조라는 증거는 현장에 버려진 게다짝이다. 그것에 호리병박 모양 속에 정(亭)자가 새겨져 있다. 이것은 본토 거리(先斗町)에 있

는 히사고 정(瓢亭)의 것이었다. 히사고 정에는 신센조 사람들이 자주 드나들었다.

그래서 다니 간조는 그 두 가지를 증거로 삼아 막부 각료 나가이 나오무네(永井尚志)에게 항의, 진상을 조사하도록 요청했다. 나가이는 즉각 신센조 국장 곤도 이사미(近藤勇)를 불러 문책했다.

"모릅니다."

이 말만 할 뿐이었다.

그러나 도사 번 측은 끝까지 의심을 하고 신센조와 싸워도 좋다는 소동이 벌어졌다.

기쿠야(菊屋)의 미네키치(峰吉)도 목숨을 걸고 수사에 나섰다. 이 소년은 그날 밤 닭고기를 사러 심부름을 나갔던 것인데, 닭고기를 사가지고 돌아와서 비로소 그 변을 알았다. 그 뒤 안장 없는 말을 타고 시라카와 마을의 육원대(陸援隊)까지 가서 급보를 전했고, 범인 수사 때도 떡장수로 변장하여 후도도 마을(不動堂村)의 신센조 주재소에 접근하여 정보를 얻기도 했다.

그러는 동안 기슈 번(紀州藩)의 집사 미우라 규타로(三浦休太郎)가 수상하다는 유력한 정보가 있었다. 미우라가 이로하마루 침몰사건으로 료마에게 야단맞은 것을 원한으로 여겨 신센조를 선동하여 료마를 치게 했다는 것이다.

수사를 계속하는 동안에 미우라의 호위를 신센조가 맡고 있다는 사실이 알려졌다.

"틀림없다."

무쓰 요노스케(陸奧陽之助)가 중심이 되어 해원대(海援隊)에서 습격대를 모집했다. 열 명의 동조자를 얻었다. 이 중에는 메이지의 자유사상가인 오에 마사루(大江卓) 같은 사람도 있었다.

12월 7일 밤 9시, 그들은 눈을 밟아 가며 아부라고지 하나야 거리(油小路花屋町)의 덴마야(天滿屋)를 습격했다. 그때 마침 미우라는 신센조의 사이토 하지메(齋藤一), 오이시 구와지로(大石楚次郎), 나카무라 고지로(中村小次郎), 쥬죠 쓰네하치로(中條常八郎), 우메도 가쓰노신(梅戶勝之進), 아리도시 간고(蟻通勘吾), 후나쓰 가마타로(船津鎌太郎), 마에노 고로(前野五郎), 이치무라 다이사부로(市村大三郎), 미야카와 신키치(宮川信吉) 등과 술을 마시고 있었다.

무쓰 일행 11명은 그 덴마야 2층으로 쳐들어갔는데 격투 끝에 미우라를 죽인 줄만 알고 철수했다. 습격측은 도쓰가와(十津川)의 향사 나카이 쇼고로(中井庄五郎)가 즉사했고, 신센조측은 곤도 이사미의 친척인 미야카와 신키치가 즉사하고 그밖에 부상은 없었다. 그러나 미우라의 기습 번사 무리들은 3명이 죽고 3명이 부상을 입었다. 그런데 이 미우라도 사건과는 전혀 관계가 없다는 것을 나중에야 알았다.

신센조의 경우 이 료마 사건으로 오히려 피해자 입장에 서게 되었다 해도 과언이 아닐 것이다.

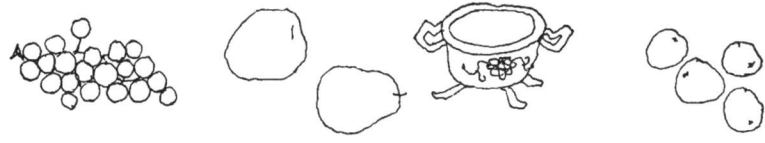

 사건 발생 뒤 얼마 되지 않아서 도바 후시미(島羽伏見)의 싸움이 벌어져 도사 번은 나카센도(中仙道) 진압군의 선봉이 되어 이다가키 다이스케(坂垣退助)를 총사령관으로 하여 간토(關東)로 들어가 곤도 이사미의 항복을 받아냈다.
 이때도 도사 번은 곤도를 심문하여 집요하게 꾸짖었다.
 "범인은 당신이 틀림없다."
 곤도는 끝까지 부정했으나 도사 번 측은 듣지 않았다. 마침내 이타바시(板橋) 형장에서 곤도의 목을 쳐, 그 목을 교토에 보내어 산조 대교(三條大橋)에 효수했다.
 군대 관습으로 볼 때, 곤도는 비록 적이지만 하나의 부대장으로서 대우를 해줘야 했으므로 그의 죽음은 할복이어야만 했다. 그런데 목을 베거나 효수를 한다는 것은 너무 지나친 처사였다. 그러나 료마를 잃은 도사 번 측으로서는 그것으로도 감정이 풀리지 않았던 모양이다.
 유신 후에도 신정부의 순찰대에선 계속 범인 수사를 했다. 메이지 이전 칼부림 사태를 신정부가 전력을 다하여 수사한 것은 료마의 경우밖에 없다.

 신센조에서 검술로 이름난 오이시 구와지로는 고슈(甲州)에서 막부군 재기의 거사가 무너지자 이다바시에서 포박되었다. 그때 이렇게 진술했다.

"료마 암살은 신센조의 소행이 아니라 순찰대의 짓이오. 사건이 있던 이튿날 곤도 이사미가, 용맹한 료마를 죽인 순찰대의 이마이 노부오, 다카하시 아무개의 활약은 참으로 칭찬할 만하다고 하던 것을 들은 적이 있소. 이 기억은 틀림없소."
이 오이시의 입에서 처음으로 범인의 조직 이름과 고유명사가 나왔다.
순찰대는 막부가 신센조를 설치한 다음해인 겐지(元治) 원년 4월에 교토에 설치한 특수 치안부대로, 그 임무는 신센조와 다를 것이 없었다. 단지 신센조는 낭사들의 단체였고, 순찰대는 막부 각료의 차남·삼남들로 조직되었다. 대장은 사사키 다다사부로(佐佐木唯三郞)였다.
사사키는 전에 무예강습소의 검술 사범을 지낸 막부 관료 중 제일가는 검객이었다. 그러나 관군이 오이시를 이다바시에서 잡았을 때는 이미 이 세상에 없었다. 사사키는 도바 후시미의 싸움에서 선봉을 맡았다가 총을 맞고 전사했다.
남은 자는 이마이 노부오와 다카하시 아무개이다. 유신 정부의 병부성은 이 두 사람의 행방을 탐색했다. 그러다가 하코다테의 옛 막부군이 항복을 했는데, 그 항복한 병사들 속에 이마이 노부오라는 이름이 있는 것을 병부성은 알아냈다. 이마이는 그 당시 에노모토 다케아키(歌本武揚)의 고료카쿠(五稜郭) 정부에서 '해륙 재판관'이라는 중직에 있었다. 직책으로 볼 때 해군 감독관, 육군 감독관 같

은 장관직과 동격이라 해도 좋았다.

　이 사람의 손자로 교도통신사의 기자 이마이 유키히코(今井幸彦) 씨가 있다. 이마이 씨가 쓴 글에 의하면, 노부오가 상경하여 순찰대 대장이 된 것은 27살 때인 게이오 3년(1867) 10월 초순이었다고 한다. 료마 암살에 참가하기 한 달 전인 것을 볼 때 공명심에 불타 있었던 것 같다.

　이마이 노부오의 취조는 병부성에서 형부성으로 넘겨졌다. 당시 형부성 장관은 사사키 산시로(佐佐木三四郎)였는데 사정없이 취조했다. 이마이는 거침없이 자백했다.

　"나도 범인 가운데 한 사람이오."

　그리고 상황을 자세히 설명했다. 1870년 9월 20일자 진술서가 남아 있다. 그 진술서에는 감시만을 했을 뿐, 손은 대지 않았다고 되어 있다. 그러나 그것은 거짓말인지도 모른다. 이 점은 영원한 수수께끼이다. 손을 대지 않았다는 것으로서 그는 가벼운 금고형 판결을 언도 받아 옛 도쿠가와 장군 집안인 시즈오카 번(靜岡藩)에 신병이 인도되었다.

　그 뒤 이마이 노부오는 시즈오카 현에서 살며 열렬한 그리스도교 신자가 되었는데 1919년 6월 25일 79세로 사망했다.

　료마의 암살계획은 무척 용의주도하게 짜여졌던 것 같다. 누가 막부 순찰대에 명령을 내렸는지 잘 모르나, 당시 막부 감찰관이었던 에노모토 미치아키(榎本道章)였다는 설도 있다. 기쓰 가이슈 등도

그 자를 의심하였다.

이마이의 진술에 의하면, 자객단은 사사키 다다사부로, 이마이 노부오, 와타나베 기쓰타로(渡邊吉太郞), 다카하시 야스지로(高橋安次郞), 가쓰라 하야노스케(桂謚之助), 도히 쥬조(土肥仲藏), 사쿠라이 다이사부로(櫻井大三郞)이다.

앞에서 말한 노인 와타나베 이치로가 이마이의 진술서에서 말하는 와타나베 기쓰타로인 것 같다.

대장 사사키 다다사부로는 신중을 기했다. 료마를 벨만 한 솜씨를 가진 대원은 몇 사람도 되지 않았다. 그래서 다카하시 야스지로 등은 구와나 번(桑名藩)에서 불려왔다. 와타나베 이치로(기쓰타로?)도 대원은 아니다. 사사키와 친교가 있다는 것뿐이고, 야나기반바 아야고지 밑에 있는 '류신 관'의 도장 주인이다. 그러나 이 해 2월, 순찰대로부터 7명분의 수당은 받고 있었다. 사사키는 인선에 골머리를 앓던 끝에 이 와타나베에게 간청하여 특별히 참가시켰던 모양이다.

와타나베는 한낱 검객으로 천하의 정세에 어두워서 료마의 이름도 알지 못했다. 알고 있어 봤자 막부에 항거하는 모반인 정도의 인식밖에 없었을 것이다. 유신 뒤 료마의 경력을 알자 그는 크게 놀랐다. 그 정도의 인물에 지나지 않았던 것이다.

사사키는 암살하던 날 낮에 자객들을 집합시켜 가쓰라 하야노스케를 탐색자로 하여 료마의 하숙집인 오미야 신스케(近江屋新助)의

집을 방문시켰다.

"사카모토 선생님 계십니까."

정중하게 물었다. 오미야는 아무런 경계도 하지 않고 "지금 외출 중입니다"라고 말했다. 그말로 그들은 료마가 교토에 있다는 것을 알았다. 그런 뒤 사사키는 료마의 귀가를 기다리기 위해 본토 거리(先斗町)의 어느 술집에서 술을 마시다가 밤 여덟시에 거기를 나왔다. 도중에 어슬렁거리며 시간을 보내다가 밤 아홉시가 지나 오미야를 찾아 갔다. 사사키가 명함을 내며 '도쓰가와 향사(土津川鄕士)'라고 말한 뒤로부터는 본문대로이다.

뛰어 들어가 직접 칼질을 한 자가 누구였는지, 그 점에 대해서는 증언자에 따라 각각 다르다. 이마이는 자기가 아닌 다른 세 사람이었다고 하고 와타나베는 자기가 했다고 한다. 이 점 확실치는 않으나 아무래도 이마이가 직접적인 가해자였던 듯하다는 것은 거의 정설로 되어 있다. 와타나베의 기억으로는 현장에 칼집을 버리고 간 자가 세라 도시로(世良敏郞)라고 하지만, 그 자의 이름은 다른 자료에 전혀 없다. 그리고 와타나베의 기억으로는 철수할 때 시조(四條) 거리에 행렬이 지나가 사람들의 내왕이 많았다고 한다. 그래서 그들은 그 군중 속에 끼어들어 같이 떠들며 돌아갔다고 한다. 다만 믿을 수 있는 것인지, 그 여부는 모를 일이다.

한 가지 일화가 있다.

이 암살 직전, 니조 성에 있던 도쿠가와 요시노부(德川慶喜)가

누구에게서 들었는지 료마의 이름을 알았다. 그 료마가 대정봉환(大政奉還)의 입안자이고 또 막부 타도론자 중에서 유일한 반전론자라는 것도 알았다. 요시노부는 료마에게서 오히려 어떤 동지 같은 느낌을 발견했던 모양이다.

"도사의 사카모토 료마에게는 손대지 못하도록 순찰대, 신센조의 담당자들에게 잘 주의해 두도록 해라."

요시노부는 나가이 나오무네에게 일렀다.

나가이는 물론 료마를 잘 알고 있었다. 당연한 일이라 여기고 이튿날 아침 요시노부의 말을 담당자에게 전하기 위해 출근했더니 책상 위에 종이쪽지가 놓여 있었다. 쪽지에는 어젯밤에 료마를 암살했다는 뜻이 큼직하게 씌어 있었다.

'늦었구나.'

나가이도 생각했을 것이다. 사실, 료마가 살아 있었더라면 도바 후시미의 싸움은 일어나지 않았을지도 모른다. 암살이란 언제나 이런 것이다.

세 여주인공의 인생행로

료마가 죽던 당시 오료는 시모노세키의 해원대 지부 이토 스케다유(伊藤助大夫) 집에 있었다. 사건이 일어나던 날 밤, 온 몸을 피로 물들이고 피 묻은 칼을 들고 선 료마의 꿈을 꾸었다고 한다. 그로부터 얼마 안 있어 료마의 죽음을 알았다.

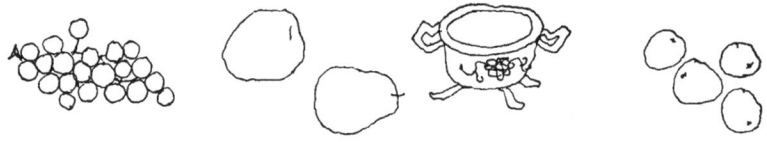

그후 스케다유네 집에서 조후(長府)의 미요시 신조(三吉愼藏)네 집으로 옮겼다. 미요시는 데라다야 조난 때 료마와 같은 방에 있던 청년이다.

미요시의 번주(藩主)는 오료를 동정하여 식량을 주었다.

그 뒤 해원대 대원들이 협의하여 오료를 고치의 료마네 집으로 보냈다.

고치 성밑거리에 있는 사카모토네 집에 들어간 오료는 료마의 형 곤페이(權平)와 누이 오토메(乙女)와 처음으로 대면했다. 특히 오토메에 대해서는 료마로부터 항상 많이 들어오던 터라 첫 인사 같지도 않았을 것이다.

"나를 친 언니처럼 생각해요."

'사카모토네의 수문장'은 오료를 아껴주었다. 그러나 차차 사이가 나빠졌다. 오토메는 료마를 키운 것이 자기라고 생각했고 또 사실이 그랬다. 그래서 심술이 났던 것인지도 모른다.

오토메와 오료는 여자들이 하는 일을 잘할 줄 모른다는 점에서는 공통점이 있지만 차이점도 많다. 오토메는 무사 집안 여인으로서의 교양이 지나칠 정도로 갖추어져 있고, 절도의 아름다움도 지니고 있다. 그 절도미를 가지고 사람을 판단하기 때문에 교양이 없고 아무 일에나 무관심한 오료가 못마땅했던 것 같다.

"료코(龍子)는 집을 지키지 않고 감히 나쁜 짓을 저지름. 오토메 노하여 료코와 헤어짐."

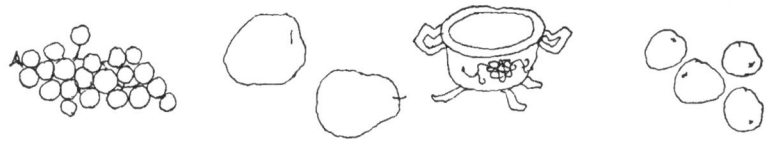

도사(土佐)의 기록에 있다. 오료를 내쫓아 버렸던 것이다. 그러나 도사의 〈도요신문(土陽新聞)〉1899년 11월 8일자에 난 오료의 회고담에는 이렇게 되어 있다.

"형님은 수문장이라는 별명을 가진 건강한 분이었는데, 저에게는 친절히 대해 주었습니다. 제가 도사를 떠날 때도 같이 이웃에 하직 인사를 하러 따라가 주고, 배 타는 데까지 전송해 준 사람은 오토메 형님뿐이었습니다."

두 사람 사이는 그다지 사이가 나빴던 것 같지도 않다. 짐작하건대 오토메는 그 오료에게 못마땅한 점이 있어도 겉으로는 상냥하게 대했던 모양이다. 그러나 오료에 대한 친척들의 불평도 있고 해서 하는 수 없이 오토메답게 단도직입적으로 말했던 것 같다.

"오료는 집에서 나가도록 해요."

"아주 재미있는 여자입니다."

료마가 오토메에게 편지로 소개한 오료의 성품이다.

그러나 료마의 눈에 반짝반짝 빛나 보였던 오료의 성격도, 다른 사람의 냉정한 눈으로 볼 땐 그 신선함은 단순한 무지였고, 그 대담성은 단순한 방자함으로 비쳤던 것이리라. 오료의 장점은 료마 속에서만 살았다.

고치를 나와 오료는 고향인 교토로 갔다. 사람들에게는 료마의 무덤을 지키겠다고 했지만, 무덤만 지켜서는 살아갈 수가 없다. 오료에게는 부양해야 할 노모와 여동생이 있었다. 그 뒤 도쿄로 나갔다.

폭풍속을 달리는 료마 19

 도쿄에만 가면 료마의 친구가 있다. 처음에는 사이고 다카모리(西鄕隆盛)를 의지하려 했으나 사이고는 정한론(征韓論)에 패배하여 가고시마(鹿兒島)로 돌아간 뒤였다. 해원대 관계자 중 나카시마 사쿠타로(中島作太郞)와 시라미네 슌메(白峰駿馬)도 외국에 나가고 없었다.

 오료는 방랑하던 끝에 요코스카(橫須賀)에서 살았는데 남의 소실이 되기도 했다. 1906년 66세로 죽었다. 1914년 오료의 친동생 나카자와 미쓰에(中澤光枝)가 묘비를 세우라고 했을 때, 육원대 대원이었던 다나카 미쓰아키(田中光顯), 미도 번(水戶藩)을 탈번한 가가와 게이조(香川敬三) 등이 많은 기부를 했다. 그들 유신 당시의 삼류 지사들은 이미 귀족이 되어 있었다. 오료의 법명은 쇼류인간게쓰슈코다이시(昭龍院閑月珠光大姉), 묘는 요코스카 시 오쓰 거리(橫須賀大津町) 시가라키 사(信樂寺) 문 앞에 있다. 오료는 료마가 살아 있을 때는 자기 남편이 그다지 대단한 인물인 줄 몰랐던 것 같다.

 오토메는 료마에게서 온 편지를 거의 모두 간직하고 있었다.

 "이 편지를 불살라 버리시도록, 남에게 보여서는 안 됩니다."

 료마는 편지 끝에 이렇게 썼지만 오토메는 불사르지 않았다. 그리고 그것을 늘그막에 되풀이 읽어 가며 료마를 그리워했다. 그 편지들은 다이쇼(大正) 때 이르러, 일본사적협회(日本史籍協會)에서 모아 〈사카모토 료마 관계문서〉 두 권에 수록하였다. 료마의 편지는 구어와 속어를 섞어가며 거침없이 자유분방히게 표현하고 있다는

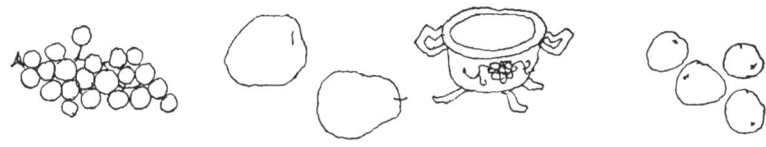

점에서 서간문의 걸작이라 할 수 있다.

　오토메도 글쓰기를 좋아했다. 료마와 또 한 가지 공통되는 점은 그림을 잘 그린다는 점이었다. 특히 세계 지도를 채색해서 그리기를 잘했다.

　활달하면서도 재주가 많았던 오토메는 왠지 어느 한구석에 비애를 짓씹고 있는 듯한 데가 있어 그 생애는 행복하지 못했다. 49살 되던 1879년 8월 31일 괴혈병으로 죽었다. 묘는 고치의 단추 산(丹中山) 중턱에 있다.

　지바 사나코는 독신으로 세상을 마쳤다. 유신 후 귀족들이 다니는 여학교에서 일을 했는데, 학생이나 졸업생들에게 인기가 있었다.

　기질이 센 사람이었으나 가끔 갑자기 침묵에 잠겨 온종일 말을 하지 않을 때도 있었던 모양이다.

　"나는 사카모토 료마의 약혼자였어."

　어느 날 졸업생 하나를 붙잡고 갑자기 그런 말을 하며, 료마가 기념으로 남겨 주고 간 검정 무명옷의 한쪽 소매를 꺼내 보이기도 했다. 그녀가 사망한 해는 밝혀지지 않았다. 그녀의 이름은 사나코(佐那子)라고도 쓴다. 오토메라고 이름을 고친 적도 있다. 료마가 자주 이야기해 준 오토메를 사모했기 때문이리라. 이 소설에선 그녀 하나밖에 등장시키지 않았지만, 사나코에겐 리키코(里幾子), 기쿠코(幾久子)라는 여동생이 있었다. 사나코와 마찬가지로 호쿠신 일도류의 인증서를 가지고 있었다.

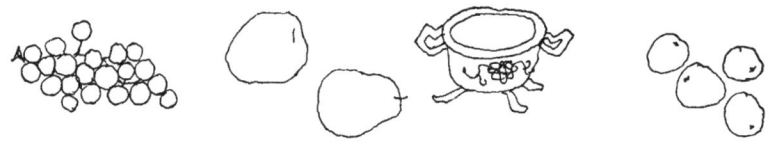

사나코의 오빠인 지바 주타로(千葉重太郎)는 도장을 경영하는 한편 돗토리 번(鳥取藩)에서 무사 적을 두고 있었는데 료마에게 자극을 받아 근왕 활동에 가담하기도 했다. 이 사람은 그의 인품에 어울리지 않게 막부 말기에는 무척 바쁜 생활을 보냈으나, 유신 후는 세상에 나가지 않고 1885년 5월 7일에 사망했다. 죽은 뒤 정오품이 수여되었는데, 이것은 료마와의 인연에 의한 것 같다.

죽음을 초월하다

나카오카는 탁월한 평론가였다. 그는 난을 당하여 다 죽어 가면서도 달려온 동지들에게 여러 가지 이야기를 했다.

"그들의 비겁함은 밉지만 대담성은 본받을 만하다."

자기들 두 사람을 베고 나서 물러갈 때의 자객들의 여유 있는 태도를 칭찬했다. 나카오카는 의사의 치료를 받으며, 자객들이 2층에서 물러갈 때의 모습을 이야기했다.

"한 녀석은 노래를 흥얼거리고 있더군."

"조슈의 이노우에 몬타(井上聞多)는 그렇게 많이 칼을 맞았는데도 그 뒤 살아나지 않았습니까. 정신을 차리십시오."

시라카와 마을(白河村)에서 달려온 육원대 부대장 다나카 겐스케가 베개맡에서 위로의 말을 했다.

이노우에 사건이란 겐지(元治) 원년인 1864년 9월 27일 밤에 이노우에가 야마구치(山口) 청사에서 물러나 교외의 소네쓰케 다리

(袖付橋)에 이르렀을 때, 많은 자객들에게 습격을 당하여 몸에 30여 군데 부상을 입고 쓰러졌다. 그때 마침 찾아왔던 미노(美濃)의 낭인 도코로 이쿠타로(所郁太郎)가 의술을 알고 있어 치료를 하여 50바늘을 꿰맸다. 다나카는 그 말을 했던 것이다.

나카오카는 고개를 끄덕였지만, 그다지 관심도 나타내지 않고 이야기를 계속했다. 그는 이 지경에 이르러서도 자신의 상처보다 자기 이외의 현상 쪽에 보다 많은 관심이 있었던 것 같다.

"사카모토와 나를 해치우다니, 어지간히 센 놈인 모양이다. 평소에 막부 무사를 소심하다고 깔보았는데, 그게 아니야. 빨리 해치우지 않으면 반대로 당할지도 모른다."

나카오카는 끝까지 그의 주전론(主戰論)을 버리지 않았다. 그리고 이런 말도 했다.

"앞으로는 더욱더 자객들이 날뛸 것이다. 사카모토도 나도 평소에 조심성이 없어 칼을 가까이 두지 않았다. 그것이 후회가 된다. 너희들은 주의해라."

나카오카는 하루가 지나자 상당히 원기를 회복하여 16일 저녁에는 볶음밥이 먹고 싶다고 했다. 주치의 가와무라 에이신(川村榮進)도 본인이 원한다면 무방하다고 승낙을 하여 볶음밥을 주었다. 나카오카는 세 공기나 먹었다.

그러나 이튿날 그것을 토했다. 계속 구토증이 나자 그는 스스로 죽음을 예언했다.

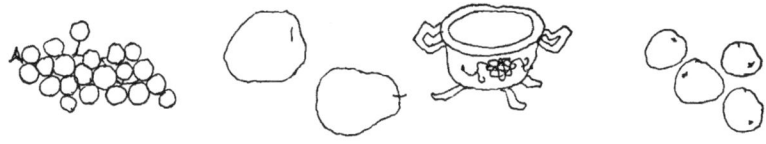

"후두부의 상처가 뇌를 다친 모양이야."

17일은 아침부터 용태가 나빴다. 나카오카는 별실에서 대기하고 있는 가가와 게이조를 불러 말했다.

"나는 아마 오늘 죽을 거야. 나를 위해 이와쿠라 도모미(岩倉具視) 경에게 전해주게. 앞으로의 유신 개혁의 실행에 대해서는 오로지 경의 힘만 믿는다 하더라고."

이것이 나카오카가 이와쿠라에게 남긴 유언이었다. 이와쿠라의 배짱과 담력, 재능을 나카오카만큼 평가한 자는 없다.

그 유언이 있은 뒤, 사쓰마의 요시이 고스케(吉井幸輔)가 달려와 조슈군, 사쓰마군이 기선을 타고 셋쓰 니시미야 항(攝津西宮港)에 들어오고 있는 중이라고 알리고 나카오카의 귀에 입을 갖다 대고 말했다.

"3개 번이 협력하여 교토의 거사를 치룰 날이 머지않았습니다."

나카오카는 만족스레 고개를 끄덕이고 나서 곧 숨을 거두었다.

이날 그의 유해를 료마의 유해와 나란히 놓고, 교토에 있는 여러 번의 유지들이 모여 밤샘을 했다.

이 두 사람의 죽음은 곧 여러 방면으로 알려져 큰 충격을 주었다. 후쿠이(福井)의 미쓰오카 하치로(三岡八郎)도 번의 동지들과 함께 제단을 설치하여 혼백을 모셨고, 진수부(鎭守府)의 산조 사네토미(三條實美)도 다른 네 공경들과 함께 제단을 마련했다.

18일, 장례식이 거행되었다. 물론 하인 도키치(藤吉)를 포함힌

세 사람의 합장이었다.

유해는 히가시 산(東山)에 매장되었다. 마침 이날 상경했던 조슈의 가쓰라 고고로(桂小五郎)는 이 변을 전해 듣고 눈물을 흘렸다.

"내 친구를 위해 하다못해 묘표(墓標)의 글이나마 쓰게 해 주시오."

그는 잠복 장소인 니혼마쓰(二本松) 사쓰마 번저에서 붓을 들어 글씨를 써 내려갔다.

고치번 사카모토 료마(高知藩坂本龍馬)
고치번 나카오카 신타로(高知藩中岡愼太郎)

사쓰마의 오쿠보 도시미치(大久保利通)도 때마침 이 무렵에 교토에 돌아와서 이 변을 듣고 곧 이와쿠라 앞으로 편지를 보냈다.

"사카모토를 비롯한 암살사건은 여러가지로 보건대 신센조의 소행임에 틀림없습니다. 요즘 더욱 난동을 부리고 있다 하는데, 첫째로 이것은 곤도 이사미의 소행이라 짐작됩니다. 실로 자멸의 징조인 줄 압니다."

그는 그때의 통설대로 어디까지나 곤도 이사미를 의심하고 있었다.

1871년 8월 20일 조정은 교지를 내려 료마와 신타로의 뒤를 각각 잇게 했다. 료마의 상속자는 그의 조카 오노 준스케(小野淳輔)이다. 막부 말기에는 다카마쓰 다로(高松太郞)라고 불렸지만 상속 후

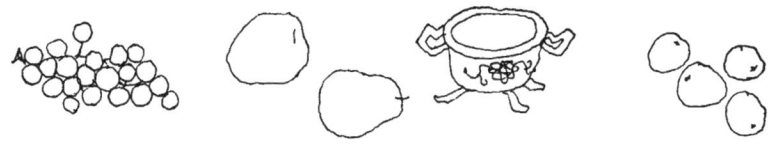

사카모토 다다시(坂本直)라 불렀다. 나카오카의 뒤는 한 집안인 나카오카 다이사부로(中岡代三郎)가 상속했는데, 각각 15명을 영원히 부양할 수 있는 수당을 하사받았다. 1881년(메이지 14년) 두 사람을 야스쿠니 신사에 모시고, 1891년(메이지 24년) 4월 둘 다 정사품을 수여했다.

료마의 국가경영과 인간경영

료마의 특이성은 그 풍부한 계획성에 있다고 할 수 있다.

막부 말기에 등장하는 지사들의 대부분이 막부 타도 후의 정체에 대해 선명한 목표를 갖고 있지 못했다. 료마만이 선명하였다. 아마 선천적으로 그런 특이한 두뇌를 갖고 태어난 모양이다.

나랏일만이 아니고 자기 일생에 대해서도 지나칠 만큼 선명한 상을 갖고 있었다. 해운과 무역을 개발하여 전세계를 무대로 사업을 한다는 것이었다. 이 두 가지 영상을 자기 속에서 통일하고 있었다. 막부 타도의 개혁운동과 해운, 해군의 실무 습득이라는 두 방향을 전혀 모순되지 않게 한 손 안에서 새끼를 꼬듯 꼬아 올려갔다. 료마의 기묘함은 그런 점에 있을 것이다.

해운 사업을 하려는 료마로서는 때에 따라 혁명이란 부업이나 마찬가지였는지도 모른다. 그는 나가사키에서 해원대의 실무를 맡아보다가 교토의 풍운이 어지러워지자 느닷없이 상경하여 '선중팔책(船中八策)'을 내걸고 막부 타도 후의 정부 조직 개편을 밝힌 다음 요

시노부(慶喜)에게 대정봉환(大政奉還)을 하게 만들었다. 그는 단번에 통일 국가를 실현시켜 버린 점을 볼 때 어느 쪽이 본업인지 알 수가 없다. 대정봉환이 실현되면 혁명 정부의 고관 따위는 하지 않겠다면서 이렇게 말하곤 했다.

"관리 노릇은 하기 싫다."

사이고가 놀라며, 그렇다면 무엇을 하겠는가고 묻자 료마는

"세계적인 해원이나 만들어 보겠소."

이렇게 말하여 사이고를 아연케 만들었다. 그의 친구였던 사이고조차 료마의 참뜻을 잘 몰랐던 것 같다. 료마는 무엇보다도 바다를 좋아했다. 해운 사업을 하려면 통일 국가를 이룩해야만 했다. 표현을 재미있게 하자면, 이 무위무관(無位無官)의 청년은 자기가 좋아하는 해운 사업을 이룩하기 위해 국가까지 개혁시켰다고 할 수 있다. 료마의 일생은 개혁과 바다 사이를 분주하게 오고간 길이었다. 그 혁명이 성취된 이상, 유신 정부의 벼슬 따위를 할 리 없다. 해방된 듯이 바다로 날아가는 것이 료마로서는 당연했다.

'세계적인 해원대라도 만들어 보겠다'는 료마의 말에 사이고가 뜻밖으로 생각한 것은 료마를 거기까지 이해하지 못했기 때문일 것이다.

"내가 관리가 되기 위해 막부를 쓰러뜨린 것은 아니오."

료마는 그렇게 말했는데, 그 자리에 합석했던 무쓰 요노스케(陸奧陽之助)가 욕심 없는 료마의 깨끗한 태도에 내심 손뼉을 치고 기뻐하여

"사이고가 한결 작게 보였다"고 뒤에 말했다.

이것도 관찰자인 무쓰의 성격에서 오는 제멋대로의 해석일 것이다. 무쓰는 다분히 권력지향의 일을 좋아하는 성격이었다. 그렇기 때문에 그렇지 않은 인간에게 박수를 보낼 만큼 흥분을 느꼈던 것이리라. 무쓰는 인간의 대소를 비교하기 좋아했다. 그러므로 료마와 사이고의 크고 작음을 평가했다. 그러나 사이고는 료마와 다르게 평가되어야 할 인물이므로 무쓰의 박수는 평범한 쾌재를 불렀다.

어쨌든 료마의 이 한 마디는 유신 풍운사상 백미라 할 수 있을 것이다. 단순히 그 마음의 깨끗함을 말하는 것이 아니다. 필자는 그 한 마디를 항상 염두에 두고 이 긴 소설을 써나갔다. 그 점이 료마가 일을 완수할 수 있었던 비결이었다고 생각된다. 그 점에 대해서는 사이고도 마찬가지이다. 사심을 떠나 자기를 내던지지 않으면 사람은 모이지 않는다. 사람이 모임으로써 지혜와 힘을 가질 수 있는 것이다. 사업하는 사람이 가져야 할 한 가지 조건일 것이다.

미쓰비시 재벌의 탄생

료마는 죽고 그 해운 사업만이 남았다. 특히 이로하마루 조난사건으로 기슈 번(紀州藩)에서 받은 배상금 7만 냥이라는 대금이 남았다.

그리고 이로하마루는 료마가 이요 오즈 번(大洲藩)에서 빌린 것이라 그 선주에게도 상당한 돈이 반환되어야만 했다. 도사 번은 7만 냥 중 4만 2500냥을 오즈 번에 갚았다. 그리고 료마는 오즈 번의

　배를 침몰시킨 보상으로, 나가사키의 네덜란드 상회에서 2천 6백 냥짜리 범선 한 척을 사서 반환하겠다는 약속을 했었는데, 이것은 료마의 죽음으로 인해 실행되지 못했다. 료마는 이 배로 홋카이도와 호쿠리쿠의 물산을 오사카에 나를 것을 오즈 번과 약속했지만 그것도 료마의 죽음으로 무효가 되었다.

　유신 정부 수립으로 폐번치현령(廢藩置縣令)이 시행되어 번이 폐지되기까지, 도사 번의 재정은 이미 적자를 초월한 형편이 되어 있었다. 외국 상사에 대한 주요 부채만도 삼십수만 냥이나 되어 도저히 갚을 가망성이 없었다.

　고토 쇼지로(後藤象二郞)는 궁여지책으로 도사 번의 배와 오사카 번저, 나가사키 도사 상회 등을 이와사키 야타로(岩崎彌太郎)에게 무상으로 주는 대신 번의 부채 전부를 이와사키 개인에게 넘겨줌으로써 정리하고 말았다. 고토다운 태도라 할 수 있겠다.

　이와사키가 인계받은 도사 번의 배는 기선이 6척, 예인선이 2척, 화물선, 범선, 각선(脚船)이 각각 1척으로 합계 11척이었다.

　이와사키 야타로는 이 배를 가지고 료마가 하려던 사업을 그 나름대로 이어받으려고 했다. 자금은 있었다. 료마가 기슈 번에서 받아낸 7만 냥이었다. 그 일부는 오즈에 갚았다고는 하나 자그마치 3만 냥은 남아 있다. 고토와 묵계를 맺고 그 돈을 새 사업의 자금으로 삼아 오사카 니시나가보리(西長堀)에 있는 도사 번저에 쓰쿠모 상회(九十九商會)라는 이름의 해운, 무역상사를 냈다. 얼마 안 있어

폭풍속을 달리는 료마　29

빚을 면하기 위해 이름을 미쓰카와 상회(三川商會)라 고쳤다가 다시 '미쓰비시 상회(三菱商會)'로 고쳤다. 그 뒤 미쓰비시 회사는 발전했다. 그 씨앗은 료마의 해원대에서 나온 것이라 해도 과언이 아니다.

료마는 주식회사의 발상자라고도 할 수 있고, 근대 상사의 원조라고도 할 수 있으며 동시에 일본 해군의 시조라고도 일컬어진다. 그의 아내 오료가 가난한 가운데 요코스카에서 죽었을 때도 료마와의 인연을 알고 해군 사관들이 그 장례식에 많이 참석했다.

또 료마의 동상이 1928년 그의 고향 고치 시 교외 가쓰라하마(桂濱)에 세워졌을 때, 그 제막식이 해군 기념일인 5월 27일로 정해져 그날 해군에서 구축함 하마가제(濱風)가 가쓰라하마에 파견되었다. 막부 말기에 나가사키에서 사설 해군을 만들어 막부 해군에 대항하려 한 이 기묘한 인간의 풍모는 지금도 가쓰라하마의 해풍을 받으며 서 있다.

황후의 꿈에 나타난 료마

당연한 일이기는 하나, 유신 후 산 자는 번영하고 죽은 자는 잊혀졌다. 료마의 이름도 일부 도사인 외에는 아는 자가 점점 드물어갔다.

그의 이름이 갑자기 세상에서 유명해진 것은 죽은 뒤 30여 년이 지난 러일전쟁 무렵이다.

　1904년 2월 4일, 러일 교섭에 관한 최후의 어전 회의가 열렸는데, 2월 6일에 러일 국교는 단절되고 도고 헤이하치로(東鄕平八郞)는 연합함대를 이끌고 사세호(佐世保) 군항을 출발했다.
　아무리 봐도 러시아 육해군에 이길 가망이 없다는 관측이 지배적이어서 나라 전체가 우수에 차 있었다. 특히 궁중에서는 걱정이 더하여 황후는 신경이 날 정도였다. 육군은 병력의 차이를 전술과 사기로 보충하여 어떻게 끌고 나갈 수 있다 치더라도, 해군은 기계력과 함선의 차이가 승패를 결정짓는다. 자연히 해군에 대한 걱정이 커져서 누구나 발틱함대 극동 내항 때를 기하여 국운이 갈라질 것이라고 내다보았다. 황후의 걱정도 이 점에 있었을 것이다. 러일의 국교가 단절되던 그해 2월 6일, 마침 황후는 하야마(葉山) 별장에서 추위를 피하고 있었는데 그날 밤 꿈을 꾸었다.
　꿈에 흰옷 차림의 무사가 나타난 것이다. 그는 자기 이름을 댔다.
"소신은 유신 전에 국사에 몸을 바친 남해의 사카모토 료마라는 사람이옵니다."
황후는 그 이름을 알지 못했다. 흰옷 차림의 그 무사는 또 말했다.
"해군에 관한 일은 예전에 열심히 배운 바 있사옵니다. 이번 러시아와의 일은 비록 몸은 죽어 없사오나 혼백만이라도 일본 해군에 머물러 진력을 다하겠습니다. 승패에 대한 일은 염려 마시옵소서."
꿈속의 무사는 이 말을 하고 사라졌다.

"사카모토 료마란 어떤 사람인가?"

이튿날 황후는 가가와 게이조(香川敬三) 자작에게 물었다, 가가와 게이조는 미도 번을 탈번한 뒤 도사의 응원대에 소속했기에 도사 계열 지사 출신이라 할 수 있으며 료마와는 물론 친했다. 그의 암살범 수색에도 힘을 쓴 사람이고 당연히 잘 안다.

대충의 내력을 설명했다. 그러나 황후는 자기가 질문한 이유를 밝히지 않았다. 그런데 다음날인 7일 밤 꿈에도 또 같은 무사가 나타났기 때문에 결국 가가와 게이조에게 그 이야기를 밝혔다. 가가와는 이상하게 여기고 도쿄의 다나카 미쓰아키에게 연락했다. 지난날 육원대 부장(副長)이었던 다나카는 이때 궁중 고문관·궁내 차관·궁내 대신 등을 역임하고 있었다. 그는 곧 료마의 사진 한 장을 입수하여 가가와에게 보냈다. 가가와는 궁녀를 통해 그 사진을 황후의 방에 걸게 했다. 그것을 본 황후는 부랴부랴 가가와를 불러들여 말했다.

"바로 이 사람이오."

여윈 얼굴에 미간이 좁고 눈빛이 날카로우며 머리카락이 마구 흩어져 있었다. 기이한 인상이므로 틀림없다고 하며, 처진 어깨며 도라지꽃 문장(紋章)까지 같다고 황후는 덧붙였다.

이 이야기는 '황후의 이상한 꿈'으로서 모든 신문에 실려 세상은 온통 그 이야기로 꽃을 피웠다. 이 이야기를 소재로 하여 궁중음악 담당관은 긴 노래를 지어 〈지지신보(時事新報)〉에 발표했고, 스기타니 다이스이(杉谷代水)는 비파 노래를 지어 공연했으며, 사시와

기 조코쿠(柏木城谷)는 긴 시를 지어 신문에 발표했다. 료마의 이름은 갑자기 유명해졌다.

이 이상한 꿈이 과연 사실이었는지는 알 수가 없다. 료마의 성격으로 볼 때 꿈에 나타날 것 같지는 않지만, 다나카 미쓰아키는 만년에 이르기까지 그건 사실이라고 하면서 당시의 정황을 자세히 사람들에게 이야기했다.

생각해보면 그 무렵 유행어인 '러시아 공포증'에 걸린 국민들의 사기를 이런 형식으로 일변시키려 했던 것이 아닐까 하는 그런 생각도 든다.

어쨌든 이 이야기로 료마는 잊혀질 뻔하다가 다시 소생되었다. 교토 히가시 산의 그의 무덤 옆에 커다란 비석이 생긴 것도 이 이상한 꿈이 널리 알려진 뒤였고, 다이쇼(大正) 시대에 접어들어 그의 전기에 실린 덕분이라고 할 수 있겠다. 세상이란 그런 것인지도 모른다. 어쩌면 그 기이한 꿈의 연출자였는지도 모를 다나카 미쓰아키 백작은 계속 주장했다.

"아냐, 그건 사실이야."

그는 중일전쟁 중인 1939년에 만 96세로 사망했다.

자책감과 그리움 속에서 노래를 짓다

1889년(메이지 22년) 당시 원로원 의관(醫官)이던 유리 기미마사(由利公正) 자작은 사람들에게 질문을 받자, 료마가 후쿠이(福井)

로 자기를 부르러 와 주었을 때 일을 회상하고는 그것을 문장으로 썼다.
 "다음날인 삼일, 군(君)은 교토로 돌아가다. 아아, 이별한 지 어느덧 이십 삼년. 지난날 추억이 다시 새롭도다."
 그리고 그 말미에 료마에 대한 추억의 노래를 적었다.

　　벼루 물 속에 아련히 떠오르는 수많은 추억
　　다 쓸 수가 없어 눈물만 흘리노라

　　공훈도 없이 이 몸은 여지껏 살아 있으니
　　세상 사람들에게 부끄럽기 짝이 없어라

 이미 유리 기미마사는 일상의 번영 속에서 살고 있었다. 이날 문득 료마의 일을 추억했을 때 통곡이 따르지 않을 수가 없었을 것이다. 그 심정은 유신 때 살아남은 높은 벼슬아치들이 밤이면 남몰래 느꼈을 하나의 자책감과도 통했을지 모른다.

료마가 간다 1
차례

폭풍속을 달리는 료마 — 시바 료타로

새출발의 꽃 … 37
다즈 아가씨 … 61
에도로 … 76
지바 도장 … 99
흑선도래 … 122
빨간 등 … 145
스무 살 … 171
음탕 … 213
대지진 … 265
악당 야타로 … 311
에도(江戶)의 저녁놀 … 325

새출발의 꽃

"작은 아씨님이요!"

겐(源) 할아범이 이날 아침 사카모토(坂本) 집안 셋째 딸인 오토메(乙女)의 방 앞에 두 손을 짚고 엎드려 연극조의 말투로 아뢰었다.

"뭔데요?"

오토메가 고개를 수그린 채 대답한다. 바느질에 쫓겨 한눈 팔 겨를이 없다. 내일이면 이 집 막내둥이 료마(龍馬)가 검술 수업을 받으러 에도(江戶)로 길을 떠난다.

"희한한 일도 다 있지. 글쎄, 안마당 구석의 애벗나무가 꽃을 피웠습니다요, 작은 아씨님."

"그런 말 누가 믿을 줄 알고……"

오토메는 장지문 너머에서 웃었다.
"또 할아범의 허풍이 시작됐군요. 이제 겨우 3월 중순인데 벌써 벚꽃이 피어요?"
"정말, 정말입니다요."
어떻게 된 영문인지 겐 할아범은 장지문 밖에서 덩실덩실 춤을 추고 있는 모양이다.
"거짓말이라 생각되시면 나와 보시라니까요. 꼭 한 송이뿐이지만 눈이 부시도록 곱게 피웠습니다요."
"정말!"
솔깃해서 마루로 나가 보았다. 햇살이 몹시 눈부시었다. 과연 밑가지 언저리에 오롯하게 한 송이 흰 꽃이 피어 있었다. 이 어린 벚나무는 동생 료마가 아홉 살 때 장난삼아 심은 것이었다. 올해로 꼭 십 년이 된다.
"어머, 정말이네!"
오토메는 감탄하여 바라보고 있더니 곧 무엇을 알아냈던지 갑자기 큰 소리 내어 웃어대기 시작했다.
한번 웃기 시작하면 좀체 그치지 못하는 성미다. 언젠가 하리마야 다리(播磨屋橋)로 말을 타고 지나가던 의젓한 무사(武士)가 다리 중간쯤에서 말이 방귀를 뀌자 그 뒤를 이어 따라온 무사도 호기 있게 방귀를 뀌었다는 이야기를 할아범이 하자, 오토메는 으흣, 하고 웃음을 터뜨렸나 싶더니 눈이 허옇게 되었다. 이어 다다미에 몸을 쓰러뜨리고 젖가슴을 부둥켜안고는 흰 다비(足袋 : 버선)를 신은 두 발을 위로 쳐들고 떼굴떼굴 뒹굴어 가며 웃기 시작했다.
"이거 의원님이라도 불러야 되지 않을까?"
근엄한 큰오빠 곤페이(權平)가 걱정을 하며 말했을 정도였다.
오토메는 살결이 희고 오밀조밀한 귀여운 생김새였으나 몸집이 유난히 커서 키가 다섯 자 여덟 치는 족히 되었다. 육중한 몸이 뒹굴면 다다미가 휘청거렸다. 살도 웬만큼 쪄서 오빠인 곤페이나 언니 지즈에(千鶴)가 늘 놀리곤 했다.
"꼭 수문장(守門將) 같아!"
이것이 퍼져서 고치(高知) 성밑거리에서는 '사카모토의 수문장'이라면 모르는 사람이 없었다. 게다가 몸집이 큰 데 비해 무척이나 날렵한 편이어서 죽도(竹刀) 솜씨는 초보 정도의 사범은 되고도 남았다. 막내 동생 료마에게 어려서부터 검술의 기초를 가르쳐 준 것은 이 세살 손위인 오토메다.
"할아범은 엉터리야. 이건 종이로 만든 거 아냐?"
오토메가 알아차렸던 것이다. 까닭을 물으니 손재간이 무딘 겐 할아범은 그 종이꽃 한 송이를 만드는 데 간밤을 꼬박 새우다시피 했다는 것이다. 오토메는 다시 웃음이 치밀어 올랐으나 금방 아차, 싶어 삼켜 버렸다. 핑 눈물이 쏟아질 것만 같았기 때문이다.

료마가 드디어 내일 떠난다는 소식이 퍼지자 성밑거리 혼초(本町) 일가의 사카모토 저택에는 아침부터 줄을 이어 축하객이 몰려들었다.
축하객들은 아버지 핫페이(八平), 큰형 곤페이에게 저마다 축하의 말을 늘어놓은 다음, 반드시 셋째딸 오토메의 방으로 찾아온다. 인사말도 작정돼 있다.
"아가씨는 도련님이 떠나 버리면 꽤나 적적하겠습니다."
"별로 그렇지도 않아요. 코흘리개가 곁에 없으면 개운하죠, 뭐."
물론 이 아가씨다운 허세이다. 료마가 열두 살 나던 해에 어머니 사치코(幸子)가 죽은 뒤로, 오토메는 고작 세 살 손위이면서도 남동생을 업어 주고 데리고 자고 하면서 오늘날까지 양육해 왔다. 료마에 대해서는 젊은 어머니와도 같은 마음을 갖고 있었으며 어쩌면 그 이상이었는지도 모른다. 그만큼 어린 시절의 료마는 잔손이 가는 아이였다.

사카모토 집안에 삼십 년이나 출입하고 있는 고물상 주인 아미타불(阿彌陀佛) 같은 사람은 이 지방에서 소문난 천성이 별난 노인이므로 말이 거침없었다.

"용케도 이렇게까지 기르셨습니다. 말하기 송구스럽지만 여기 도련님이야 세상이 다 아는 오줌싸개가 아니었던가요."

사실이었다.

료마는 열두 살이 되어도 자다가 오줌 싸는 버릇이 없어지지 않아 이웃 아이들에게 '사카모토네 오줌싸개'라고 놀림을 받았다. 료마는 놀림을 받아도 마음이 약해서 말대꾸도 못하고 이내 울어 버렸다. 가끔 이웃 아이들과 어울려 집 근처 강가의 자갈밭에서 노는 일도 있었으나 대개는 울며 돌아왔다. 그것도 집으로 돌아오는 동안 내내 두 마장, 세 마장을 오면서 훌쩍훌쩍 울기가 일쑤이기 때문에 성밑 거리에서는 누구나가 '사카모토네 울보'라고 하면 "아아, 혼초의 코흘리개 말이군" 할 정도였다. 료마는 웬일인지 12, 3세가 되어도 코를 주체하지 못했다. 12세 때 아버지는 남들이 하는 대로 료마를 서당에 넣었다. 성밑거리에서는 번내(藩內) 상급 무사 아이들은 윗마을에 있는 시마자키 시치나이(島崎七內) 서당에 다니고, 하급 무사 아이들은 주로 구루마세(車瀬)에 있는 이케 지사쿠(池次作)나 다이젠 거리(大膳町)의 구스야마 쇼스케(楠山庄助)네 서당에 다녔는데 료마가 들어간 것은 이 구스야마의 서당이었다.

그런데 서당에 들어가자 거의 날마다 울고 돌아오고 글자를 가르쳐 줘도 료마의 머리로는 쉽사리 외울 수 없는 모양이었다. 마침내 어느 비오는 날 밤에 훈장인 구스야마 쇼스케가 찾아와서 말했다.

"저로서는 그 아이를 도저히 가르칠 수 없습니다. 손수 가르치시는 편이 어떠실는지?"

가망이 없다는 말이었다. 본디 사설 서당의 훈장이라면 그것이 벌어먹는 방편이었는데, 그런 훈장한테서도 가망 없다는 낙인이 찍혔다면 이야말로 가문의 수치라고 할 수 밖에 없었다. 이때만은 아버지 핫페이도 긴 탄식을 했다.

"별놈이 다 생겼구먼. 이놈이 장차 사카모토 집안을 망쳐 놓지나 않을는지……."

형 곤페이도 씁쓰레한 표정을 짓고 있었으나 오토메만은 쿠쿡쿠쿡 웃으면서 말했다.

"아뇨, 료마는 그런 아이는 아닙니다. 어쩌면 도사(土佐 : 고장 이름)는 말할 것 없고 온 일본에 이름을 남길 사람이 될는지도 모릅니다."

"잠자리에 오줌을 싸도 말이구먼."

"네, 그러믄요."

오토메는 료마에게 걸고 있는 하나의 신앙이 있었다.

료마는 날 때부터 온 등에 선모(旋毛)투성이였다. 아버지 핫페이는 호탕한 성격의 사나이였으므로 이것을 재미있게 여겨 용마(龍馬)란 뜻인 료마라고 이름지었다.

"참 별난 놈이로군, 말도 아닌 놈이 갈기가 나 있구먼."

핫페이는 이렇게 거리낌 없이 좋아했으나 죽은 어머니인 사치코는 눈살을 찌푸리며 걱정했다.

"고양이일지도 몰라요."

사치코는 임신했을 무렵에 평소 귀여워하는 수코양이가 따스한 잠자리를 찾아 자주 자기의 배 위에 올라오던 일을 생각해냈던 것이다.

새출발의 꽃 41

"으음, 말인지 고양이인지 아리숭하구만. 말이라면 천리준마(千里駿馬)라는 말이 있지만 고양이에게는 뭣이 있었던가. 그래, 그래, 도둑괭이라는 말이 있구먼. 료마는 어느 쪽이 될라나."

그런데 자라면서도 뜻밖에 우둔한 아이였으므로 료마의 준마설은 사라져 버렸다. 맏형 곤페이마저 놀리며 말했다.

"역시 고양이였구먼. 한데 그 우둔한 꼴로는 도둑괭이 노릇조차 할 성싶지 않군."

그러나 오토메 생각은 달랐다. 오줌싸개에다 코흘리개이고 글자도 제대로 익히지 못하는 아이였으나 그녀 나름대로 짚히는 데가 있었다. 오토메가 그렇게 보아서 그런지는 몰라도 어딘지 모르게 넓고 깊은 데가 있는 것처럼 느껴지는 것이다. 큰오빠 곤페이에게 그 말을 했더니, 오후 3시의 샛밥으로 죽을 먹고 있던 먹보인 곤페이는 밥풀을 튀기면서 웃어젖힌 다음 말했다.

"그건 너 오토메의 욕심일 뿐이야. 세상에선 그런 놈을 대범하다고 하지 않고 멍청이라고들 하지."

"하지만 다른 아이들하고는 어딘지 모르게 눈빛이 예사롭지 않아요."

"그놈은 아버님을 닮아서 근시안이야. 그 증거로 먼 곳을 보려면 곧잘 눈을 가늘게 뜨지 않던."

"가늘게 뜨긴 하지만 근시안은 아니에요."

"틀림없는 근시라니까."

곤페이는 그렇게 주장했으나, 오토메에게는 료마가 눈을 가늘게 뜰 때에 이 아이만이 알 수 있는 미지의 세계를 보고 있는 것으로만 생각되었다.

오토메 말고 또 한 사람 료마의 지지자가 있었다. 사람 좋은 겐할아범이다. 하기는 이 늙은 하인은 오도네와 료마의 일이라면 무작정 편드는 버릇이 있었다.

"도련님은 틀림없이 훌륭하게 된다구요. 지금이야 코를 흘리지만 크면 꼭 일본의 으뜸가는 검술가가 되실 거라구요."

겐 할아범의 이유란 단순한 것으로 료마 왼쪽 팔에 한 치 가량의 점이 있기 때문이라는 것이다. 이런 점이 있는 사람이 검술을 배우면 천하에 풍운을 일으킨다는 관상학을 어디선가 얻어 들은 모양이었다.

"누구한테 들었는데?"

"석가모니보다도 더 훌륭한 사람한테서 들었습니다요."

"어머, 그런 사람이 성 아랫거리에 있어요?"

"오비야 거리(帶屋町)에 있습니다요."

"난 또, 아미타불 노인이구만."

예의 고물상 주인 영감을 두고 하는 말이다. 이 노인은 원래 스자키야 기치베에(須崎屋吉兵衞)라고 불러야 하는데, 가업을 물려주고 은퇴한 뒤로는 아미타불로 통하고 있었다.

그러나 우습게 들어 넘길 수는 없다. 어쩌면 아미타불 노인의 예언이 맞는지도 모른다고 오토메가 생각하기 시작한 것은 료마가 열네 살 때부터였다. 이 아이는 근처에 오구리류(小栗流) 도장을 내고 있는 히네야 벤지(日根野辨治)에게 다니기 시작하면서부터 갑자기 얼굴 모습까지 달라져 갔던 것이다.

오구리류 검법을 가르치는 히네야 벤지 도장은 우라도(浦戶)로 흘러 들어가는 시오에 강(潮江川 : 지금의 가가미 강)가에 있었다. 강둑 너머로 신뇨 사(眞如寺)의 산이 보이고 성 아랫거리에서도 경치가 좋은 곳이다.

히네야 벤지는 성하의 가장 뛰어난 검법의 명수로 유도(柔道)에도 능통했다. 하기는 이 오구리류 자체가 도술(刀術) 외에 유도와 권법(拳法)을 가미한 것으로 수련 방법도 여간 거칠지 않았다. 이 선생은 연습 때 공격이 시원찮으면 제자를 꾸짖으면서 말했다.

"그래 가지고는 족제비도 못 잡겠다. 자, 이렇게 하는 거다."

죽도를 상단(上段)으로 겨누고 무겁게 허리를 푹 낮추는 동시에, 탁! 하고 상대방의 면상을 내리친다.

"보았나? 허리힘으로 공격한다."

한 번 얻어맞는 날이면 견뎌나지 못한다. 면구(面具)를 쓰고 있는 데도 충격이 머릿속까지 울려온다. 콧구멍에서 노랑 냄새가 폴싹폴싹 나며 현기증을 일으켜 쓰러지는 자도 있었다. 열네 살의 료마도 퍽이나 당했던 모양이다.

입문한 지 한 달쯤 되는 어느 날, 선생이 료마의 얼굴을 찬찬히 들여다보면서 말했다.

"너 묘하게 생겼구나."

이상스럽다는 듯이 그렇게 말했으나 그 이유는 밝히지 않았다.

료마가 날마다 검술 도구를 둘러메고 도장에서 혼초 1가의 집에 돌아오면 오토메 누나가 기다리고 있다.

"마당으로 나와."

이것이 일과였다. 오토메는 무사의 딸답게 다카시마다(高島田 : 일본 여자 머리형의 일종)에 땀받이 흰 수건을 질끈 동이고 늘어진 긴 옷소매를 다스키(긴 끈)로 졸라매고 목검(木劒) 하나를 들었을 뿐이다.

"료마, 복습……."

오늘 도장에서 배운 대로 쳐들어와 보라는 것이다.

"여자라고 깔보면 안 돼."

깔보다니 어림없다. 이 별난 아가씨는 료마가 아무리 치고 찌르고 해도 힘두 들이지 않고 척척 죽도를 둥겨 버린다. 몇 번인가 마당에 있는 연못에 밀려 떨어진 일도 있었다. 그가 못에서 간신히 기어 올라오면 오토메는 사정없이 목검으로 그의 가슴을 찔러 다시 물속으로 처넣었다. 어느 날 아버지 핫페이가 보다 못해 꾸중을 했다.

"오토메, 그만두지 못해."

"그런 게 아니에요."

뾰로통해지면 귀여운 얼굴이 되는 아가씨다.

"그런 게 아니라니?"

"용은 비랑 구름을 얻어 승천(昇天)한다고 하기에 료마를 물속에 처넣어 정말 용이 될 것인지 아닌지 시험해 보는 거예요."

"이런 바보 같은 소리. 나는 료마가 가엾어서 그러는 게 아니다. 그런 말괄량이 짓을 하다가는 네가 시집도 못 갈까 봐 그러는 거야."

―그로부터 석 달쯤 지나서 도장 선생 히네야 벤지가 먼젓번처럼 료마의 얼굴을 유심히 들여다보았다.

"역시 기묘한 걸."

들여다보는 게 싫어서 료마가 떠름한 얼굴을 하고 있으려니까 그는 다시 말했다.

"얼굴이 달라졌어. 처음 들어왔을 때 하고는 아주 딴 인간이야. 흔히 다시 태어난 것 같다고들 말하는데 역시 그와 같은 일이 세상에 있긴 있군."

료마의 얼굴은 딴 사람같이 야무진 빛을 띠어 가고 있었다. 키도, 이번 봄에 열아홉 살이 되기까지의 지난 오년 동안에, 다섯 자 여덟 치로 성큼 자라났다. 성 아랫거리를 걸어가면 사람들의 시선을 모을 만큼 당당한 대장부가 되었다.

"저게 사카모토네 코흘리갠가?"

거리에서 서로 마주치는 사람들 중에는 자기의 눈을 의심하는 자도 있었다. 다만 오토메가 볼 때 오직 한 가지 어린 시절의 료마의 버릇이 남아 있었다. 남의 집에 초대받아 갔어도 밥공기에서 밥알을 함부로 흘리는 버릇이 있었다. 하기야 곤페이도 이 정도의 버릇은 가지고 있었으니까 사카모토 집안의 혈통일는지도 모른다고 오토메는 생각하며 단념하고 있기는 했지만.

―료마는 강하다.

이런 평판이 성 아랫거리에 퍼진 것은 이해 정월 히네야 도장에서 대시합이 있은 뒤부터다. 오토메는 이날 새하얀 연습복에 감색 하카마(袴 : 치마 비슷한 것)를 받쳐 입고 도장 말석에서 시합을 참관하고 있었는데, 그녀조차 눈이 휘둥그레졌을 정도였다.

"쟤가 내 동생 료마인가?"

료마는 처음에 기리카미(切紙 : 초급 면허를 가진 명수) 세 사람과 대항하여 모두 첫 칼에 물리치고, 다음에 고참격인 목록자(目錄者 : 무술의 어떤 급수 면허를 받은 자) 두 사람의 얼굴과 허리를 쳐서 물리쳤다.

시합 다음 날 히네야 벤지는 오구리류 인증서를 그에게 주었다. 겨우 열아홉 살이다. 이 나이에 인증서라니 히네야 도장에서는 처음 있는 일이었다.

"뭐 인증서라고? 그 료마 녀석이?"

깜짝 놀란 것은 형 곤페이였다.

"내 눈은 장님이었나. 이름 그대로 용이 되는지도 모르겠군―그렇지 않습니까, 아버님?"

그러자 핫페이가 고개를 끄덕이며 말했다.

"돈은 좀 들겠지만 에도(江戶)로 보내어 공부를 시켜야겠다. 나중에 성 아랫거리에 검술 도장을 차리게 될지. 이거야 큰 낙이 생겼는 걸."

아버지와 형은 부랴부랴 히네야 벤지에게로 달려갔다. 그의 의견을 듣기 위해서였다.

"아드님 정도라면 검술로 살아 갈 수 있습니다."

선생은 장담을 하며 다시 이어 말했다.

"이왕이면 큰 나무 그늘이라는 말도 있듯이 역시 크게 성공하기 위해서는 대가(大家)에게 배우는 것이 좋습니다. 그러려면 유파(流派)는 역시 호쿠신잇도류(北辰一刀流)가 좋겠습니다."

"아하, 지바 슈사쿠(千葉周作) 선생 말씀이시군요."

곤페이도 시골뜨기이기는 하지만 그 정도는 알고 있었다. 지바 슈사쿠의 겐부 관(玄武舘)은 교바시(京橋) 아사리 강가의 모모노이 슌조(桃井春藏), 고지 거리(麴町) 사이토 야구로(齋藤彌九郎)와 함께 에도 삼대 도장으로 알려져 있어 천하의 검을 셋으로 나누어 주름잡고 있었다.

"추천서를 써 드리겠습니다. 슈사쿠 선생님에게 배우는 것이 제일 좋기는 한데 선생은 이미 노경에 계신지라 아무래도 전 같지는 못할 줄 압니다. 교바시 오케 거리(桶町)에 도장을 차리고 있는 아우님인 데이키치(貞吉) 선생에게로 가는 것이 좋겠습니다. 데이키치 선생의 도장은 오다마가이케(玉池)의 대지바(千葉)에 대해 소지바(千葉)로 불리고 있죠."

성급한 두 사람은 그 길로 당장에 우치보리(內堀)에 사는 중신 후쿠오카 구나이(福岡宮內)의 저택으로 달려갔다.

"뵙기를 청합니다. 막내자식 료마의 일로 왔습니다."

사카모토 집안은 성읍에서는 제일가는 부자 향사(鄕士)이기는 했으나 신분은 중신인 후쿠오카 휘하의 향사였던 것이다. 료마를 에도로 보내려면 구나이의 허락이 필요했으며 아울러 번청(潘廳)에의 신고하는 일도 구나이를 통하게끔 되어 있었다.

며칠 뒤에 번청으로부터 허가가 내렸다.

"검술 수업을 하러 가겠다니 대단히 기특하다."

이날 이 기쁜 소식을 받아들고 료마의 방으로 뛰어든 것은 오토메였다.

"료마야, 기뻐해라. 허가가 내렸어!"

"네……."

료마는 내키지 않는 얼굴이다.

"왜 그러는 거냐?"

"방금 벼룩이란 놈이 있었거든. 잡으려 했더니 책상 밑으로 튀어 들어가 버렸어. 나도 질세라 기어 들어갔는데 이거 아무래도 벼룩이 입 안으로 들어간 모양이야. 으음 맛이 야릇한데."

멍청히 웃고 있었다.

"역시 이 아이는 예사로운 아이가 아닐지도 몰라."

드디어 료마가 에도로 떠나는 날이 왔다. 가에이(嘉永) 6년 3월 17이었다.

사카모토 집안에서는 겐 할아범이 새벽녘에 대문을 활짝 열어젖히고 도라지의 가문(家紋)이 찍힌 초롱을 높다랗게 매달았다. 저택 안의 방이란 방은 모두 불이 밝혀져 있었고, 아버지 핫페이는 예복을 차려입고 서원(書院)으로 나왔다.

"곤페이, 료마는 어디 있느냐?"

"아까부터 보이지 않습니다만."

"찾아보아라. 그놈은 마치 여우를 말 위에 올려놓은 것 같은 놈이라서 마지막으로 단단히 훈계를 해 둬야 되겠다."

―그때 료마는 누나에게 마지막 인사를 하기 위해 오토메의 방문을 열었다. 오토메는 그기 오기를 기나리고 있었던지 잘 차려 입고

앉아 있었다.

료마는 쑥스러운 듯이 말했다.

"하직 인사드리러 왔습니다."

"참으로 장한 일이야."

오토메는 칭찬해 주었다. 료마는 어떻게 된 일인지 어릴 때부터 사람에게 인사를 한다는 간단한 동작을 통 할 줄 몰랐다. 법도라든가 예절이라든가 하는 인간이 만든 규율 같은 것은 도무지 받아들여지지가 않는 모양이었다. 다행히 타고난 공순한 태도로 인해 사람들은 아무도 그를 불쾌하게 여기는 일 없이 '저놈은 무뚝뚝이야'로 통하는 것이었다.

료마는 두 손을 다다미 위에 짚고 잠시 아무 말 없이 고개를 숙이고 있더니 느닷없이 번쩍 얼굴을 쳐들었다. 오토메는 놀랐다.

"왜 그러는 거야?"

"인사 같은 거 집어치겠어."

그리고 오른발을 쑥 내밀고 넓적다리를 두 손으로 움켜잡더니 말했다.

"오토메 누나, 발씨름을 해요. 어릴 적부터 둘이서 해 왔으니까 작별 인사는 이것이 제일 좋겠어. 아니면 사카모토의 수문장으로 불리는 누나가 달아날 건가요?"

"달아나?"

오토메는 료마의 말에 말려들고 말았다.

"달아나지는 않아. 승부는 몇 판으로 할까?"

"오늘이 작별이니까 딱 한 판."

"좋아!"

오토메는 새 옷자락을 걷어 올리고 하얀 종아리를 두 손으로 움켜잡았다. 꼴사나운 모양이 되었지만 료마는 어릴 때부터 누나의 그런 모습이 낯설지 않았다.

　10분 가량 두 남매는 기술을 다해 서로 다투었으나 승부가 나지 않았다. 마지막으로 오토메의 발이 료마의 사타구니를 감아올리려고 했을 때였다.

　"오토메 누나, 장막(帳幕)이 열렸네요."

　"뭐라구?"

　당황한 오토메가 다리를 오므리려고 했을 때, 료마의 다리가 재빨리 그녀의 두 다리를 한꺼번에 들어 올려 버렸다. 오토메는 이 불의의 습격으로 뒤로 벌렁 자빠지고 말았다.

　하얀 속살까지 내다보였다.

　"어때, 내 솜씨가."

　"비겁하게스리."

　"뭣들 하는 게야?"

　형 곤페이가 무서운 얼굴을 하고 있었다.

　"오토메 누나의 장막 속을 구경하던 참입니다."

　곤페이는 웃음이 나는 것을 억지로 참으며 짐짓 근엄하게 선고를 내렸다.

　"곧 날이 새겠다. 료마는 떠날 차비를 해라. 오토메도 그만 장막을 내리고."

　당시 도사의 고치에서는 집안사람이 먼 길을 떠날 때 기묘한 예방(豫防)을 했다. 이것을 '가라다치(唐太刀)의 예방'이라고 한다. 언제부터 시작된 것인지는 모른다. 가는 길에 어렵고 괴로운 일이 많으므로 다시 고향으로 살아서 돌아올 것을 빌기 위해서 하는 예방이다.

　오토메는 어두운 길로 나가 대문간의 낙수물이 떨어지는 자리에 조그만 돌멩이 하나를 갖다 놓았다.

이윽고 료마는 여장(旅裝)을 갖추고 나왔다. 료마의 여행용 옷은 바느질 솜씨가 서툰 오토메가 열흘이나 고생하며 지은 것으로 검푸른 빛 좁은 소매의 윗도리에 같은 빛깔의 노바카마(野袴 : 일하기 쉽게 만든 아래옷)였다. 그야말로 검술 수업하러 길 떠나는 젊은 무사다운 복장이었다.

오토메는 엉거주춤 웅크리며 말했다.

"료마, 이건 예방법이니까 이 돌멩일 발로 밟아 봐."

"이렇게요?"

료마는 슬쩍 밟아 보고 말했다.

"누나, 잘 있어요. 내가 다음에 도사로 돌아올 땐 누나는 남의 집 사람이 되어 있겠죠."

오토메는 아무런 대꾸도 하지 않았으나 료마는 알고 있었다.

오토메에게는 작년 겨울부터 혼담이 오갔다. 이야기는 순조롭게 되어 이번 여름에는 고치에서 한나절쯤 걸어가는 가미 군(香美郡) 야마기타 마을(山北村)의 의사 집으로 시집가게 되어 있었다. 이름은 오카야마 신스케(岡上新輔)로 나가사키(長崎)에서 공부하고 돌아온 양의(洋醫)였다. 한데 신랑의 키가 오토메보다 세 치나 작은 것이 그녀의 마음에 들지 않았다. 그래도 즐거운 듯이 말했다.

"다음에 돌아오면 야마기타로 놀러 와."

하고 기쁜 듯이 말했다.

"료마, 그만 가거라."

형 곤페이가 대문 앞에 서서 이렇게 말한 다음 하카마 앞끈에 두 손을 찌르고는 낭랑한 목소리로 당시 유행하던 시를 읊기 시작했다. 곤페이는 재주가 없는 사나이였으나 목소리만은 좋았다.

　사나이 뜻을 세워

고향 땅을 떠나도다
학문을 못 이루면
죽어도 돌아오지 않으리

료마는 등자루를 왼쪽 어깨에 걸치고 비단 주머니에 든 죽도를 오른쪽 어깨에 메고는, 죽도 손잡이에 무거운 장비를 매달고 천천히 발길을 내디뎠다.
"아버님, 다녀오겠습니다."
하고 료마가 말했다.
"오냐, 에도에 닿거든 소식이나 전하려무나."
별이 사라지고 갑자기 새벽빛이 길 위를 비추기 시작했다.
이웃 사람들이 온통 몰려 나와 전송해 준다.
료마가 반 마장 가량 갔을 때 사카모토 댁의 대문에서 겐 할아범의 마누라가 달려 나왔다. 이것도 예방이다. 자루 달린 바가지에 탱자를 비끄러맨 것을 들고 료마를 부르면서 그 자루바가지를 흔들며 되돌아오라는 시늉을 한다.
"도련님, 도련님!"
료마는 미리 일러 주던 대로 홱 뒤돌아보며 정겨운 미소를 지어 보였다.

도사의 고치에서 에도까지는 뭍길, 바다 길, 삼천리는 된다. 맨 먼저 길손들은 시코쿠 산맥(四國山脈)의 준령을 넘지 않으면 안 되었다.
고치에는 '전송은 영지 경계석(領地境界石) 지점까지'라는 관습이 있었다. 나가오카 군(長岡郡)의 영지 경계석은 성내에서 삼십 리 가량 떨어진 산기슭에 자리 잡은 마을에 있었다.

부모 형제는 전송하지 않는 것이 관습이었다.

친척, 친지, 료마의 도장 친구 등 줄잡아 이십 명은 되는 사람들이 영지 경계석까지 전송했다. 도중엔 따분하므로 한 사람 한 사람씩 노래를 부른다. 노래를 좋아하는 이 지방의 특색이기도 하다

히네야 도장의 사범 대리인 도이 요고로(土居揚五郎)가 꼬드겼다.

"료마, 자네도 불러."

"잘 못해."

퉁명스럽게 대꾸했다.

"그 잘 못하는 점이 애교야. 그 땜장이네 오우마(馬)를 해 봐."

"오우마라……."

"봐, 빨개졌네."

"헛소리 말아."

오우마라는 것은 성하 제일의 미인으로 고다이 산(五臺山) 기슭에서 땜질을 하는 땜장이의 딸이었다. 아버지가 일찍 죽었기 때문에 어머니가 고다이 산 지쿠린 사(竹林寺)의 여러 승방에 드나들며 중들의 빨래를 맡아 날품을 팔고 있었는데 오우마는 날마다 승방에 빨래거리를 가지러 갔다.

료마와는 동갑이었고 오우마의 어머니가 옛날에 사카모토 집안의 하녀로 있었기 때문에 가끔 저택으로 들어온 일도 있다. 료마는 이 소문난 미녀가 뜻밖에 키가 커서 다섯 자 두 치나 되고 머리칼이 빨갛던 것을 기억하고 있다.

그녀의 미모는 성 아랫거리의 젊은 무사들 사이에서도 소문이 자자하여 오우마가 사카모토 집안에 들어오면 료마의 친구들은 어디서 어떻게 냄새를 맡았는지 볼일도 없이 놀러 오곤 했다.

젊은 무사들뿐 아니라 고다이 산 지구린 사의 젊은 중들도 야단이

었다. 오우마와 가까이 하기 위해 일부러 멀쩡한 옷을 더럽혀 세탁을 부탁하는 중도 있었고 편지를 내미는 자도 있었다.

준신(純信)이라는 젊은 중은 오우마의 환심을 사기 위해 성 아랫거리에서 가장 번화한 하리마야 다리께의 잡화점 '다치바나야(橘屋)'에서 말뼈로 만든 머리꽂이를 하나 샀다. 당시, 번청에서 사치금지령이 내려 같은 머리꽂이라도 산호는 금제품(禁制品)으로 되어 있었다.

이 소문이 성 아랫거리에 쫙 퍼졌다.

도사는 남쪽 지방인 탓인지 노래를 좋아했는데 그것도 명랑한 노래밖에 환영받지 못했다. 아무리 비참한 이야기라도 밝게 엮어서는 누가 하는 것인지 '요사코이 타령'으로 만들어 퍼뜨리는 것이었다.

"난 못 불러."

"그럼 료마 아저씨 대신 제가 부를게요."

형 곤페이의 딸 하루이(春猪)였다. 하루이는 아버지를 닮아 목청이 좋다.

때마침 아침 안개가 흩어지기 시작했다. 료마가 이제부터 넘어가야 할 가메이와 고개(甁岩峠)의 하늘이 파랗게 갰다.

료마는 이상한 젊은이였다. 숱한 전송객들에게 에워싸여 걸으면서도 거의 말을 하지 않는다. 하루이가 삼촌의 고독한 옆얼굴을 보고 웃을 정도였다.

"료마 아저씬 혼자서 걷는 것 같애."

게다가 이따금 슬그머니 없어져서 사람들을 당황하게 했다.

"료마가 또 없어졌다"고 모두들 가던 길을 되돌아서서 찾아보면 강에서 혼자 헤엄치고 있는 것을 발견하기도 했다.

"정말 속 썩이는 놈이군."

영지 경계석 근처에 이르자 또다시 보이지 않았다.

"이번은 외길이니까 찾기가 쉽겠지."

찾아보니 료마는 남의 집에 멋대로 들어가 마루에 배를 깔고 두 손으로 턱을 괴고는 멍하니 병풍을 바라보고 있었다.

"여기 있었군."

그 집은 노무라 에이조(野村榮造)라는 향사의 집이었다. 노무라 집안에서도 말없이 문을 밀고 들어온 이 몸집이 큰 낯선 사나이가 도무지 미심쩍어 말도 걸지 않고 내버려 두었던 것이다. 도이 요고로가 노무라 집안의 식구들에게 사과한 다음 료마에게 핀잔을 주었다.

"여봐, 뭐하는 거야?"

"병풍 보고 있잖아."

두 폭 병풍으로 단노우라(壇浦)의 겐페이(源平) 배싸움이 화려한 색채로 그려져 있었다. 이 병풍이 길에서 보였기 때문에 자기도 모르게 이끌려 들어와 버렸던 모양이다.

"이 그림, 마음에 들었나?"

말없이 싱긋 웃었다. 그림 자체가 마음에 든 것이 아니라 병풍 가득히 펼쳐져 있는 배싸움이 마음에 들었을 것이다.

물론 료마는 뒷날 사설 함대를 거느리고 이 병풍의 바다와 꼭 같은 바칸 해협(馬關海峽)에서 막부(幕府) 함대와 해전할 운명이 되리라고는 그 자신도 상상조차 못했을 것이다.

"가 볼까?"

료마가 일어났을 때 노무라 집안에 머물고 있던 나그네 중이 말을 걸어 왔다.

"잠깐만."

뒤돌아보니 다섯 자 될까말까한 작달막한 중인데 머리 둘레의 지름이 두 자는 되어 보였다. 그 중이 말했다.
"특출한 상(相)이군."
그러나 료마는 상대하지 않았다. 얼른 보아 이리저리 떠돌아다니며 관상이다, 점이다 하고 밥이나 얻어먹는 동냥중 같아 료마는 이런 따위의 점쟁이가 애당초부터 비위에 맞지 않았었다.
"당신 이름 뭐라 하시오?"
"사카모토 료마요."
"미간(眉間)에 이상한 광채가 있어. 장차 혼자의 힘으로 천하를 뒤엎을 분이야."
"거짓말 많이 하시오."
료마는 웃었다.
"나는 검술 사범이 될 거야. 이 무거운 격검(擊劍) 도구를 보라구."
내뱉듯이 말하고 료마는 큰길로 나왔다.

도중, 날은 계속 맑았다.
료마는 아와(阿波)와의 경계를 이룬 몇 개인가의 고개를 넘어 요시노 강(吉野川) 상류의 골짜기로 접어들었다.
멀리 이시즈치 산(石槌山)에서 뻗어 내리는 이 협곡은 동서로 백 리인데, 지형은 무척 복잡해서 도중에 오보케(大步危), 고보케(小步危) 등의 험준한 곳이 있고 때로는 하루 종일 걸어도 사람의 그림자를 볼 수 없는 곳이었다.
료마는 왼손을 품에 넣고 걷는 것이 버릇이다. 오른손에 죽도와 방비 도구를 메고, 이 또한 버릇으로 왼쪽 어깨를 조금 떨어뜨리고 한 발 한 발 가볍게 땅을 딛고 걸어간다.
그러면서도 걸음은 빠르다.

이 버릇은 사오 년 전에 붙어 버렸다. 료마가 열다섯 살 때, 당시 젊은 무사들 사이에 성행되고 있던 좌선(坐禪)을 우습게보고 말했다.

―앉았느니 보다 걷는 편이 더 좋지 않겠느냐?

그래서 생각해낸 것이 다른 사람이 좌선하는 시간에 자기는 걷는 수련을 하겠다는 것이었다. 언제 머리 위에서 바위가 굴러 떨어져도 태연하게 죽을 수 있는 방법을 생각하며 오로지 그런 마음으로 걷는 것이다. 그 바위를 피하지도 않고 받아넘기지도 않으면서, 그것이 머리 위에 떨어지면 떨어지는 그대로 태연히 맞이하여 무(無)로 돌아갈 수 있게 하는 수련이었다.

처음에는 굴러 떨어지는 바윗돌을 연상하고 공연히 두려워했다. 열다섯 살에서 열여덟 살까지는 언제나 료마의 머릿속에 이 바윗돌이 떠나지 않고 있었다. 그런데 열여덟 살쯤 되자 이것이 우스꽝스럽게 여겨졌다.

"제가 만든 바윗돌에 제가 위협을 받는 바보도 있단 말인가?"

그는 그 수련을 중단하고 말았다.

지금은 그런 시기가 있었던 것마저 잊고 말았지만 걸음걸이 버릇만은 그대로 남아 있었다.

어느 날 히네야 도장의 사범 대리 도이 요고로가 오비야 거리를 지나가는 료마의 뒷모습을 보고 말했다.

"저 녀석은 너무 우람해. 뒤에서는 칠 수가 없겠는걸."

이렇게 말한 적이 있었다.

료마 자신은 그 독창적인 수련을 그만두고 말았지만 자기도 느끼지 못하는 마음 한구석에는 언제나 바윗돌이 살아 있으면서 조금씩 조금씩 료마를 성장시켜 갔는지도 모른다. 며칠 뒤에 료마는 아와의 오카자키 포구에 도착했다.

이곳은 고나루토(小鳴門)를 마주 보는 포구였는데 여기에서는 아와지의 후쿠라(福良), 오사카(大坂)의 덴포 산(天保山) 앞바다로 통하는 배편이 있었다.

—아아, 이 갯벌 냄새.

힘껏 심호흡을 했다. 도사를 떠나 며칠 만에 맡는 냄새였다.

바다로 통하는 좁은 길 양쪽에는 여인숙이 즐비하게 늘어서 있고, 손님을 끄는 여자들의 무리가 지나가는 길손들에게 목이 쉬도록 외치고 있었다.

"거기 가시는 젊은 무사님, 날씨는 좋지만 물결이 높아서 오늘은 배가 나가지 못합니다. 주무시고 가세요!"

료마도 여자가 끄는 대로 나루토야(鳴門屋)라는 여인숙에 들었다.

'과연 아와 여자들은 친절하군.'

소문과 다름없다고 생각했다. 붉은 끈에 붉은 행주치마를 두른 하녀가 마루방에 료마를 앉히고 발가락 사이까지 깨끗이 씻어 주는 것이었다.

료마는 이층으로 안내되었다.

"꽤 붐비는군."

"네, 사흘이나 배를 기다리는 손님도 계신 걸요. 거기는 아닙니다. 무사님 방은 여깁니다."

"그 방은 싫어."

료마는 쿵쿵 복도를 걸어 다른 방으로 쑥 들어가 버렸다. 앉기가 바쁘게

"술 가져 와."

도사 사람들은 술을 차 마시듯한다.

"저어, 이 방은 곧 도착하게 될 손님이 예약한 방이라서……"

"난 여기야."

료마는 그 방으로 작정해 버리고 만다. 원래 너무 고집이 없다고 할 정도였지만 남이 이래라저래라 하는 것을 가장 싫어했다. 뒷날 그는 입버릇처럼 말했다.

'뭇 사람이 다 착한 일만 한다면 나 혼자만은 악을 행하리라. 그 반대도 역시 마찬가지다. 영웅이란 자기만의 길을 걷는 자를 말한다.'

료마는 잠자코 웃고만 있다.

"곤란합니다."

"어서 술 가져오라니까."

료마는 동쪽 장지문을 열어 젖혔다. 바다 풍경이 시원스럽게 한눈에 들어왔다. 아와지 섬(淡路島)이 가까이 보였고 멀리 기슈(紀州)의 능선이 저녁 노을에 붉게 물들어 있었다.

"나는 바다와 배가 보이는 방이 좋다네."

자작을 해가며 얼근하게 취기가 돌고 있는 참인데 지배인이 황망히 달려왔다.

"젊은 무사님, 지금 이 방 임자가 도착했습니다. 저쪽으로 옮겨 주시지요."

"거기서는 바다가 보이지 않겠지?"

"그렇습니다."

"여기 있겠어."

"그러시다면 오시는 분에게는 제가 말씀을 드릴 테니 여기서 동숙하시면 어떠실까요?"

"음, 좋아."

"감사합니다. 그런데 혹시나 싶어 말씀드려 둡니다만 오시는 손님은 여자분입니다."

"어?"

료마는 자리에서 벌떡 일어났다.

"그건 안 돼. 거절해 주게. 집을 나올 때 아버님께서 분부가 계셨으니까."

"무엇을 말씀입니까?"

"여색(女色) 말이다."

"원 별말씀을. 같이 방에 드는 것뿐이지 여색이라니 지나친 말씀입죠."

"그렇지도 않아. 우리 고향에는 후쿠오카 구나이라는 중신이 계시는데, 그 어른이 우리 형님에게 말씀하시기를, 내가 그 어른 댁에 들르기만 하면 여자들이 수선을 떠는 통에 곤란하다는 거야."

"죄송합니다."

"그래서 여자를 가까이 하지 말라고 아버님께서 말씀하신 게지."

"사실 말씀드리자면, 이 방에 드실 손님은 바로 그 도사의 중신이신 후쿠오카 구나이님의 따님이올시다."

다즈 아가씨

"후쿠오카 댁 아가씨가?"

료마는 잔을 놓았다. 동시에 윗목에 놓아둔 칼을 끌어당기고 짐을 양쪽 손에 나눠 들고 자리에서 일어났다.

"나는 오늘 밤 바닷가에서 자겠다."

"예엣?"

지배인은 당황했다.

"이따가 뒤편 해변으로 밥과 술을 가져다주게나. 그리고 깔 자리 두어 장만 빌려주면 고맙겠는데."

"화 나셨습니까?"

"상대가 좋지 못해."

료마는 말없이 뒷문계로 나갔다. 해변에는 알맞은 배들이 있었다.

―여기가 좋겠군.

지배인과 하녀가 대여섯 장이나 되는 자리와 쪽물 들인 이불, 다섯 가지쯤 되는 밥반찬과 술을 들고 나왔다.

"기분이 상하셨으면 너그러이 용서해 주시기 바랍니다."

"지배인, 후쿠오카 댁 아가씨라는 건 틀림없겠지?"

"틀림없습니다."

"이름을 다즈(田鶴)라고 하던가?"

"예, 그렇습니다. 앞서 온 파발군에게 물어 보았습니다. 하지만 서방님도 같은 도사 번의 가신이시라면 괜찮으실 텐데."

"나는 가신이 아니다."

"그러시다면?"

아와 출신 지배인인지라 도사의 무사 계급의 복잡한 신분 관계를 알 리 없다.

"향사(鄕士)야."

"그렇지만 조금 전에 여인숙 감독관에게 들었는데, 도사 고치 성하의 사카모토 댁이라면 아와에까지도 알려진 유명한 가문이라던데요."

"그래도 향사는 향사지. 비가 오면 그 집안 무사들은 나막신을 신을 수가 있지만 같은 무사라도 향사는 맨발로 걸어 다녀야만 해. 자네는 모르겠지만 도사는 일찍이 전국(戰國)시대에 조소카베(長曾我部) 가문의 영토였다네. 우리 도사 향사의 조상은 이 조소카베 가신이었지. 그런데 게이초(慶長) 오년, 세키가하라(關原)에서 도쿠가와 이에야스와."

"예, 도쇼 다이곤겐(東照大權現)."

지배인이 고쳐 물었다.

"이에야스로 좋아. 이에야스하고 싸워서 패하고, 대신 세키가하라의 공으로 엔슈(遠州) 가케가와(掛川) 5만 석의 영주였던 야마노우치 가즈토요(山內一豊)가 하루아침에 24만 석으로 가봉되어 도사로 입국했다네. 이때 조소카베의 옛 신하들은 들판으로 쫓겨나 향사가 되었지. 야마노우치 집안이 들어올 때 거느리고 온 사람들의 자손은 상급 무사라고 하면서, 같은 인간인데도 우리들을 천시하여 한 자리에 앉지도 않는 거야. 객지에서는 같은 여관에도 묵기를 꺼리는 사람들이지."
"그래서 사양하시는 거로군요."
"사양 같은 건 하지 않아. 상대는 도사 24만 석의 중신 후쿠오카의 누이동생이며, 나는 그 후쿠오카 집안의 일개 향사의 아들이다. 그런 공주님하고 한 지붕 밑에 자다니 가슴이 답답한 노릇이지."

바다에 실날같은 달이 떠올랐다.
희미한 빛이기는 했으나 그래도 건너편 아와지 섬과 누시마(沼島)의 그림자가 꺼멓게 드러나 보였다.
료마는 모래 위에 큰칼을 꽂아 놓고 밥상을 끌어당겨 밥을 먹었다.
'놀랍군, 다즈와 함께라니.'
후쿠오카 저택은 성밑 해자(垓字)곁에 자리하고 있는데 그 일대에 사는 같은 집안이나 중신들 저택 중에서도 특히 웅장하여 아마도 사방 5리는 될 성싶었다.
—소문으로는 다즈는 이 저택 남쪽 한 곁에 별당을 지어놓고 유모 한 사람을 데리고 조용하게 살고 있다는 것이다. 타고 난 약골이어서 좀체 바깥출입도 않으며 혼기도 그 때문에 늦어지고 있다는 것이었다.
여관 지배인의 이야기로는 '구경도 겸해서 아리마(有馬) 온천에

온천 치료하러 가시는 길입니다'라는 것이다. 그러나 료마가 고치를 떠나던 전날 후쿠오카 저택에 인사를 갔었지만 일체 그런 말은 비치지도 않았다. 하기야 집안일을 향사의 아들에게 말할 필요는 없을 것이다.

미인이라고들 했다.

그들 집안에서는 첫째가는 고운 인물이라고 하며 도사 24만 석의 국색(國色)이라고 떠드는 자도 있었지만, 실상 그녀의 얼굴을 보았다는 사람은 거의 없다는 이야기였다.

떠도는 노래도 있었다.

가사는 료마도 잊었지만 누나 오토메의 이야기로는 후쿠오카의 다즈를 짝사랑하는 젊은 무사를 노래한 것이라고 했다.

그 젊은 무사는 성 아랫거리 어디선가 다즈를 한 번 보고 사랑을 느낀 나머지 '다시 한 번만 더 볼 수 있다면 그 자리에서 배를 갈라도 한이 없겠다'라고 했다는 것인데, 친구 하나가 다즈의 죽은 유모 제삿날이 5월 16일이며 혼백 맡긴 절이 고다이 지쿠린 사 짓소 원(實相院)이라는 것을 일러 주었다고 한다.

그날 그가 친구와 함께 짓소 원 산문 옆에서 기다리고 있는데, 후쿠오카 가문의 문장(紋章)을 붙인 가마가 대숲 사이를 올라오고 있었다.

"남아의 일언이다. 배를 갈라야지."

"가르다뿐일까?"

칼을 빼들고 몸을 숨기고 있는데 그 앞에 가마가 멈췄다. 후쿠오카 댁 시녀가 흰 끈이 달린 조리(草履)를 가지런히 내려놓자 이윽고 다즈의 발이 그 위에 사뿐히 얹혔다. 그리고 그녀의 모습은 이내 산문 안으로 사라지고 말았는데 그 뒤가 큰일이었다.

"으앗!"

그 젊은 무사가 배에 칼을 꽂은 것이었다. 그는 이내 친구들이 들쳐 업고 의사한테 달려가 간신히 목숨을 건졌다고 한다.

료마는 술 마시기에도 싫증이 났다.
'자 볼까.'
자리를 뒤집어쓰고 드러누웠다. 여관집 하녀가 이불을 갖다 놓기는 했으나 햇볕에 쪼인 모래가 알맞게 따듯해져 이불을 쓸 필요도 없었다.
모래밭에서 자는 데는 익숙한 료마였다. 모래 위에서의 향연은 도사의 젊은 무사들의 관습이었다. 히네야 도장에 있을 무렵 칠월 보름이나 팔월 대보름의 달 밝은 밤이면 친구들과 으레 가쓰라하마(桂濱)로 나갔다. 멍석을 펴놓고 밤을 새워 가며 술을 마신다.
생각하면 그 달만큼 멋진 달은 없었던 것 같다.
동쪽에는 무로도 곶(室戶岬), 서쪽에는 아시즈리 곶(足摺岬)이 바다 위 삼백 오십 리의 태평양을 가볍게 껴안고 달은 그 한가운데 온 바다를 비추며 떠오르는 것이다.
료마가 앞으로 어느 지방을 떠돌든 아마도 평생토록 잊을 수 없는 추억일 것이다. 그 당시 도장의 동료들이 노래를 불렀었다.

　　보시라 보오시라
　　포구 쪽 문을 열고
　　달의 명승지는 가쓰라하마

료마는 나루토 바다 위에 걸려 있는 초승달을 바라보며 엉뚱한 생각을 했다.
'저 가쓰라하마의 달을 좇아 끝없이 끝없이 배를 저어 간다면 어

디로 가 닿게 될까?'

그런 철부지 같은 생각을 하고 있는 사이에 가물가물 졸음이 오기 시작했다.

그럴 즈음, 나루토야의 뒤편 돌담에 초롱불 두 개가 나타났다. 이윽고 모래를 밟는 발자국 소리가 가까이 오며

"아가씨."

나직하게 부르는 소리가 료마의 귀에도 들려왔다.

료마는 깜짝 놀라 일어나려고 했으나 평소의 버릇대로 귀찮아졌다. 후쿠오카 댁의 시녀인 것 같았다.

"여기 사람이 누워 있네요. 이 사람이 혼초 사카모토 댁의 아드님이 아닌지요?"

"……어디, 어딘데?"

"술에 취한 것 같군요. 고약한 냄새가 납니다."

"그런 소리 하는 것 아니야. 바닷물 냄새일 거야."

다즈의 목소리인 것 같다. 나지막하면서도 둥글고 물기 있는 아름다운 목소리다.

"아닌데요, 사카모토의 아들 냄샌가 봅니다."

'뭐라는 수작이야.'

료마는 누운 채 울컥 속이 뒤집혔다.

"조용히들 해요."

깜짝 놀라 두 여인은 뒤로 주춤 물러났다.

"말씀대로 여기 드러누워 있는 건 사카모토의 아들이오."

"어머, 정말……."

다즈의 목소리는 뜻밖에도 들떠 있었다.

다즈는 모래 위에 무릎을 꿇고 앉았다. 역시 도사 24만 석 중신의 누이라 예절 비르다. 료마는 누운 채다.

"료마님이라고 하셨지요?"

"그렇습니다."

"에도로 검술 수업차 떠나시는 길이라고요?"

"말하자면 그렇습니다."

"오라버님(구나이)에게서 여러 가지 소문은 듣고 있었습니다."

"……."

후쿠오카 집안과 사카모토 집안은 단순한 중신과 향사라는 관계만이 아니라 번의 재정이 곤란할 때는 후쿠오카 집안에서 사카모토 가문의 종가인 사이타니야 하치로베에(才谷屋八郞兵衞)에게로 돈을 꾸러 오는 일이 종종 있었다.

이로 인해 사카모토 집안은 한낱 향사이면서도 후쿠오카 집안과는 인연이 깊었다. 해마다 정월 열 이튿날이면 구나이 자신이 아랫사람들을 거느리고 사카모토 댁을 찾아와 당주(當主)에게 술을 내리고 종가인 사이타니야에게는 좋은 생선을 선물로 보내는 것이 길례(吉例)가 되어 있을 정도였다.

겸해서 료마의 가계(家系)에 대해 언급해 두자. 시조(始祖)는 비와 호(琵琶湖)를 말로 건넌 아케치 사마노스케 미쓰하루(明智左馬之助光春)였다고 한다. 아케치 멸망 뒤에 사마노스케의 서자(庶子) 다로오고로(太郞五郞)가 도사로 도망쳐서 나가오카 사이다니 마을에 살며 조소카베 집안의 향사가 되었다.

향사란 조소카베 집안의 독특한 병제(兵制)로 평상시에는 논밭이랑에 무구를 매단 창을 꽂아 놓고 농사일을 하다가 일단 출진을 알리는 징이 울리면 즉시 괭이 대신 창을 잡고 말을 달려 전쟁 마당으로 나가는 자들을 말한다. 전국 말기 조소카베 모토치카는 이들 용감한 향사들을 이끌고 시코쿠 전체를 손아귀에 넣었던 것이다.

사카모토 집안에서는 간몬(寬文) 연간에 사대째인 하치베 모리유키(八兵衞守之)가 고치 혼초로 옮겨 와서 양조장을 차려 크게 번창했었다. 5대 6대째로 내려오며 수천만의 거부가 되었고 마침내 7대째 핫페이 나오미(八平直海) 때에 와서 가업을 동생에게 물려주고 향사의 자격을 돈으로 매수하여 본디의 무사로 되돌아갔다. 영지(領知)는 일백구십칠 석, 녹봉은 열 섬 너 말이었다. 저택은 본가인 사이타니야와 등을 맞대고 있다.

도사에서는 좀 색다른 사카모토라는 성씨는 그들의 가조(家祖) 사마노스케 미쓰하루가 비와 호 가의 사카모토 성에 살았었기 때문에 지은 이름이었고 가문(家紋)은 아케치의 도라지 꽃이다.

"료마님."

다즈가 불렀다. 료마는 무심한 눈으로 별만 바라보고 있다. 근시 경향이 약간 있어 별의 윤곽은 흐릿했다.

"이런 곳에 누워 계시면 저희들이 내쫓은 것 같아서 마음이 불안합니다. 부탁이오니 방으로 옮겨 주십시오."

"떨어졌다!"

"네엣, 뭐가요?"

"별 말씀이오."

"이 다즈는 진정으로 말씀드리는 겁니다. 어떻게 하시겠습니까?"

"같이 한방에 자는 건 사양하겠습니다. 나는 거북한 것이 제일 싫으니까요. 이 하늘과 땅 사이에 누워 있는 것이 제일 좋습니다."

시녀 하쓰는 이 무례한 향사의 아들이 무척 괘씸한 모양으로 옆에서 끼어들었다.

"아가씨, 내버려 두세요. 이 사람은 하늘과 땅 사이가 좋다고 하지 않아요? 여기가 마음에 드는 모양입니다요."

―배가 떠난 것은 이튿날 새벽이었나.

다즈는 늙은 시녀 하쓰와 젊은 무사 야스오카 겐지(安岡源次), 하인 시카조(鹿藏)를 데리고 정문(定紋)을 넣은 포장으로 둘러싼 중앙부의 자리로 들어갔다.

"료마님도 이리로 오시도록 하세요."

다즈가 전갈해 왔다.

"아니오……"

료마는 이 한 마디를 던지고는 배 위로 올라가 버렸다. 내 좋은 대로 내버려 두라는 표정이었다.

그러자 노녀 하쓰가 다즈에게 속삭이었다.

"퍽 별난 사람인 것 같아요. 소문에는 글자도 제대로 모른다지 않아요."

"그럴 리가 없어. 오라버님 말씀을 들으면 한비자(韓非子)라는 한문책을 료마님은 말없이 사흘이나 들여다보고 있었다는 거야."

"사흘이나요?"

하쓰는 기가 막히다는 듯이 웃으며 말했다.

"글자도 모르는 주제에."

"아니래도. 그의 셋째 누님인 오토메 아가씨가 가르쳐 주어서 글은 충분히 읽는대. 글씨도 자기식의 이상한 체(體)지만 아무리 어려운 자라도 척척 쓴대."

"그러고 보니 아주 바보는 아닌 모양이로군요."

하쓰는 료마에게 호감이 안 가는 모양이다. 향사의 신분으로 중신의 누이에게 고분고분 대하지 않는 것이 비위에 틀어진 것이리라.

"바보는커녕 그 한비자를 사흘씩이나 들여다보고 있다가 나흘째 되던 날, 고다카자카 서당의 이케 지사쿠 선생이 사카모토 댁에 놀러 왔을 때, 당당히 토론을 벌였다는 거야. 이케 선생은 그의 강론을 들으면서 놀라 정신을 못 차렸다는 거야. 들어 보지도 못

다즈 아가씨 69

한 해석이었기 때문이지."
"횡설수설했던 거지요."
"그것도 아니야. 학자들로서는 도저히 생각조차 할 수 없는 재미있는 해석이었기 때문이야."
"그렇지만 한문을 제대로 읽지도 못한다는데 용케 그런 걸 알 수 있었던가 봐요."
"천품이 있었던 모양이야. 사람에게는 옛 사람의 학문을 충실히 받아들이는 형과 그보다도 스스로 얻어 보려는 형, 둘이 있다는 거예요. 료마님은 뒤의 형인데 그 같은 형은 중국의 조조(曹操)와 같이 난세의 영웅 중에 많다고 오라버님께서 말씀하시기에 나도 한번 난세의 영웅을 만나보고 싶었어. 정말 막상 만나 보니……."
"어떠세요?"
"사람을 잡아끄는 데가 있는 분 같아."
"그건 아가씨께서……."
하쓰는 무서운 표정을 지어 보였다.
이때 료마는 뱃전에서 바닷바람을 쏘이며 키를 잡고 있는 늙은 사공의 모습을 어린 아이 같이 열심히 바라보고 있었다. 노인이 어이가 없었다.
"서방님은 배를 무척 좋아하시는 것 같군요."
"정말 좋아하지."
난세의 영웅치고는 너무나 천진한 눈이었다.
"서방님, 어디, 키를 가르쳐 드릴까요?"
"그보다도 내가 해 보지. 그리고 영감은 옆에서 하나하나 바로잡아 주면되니까."
료마는 키잡이의 제자가 되고 말았다.

이 나루토마루(鳴門丸)의 키잡이 노인은 사누키(讚岐)의 니오(仁尾) 태생으로 시치조(七藏)라 불렀다.

시치조는 감탄을 거듭해 마지않았다.

'정말 재주 있는 무사로군.'

료마는 한나절 동안에 키를 돌리는 법은 물론 바람의 호흡과 돛을 다루는 방법까지 터득하였다. 우두머리 사공인 조자에몬(長左衛門)도 이 모양을 보고 놀라며 말했다.

"좋아한다는 것은 정말 무서운 거로군요. 서방님은 이걸로 보아 글공부도 대단하시겠습니다."

"글공부 쪽에서 마다는 걸."

"마다뇨?"

"인연이 없다 그런 말이지."

료마의 타고 난 무뚝뚝한 말투였다.

우두머리 사공인 나가자에몬도 키잡이 시치조도 이 열 아홉 살 젊은 무사에게 완전히 반해, 마치 해적이 두목을 우러러 섬기는 태도로 료마를 대접하기 시작했다. 료마는 사람을 사로잡는 향기 같은 것을 지니고 있는 것일까?

그날 밤은 다즈 일행이 있는 가운데 칸으로는 내려가지 않고 불침번인 성원들이 쉬는 선미(船尾)의 지붕 밑에서 잤다.

이튿날 아침 시치조 노인이 배 뒤편으로 가 보니 료마는 앞만 겨우 가린 알몸으로 지붕 밑에서 슬슬 기어 나왔다.

"여봐요 시치조, 이 꼴인데 어떻게 하지?"

"옛! 무슨 일이라도 있었나요?"

"벗어 버린 거야."

료마는 뻗치고 서 있었다.

"배 부리는 데 무사 차림은 방해가 되거든. 그렇지만 이 꼴로서야 도리가 없잖아. 뱃군들이 입다 버린 누더기라도 하나 입혀 주게나."

시치조는 한달음에 달려가 삼베와 무명으로 누덕누덕 기운 누더기를 가져다가 료마에게 입혔다.

"어때, 뱃군으로 보이나?"

"보이다뿐입니까, 모양만이 아니라 나이는 비록 젊지만 듬직한 대선장입니다요. 무사로 두기에는 좀 아까운 생각이 드는군요. 어디 마음먹고 무사 노릇 집어 치우시는 게······."

시치조는 농담 삼아 말하는 것이었으나 료마는 심각한 얼굴로 생각에 잠긴다. 그러나 이윽고 시치조를 보고 말했다.

"생각해 보았는데 역시 선장은 안 되겠어. 나는 지금 에도로 수업하러 가는 길인데 장차 일본 제일의 검술가가 될 작정이거든."

"참으로 훌륭한 생각이십니다. 서방님 같은 분이 검술을 배우시면 틀림없이 일본 제일이 되실 겁니다."

"추키지는 말아."

"추키는 게 아니라, 서방님 같은 분이 옛날 전국시대에 태어났더라면 틀림없이 해적 대장이라도 하셨을 걸요."

"도둑놈 말인가? 사람을 우습게 알지 말아."

"다카마쓰(高松)의 만담장(漫談場)에서 이런 이야기를 들은 일이 있어요. 이시카와 고에몬(石川五右衞門)이 체포되었을 때, 도둑놈이 뭐가 나쁘냐, 다이코 히데요시(太閤秀吉)야 말로 천하를 도둑질한 큰 도둑놈이 아니냐고 대들었다지 뭡니까? 훔치려면 역시 천하를 훔치는 품이 사내답고 좋지요."

"영감, 그리고 보니 굉장한 학자로군."

하리마나다(播磨灘)는 날이 알맞게 개어 있었다.

다음다음 날, 나루토마루는 오사카 바다로 들어가 서서히 돛을 내리면서 아지 강(安治川) 끝의 덴포 산 앞바다에 이르자 7개나 되는 닻을 물에 던졌다. 시치조 노인이 말했다.

"이제 하직할 때가 되었군요. 부디 공부 열심히 하셔서 일본 제일 가는 검술 사범이 되시기를."

"고맙네."

료마는 다시 나그네 복장을 하고 있었다.

이윽고 전마선들이 나루토마루의 뱃전으로 몰려왔다. 손님을 실어나르기 위한 배들인데 그중 한 척은 뱃머리에 잣나무 잎사귀 무늬를 그린 도사의 번기(藩旗)를 달고 있었다. 다즈를 위해서 오사카에 머물고 있는 청지기가 특별히 편의를 제공한 것이리라.

료마도 그 배에 편승했다.

배는 시리나시 강(尻無川) 어구를 돌아 북으로 올라갔다. 마쓰곶(松岬)을 돌아 기즈 강(木津川)에 들어설 무렵에는 이미 시가지 복판을 저어 가고 있었다.

'야아……'

고치의 성하에서 자라난 료마는 양쪽 강둑에 늘어서 있는 창고며 집들을 보고 눈이 휘둥그레졌다. 처음 보는 번창한 도시 풍경이었다.

다즈도 즐거운 듯이 이야기했다.

"료마님, 정말 천하의 재물이 모였다 흩어졌다 하는 나니와(浪花) 땅이라 다르군요."

그때 배는 크게 흔들리며 동쪽으로 꺾여 좁은 운하로 들어섰다.

나가보리 강(長堀川)이었다.

이윽고 두 개의 다리 밑을 지나 가쓰오자 다리(鰹座橋) 아래에 배가 닿았다.

강 언덕에 육중한 담을 둘러친 창고 모양의 큰 저택이 보였다. 도사의 오사카 번저(藩邸)였다.

이 일대를 시라가 거리(白髮町)라고 불렀는데, 그것은 도사의 목재 산지인 시라가 산(白髮山)을 딴 것이었다. 시라가 산에서 베어 낸 목재들이 바다를 건너 이 강 언덕에 닿은 다음 오사카 번저를 통해서 팔려 나간다.

번저 양쪽에는 생선, 종이, 목재 등 도사 특산물 도매 가게들이 흥청대고 있다.

"료마님, 마치 도사에 되돌아온 것 같은 기분이 드는군요."

"글쎄요······."

료마는 여기서 다즈와 헤어져야겠다고 생각하고 있었다.

다즈의 숙소는 이 번저 안에 있는 어전(御殿)이라고 불리는 건물이었다. 번주(藩主)나 중신들만 쓰는 숙소이기 때문에 료마는 신분상 거기 묵을 수 없었다.

료마는 이미 발길을 내딛고 있었다. 거리의 저녁 그림자가 짙어 갔다.

"료마님, 어디로 가실 건가요?"

"에도로."

등을 돌린 채 료마는 대답했다. 서두르지 않으면 안 된다.

아직도 일천 사백 리 길이나 남아 있다.

"그건 알고 있어요. 하지만 오늘 밤은 여기에서 주무세요."

"······."

"왜 대답을 않으세요?"

"나는 향사니까요."

빙긋 웃어 보인 것은 당신과 신분이 틀린다는 뜻이었으리라.

그로부터 반시간쯤 지나, 료마는 넨마(大滿) 핫켄야(八軒屋) 거리의 여인숙으로 가기 위해 고라이 다리(高麗橋)를 건너려고 했다.
 어두웠다.
 초롱불이 없는 료마는 다시 난간에 의지하여 천천히 걸었다.
 그때 갑자기 등 뒤에서 낮은 목소리로 부르는 자가 있었다.
 "야!"
 앗, 그 순간 료마는 앞으로 몸을 날렸다. 하카마 자락이 잘린 것을 발의 감촉으로 알 수 있었다.

에도로

　료마는 주춤주춤 물러서서 다리 옆의 버드나무를 방패삼아 상대방의 그림자를 비쳐보며 칼을 뽑았다.
　바람이 일고 있었다. 입안이 바싹 말랐다. 겁을 먹은 건 아니다. 오구리류의 고수급 솜씨를 지녔다고는 하지만 진검(眞劍)과 대치하기는 이번이 처음이었다.
　그림자는 다리 위에 있었다. 검을 높이 쳐든 채 뿌리라도 박힌 듯이 꼼짝 않는다. 제법 칼 쓸 줄 아는 놈인 것 같다.
　료마는 중단으로 겨누었다. 선수를 칠 생각은 없었으나 상대방이 움직이면 쳐들어가 두 토막을 낼 작정이었다.
　'웬 놈일까?'
　원한이리면 사람을 잘못보아도 유반부동이다. 처음으로 이 땅에 온 료마에게 남의 원한을 살 만한 일이 있을 리 없다.

'아니면 노상강도인가?'

말을 걸 수는 없는 일이다. 말을 걸면 목소리를 목표로 상대방의 제 2의 검이 쳐들어올 것이 틀림없다.

료마는 갑자기 상대방을 시험해 보고 싶은 생각이 들었다. 자세를 중단에서 팔상(八相)으로 바꿔 보았다. 과연 상대방 그림자는 움직임을 보였다. 놀라운 것은 상대방은 밤눈이 잘 보이는 것 같았다.

반대로 료마는 근시였다. 근시는 밤의 칼싸움이 불리하기 마련이다. 거리를 잘못 재기 쉽고 물체의 윤곽이 온통 흐릿해 보이기 때문이다.

그때 다리 건너편에서 깜박 초롱불이 비쳤다. 동시에 목소리가 들려 왔다. 고장 사람들인 것 같았다. 떠들썩한 소리가 다가온다.

그것을 보자 료마는 자기가 지금 취하고 있는 짓이 쑥스럽게 생각되어, 상대방에게 미소를 머금은 채 말을 걸었다.

"사람을 잘못 본 것 같은데……."

그러나 상대방은 소리를 목표 삼아 칼을 정면으로 내리치며 뛰어들었다. 료마는 날밑으로 이를 받으면서 힘껏 밀어 붙였다. 순간 상대방의 중심이 휘청거렸다. 료마는 상체와 팔 힘을 이용하여 칼등으로 적의 왼쪽 목덜미를 압박하고 상대가 그 압박을 견뎌내려고 하는 틈을 타서 아랫도리를 힘껏 발로 후려쳤다. 료마의 이 수에 걸리는 날이면 대개는 넘어지게 마련이다.

"으악!"

비명을 지르며 옆으로 쓰러지는 놈을 덮쳐 말 타듯이 올라탔다. 재빨리 칼을 턱밑에 들이대면서 다그쳤다.

"노상강도냐?"

"죽여라."

"원한이라면 나는 엉뚱하게 당한 거다. 혹시나 하여 밝혀 두지만 나는 도사에서 온 사람이다."

도사라는 말에 웬 일인지 상대방은 동요했다.

그때 등 뒤로 초롱불이 다가왔다. 료마가 뒤를 돌아다보며 말했다.

"부탁이 있소. 그 초롱불을 잠시 빌려 주시오."

료마의 말소리가 너무도 천연스럽기 때문인지 그들은 도망갈 계기를 놓쳐 버렸다. 이윽고 호기심 많은 사나이가 허리를 굽히고 초롱불을 조심조심 내밀었다. 료마는 팔을 뻗치고 말했다.

"너무 멀어. 조금만 더."

"이렇게 말입니까?"

초롱이 녀석의 얼굴 가까이까지 왔을 때, 료마는 그 얼굴을 보고 하마터면 소리를 지를 뻔 했다.

"자식, 너 기다신초(北新町)의 오카다 이조(岡田以藏) 아니냐?"

뒤에 '살인마 이조'라 불리며 사쓰마(薩摩)의 다나카 신베에(田中新兵衛), 히고(肥後)의 가와카미 겐사이(阿上彦齋)와 더불어 수도의 거리를 온통 공포 속으로 몰아넣은 것이 바로 이 사나이였다.

료마는 이조를 몰아 세우듯 하고 다리를 건너 큰길로 나와서 가마 두 채를 잡았다.

"사정은 숙소에 가서 듣기로 하자."

이조를 앞가마에 밀어 넣고 덴마(天滿)까지 가서 핫켄야의 여인숙으로 들어갔다. 이 근처의 강기슭은 후시미(伏見)로 가는 배의 선창이 되어 있었다.

이층 방으로 안내를 받자 곧 술을 가져오라고 이른 다음 말했다.

"지쳤다."

털썩 벽기둥에 기대고는 오른쪽 무릎을 세우고 왼발을 사타구니

사이로 집어넣었다.
"이조, 양해해 주게. 나는 어릴 때부터 정좌를 못하고 자라났으니까."
"알고 있습니다."
"그래?"
"말씀은 많이 들으니까요."
"뭐, 사카모토의 코흘리개 소문이 기다신초까지 들렀단 말인가?"
료마는 상대방 기분을 풀어 주기 위해 일부러 놀란 체해 보였다.
이조는 고개를 떨어뜨리고, 그러면서도 슬그머니 눈을 치떠 료마의 동정을 살펴보고 있었다. 오카다의 집은 7대째 이어 오는 졸개로 이조에게는 몸에 밴 비굴성이 있었다. 술이 들어오자 료마는 도쿠리를 거꾸로 들어 두 개의 엽차 잔에 철철 넘게 부은 다음 하나를 이조에게 내밀었다.
"자아."
이조는 황송해서 머리를 조아리며 두 손으로 받았다. 따지자면 료마와 자리를 같이 할 수 없는 신분이었다.
"황송합니다."
"이조, 우리 그러지 말자구. 여기는 시골이 아니야. 더 좀 이리로 다가오게. 그런 신분 같은 건 다 버리고 혼초 거리의 코흘리개하고 기다신초의 살인자로 나가자꾸나."
"살인자는 좀 지나친데요."
"그럼 뭔가?"
료마는 고향 사투리로, 어이없다는 시늉을 하고 말했다.
"엄연히 고라이 다리에서 내가 죽을 뻔했는데도?"
"그건……."
이조는 울상이 되고 말았다.

"사람을 잘못 본 탓입죠. 사카모토님인 줄 알았으면 저는 절대로 그러지는 않았을 겁니다. 차라리 돈을 주십사고 했죠."

"놀랐는데, 나니와의 선창에서 노상강도를 할 작정이었던가? 강 너머에 어떤 관청이 있는지 알고나 있나?"

"니시마치(西町) 관청이 있지요."

료마는 사내치고 가장 상대하기 힘든 것이 이런 녀석이라고 생각했다. 소심한 사나이니만큼 궁하면 어떤 짓을 저지를지 모른다.

"이야기나 듣자. 미리 말해 두지만 내가 남에게 칭찬받는 것은 단 한 가지 입이 무겁다는 것뿐이야."

"알고 있습니다."

료마에 대해 잘 알고 있었다.

그러나 료마는 이조에 대한 것을 거의 모른다. 오카다의 집과 사카모토 집안은 단골 절이 같아서 두 번인가 절에서 얼굴을 대한 일이 있었고, 그가 졸개라는 천한 계급이면서도 쿄신아케치(鏡心明智) 유파로는 명수급에 속한다는 것을 소문으로 들었을 뿐이다.

사연을 들으니 오카다 이조는 번주(藩主)의 참근(參覲) 행차를 따라 에도에 가 있다가 고향에서 늙은 아버지가 죽었기 때문에, 조장의 호의로 일행에서 벗어나 혼자 도사로 돌아가는 길이라고 했다.

"매우 상심되겠군. 어머님은 건강하신가?"

"누이동생이 있을 뿐입니다."

"흐음, 그래 에도에서 노비는 어떻게 마련했지?"

료마는 본가가 상인인 때문인지 보통 무가(武家) 출신과는 달리 무슨 일이고 돈과 결부시켜 생각하는 버릇이 있었다.

"조장이 부의금으로 거둬 준 돈으로 노비를 써왔는데, 시마다(島田)에서 이틀이나 물을 건너지 못했고 하마마쓰(濱松)에서는 곽

란이 나서 치료를 받느라고 그럭저럭 다 쓰고 말았습죠. 그래 그 뒤는 행색을 일반 사람으로 바꾸어 이세(伊勢) 신궁 참배를 가는 것처럼 꾸미고 거지 노릇을 하며 오사카까지 왔습니다.”
"오사카의 니시나가보리(西長堀)에는 도사의 상역청(商役廳)이 있잖아? 도사 번을 위해 돈을 모으는 관청인데 왜 그리 가서 돈을 좀 빌려 쓸 궁리가 서지 않았는지 모를 일이군.”
"그걸 모른 건 아닙니다. 그걸 믿고 줄곧 오사카를 찾아오기는 했는데, 그곳에 있는 높은 관리들이 너 같은 잡병 따위에게 돈을 빌려주다니 말이나 되느냐. 아는 사람에게 빌려 쓰든지, 자신이 어떻게 마련을 하라면서 밀어내듯 거리로 내쫓지 않겠습니까?”
"거기 관리들이 그렇게 말하던가?”
"예.”
"어느 누구야, 그게?”
"이름은 대드릴 수 없습니다.”
졸개라고는 하지만 그래도 무사라는 자존심이 있는 모양이다. 남을 파는 그런 짓은 하지 못한다는 것이다.
"그럼 묻지 않겠다.”
료마는 어두운 얼굴이 되었다. 남의 일이 아니었다. 도사 번만큼 상하의 신분에 대해 까다롭게 구는 데는 없다. 가령 향사의 신분을 가진 자는 아무리 뛰어난 재주를 가지고 있어도 도저히 번청에 참가할 수 있는 신분은 되지 못한다. 글공부하는 글방 훈장이 되거나 료마처럼 검술을 닦아 성 아랫거리에서 무술 도장을 차리든가 하는 것이 젊은 사람에게 허락된 가장 큰 야망이었다. 이조 같은 졸개의 신분으로는 그런 소망마저 가질 수 없었다.
"그래서 궁한 나머지 노상 강도질을 하기로 한 건가?”
"면목 없습니다. 고라이 다리는 선창의 점원들이 지나다니는 다리란 말을 듣고, 다리 가에 몸을 숨기고 있었습니다."
"몇 사람이나 벴나?"
"원 그런 말씀을, 한 사람도 못 벴습니다."
"내가 첫물이었군."
"죄송합니다."
료마는 전대를 끌러 방바닥에 금전 은전을 쏟아놓았다.
"모두 오십 냥이다. 나는 다행히 돈에는 불편을 느끼지 않는 집에서 자라났다. 이것은 천운이야. 하늘이 준 행운은 남에게 갚아야 한다고 한다. 나는 앞으로 고향에 기별만 하면 얼마든지 보내 줄 것이다. 이 중에서 반만 가져가거라."
"아, 그건."
이조는 여태껏 금화를 손에 쥐어 본 일이 없었다. 보기만 하고도 가슴이 떨렸다.
"안 됩니다."
"장례 뒤에 이것저것 비용이 많이 들게 될 거다. 가지고 가라. 안 받으면 노상강도 건을 폭로할 테다. 그렇게 되면 잘 돼야 추방, 잘못되면 사형(死刑)이다."

오카다 이조는 그래도 사양하고 받지 않았다. 료마는 끝내 화를 내고 말했다.
"그럼 그만둬. 그 대신 둘이서 지금 고다이 다리로 되돌아가 다시 칼로 승부를 내기로 하자. 자네는 먼저 가서 다리 가에 숨어 있고 나는 그 뒤로 다리를 지나간다. 물론 사정없이 덤비는 거다. 네가 이기면 내 시체에서 이 전대를 끌러 가거라. 사양할 건 없어. 원래 그렇게 될 줄거리였으니까."
이조는 다소곳이 머리를 숙이고 있다.

"할 텐가?"

료마는 칼을 잡고 일어섰다. 드물게 살기 띤 얼굴이다.

이조는 흘끔 눈을 들어 쳐다보았다.

'이 도련님이 정말 해볼 모양이구나……'

그는 당황했다. 그러더니 짐짓 허둥대는 체하며 말했다.

"아니 잠깐 기다리십죠. 이 돈 감사히 받겠습니다. 은혜는 평생토록 잊지 않겠습니다."

"이조!"

료마는 불쾌한 표정을 지었다.

"내 마음을 알아준 건 고마워. 그러나 그까짓 돈 때문에 무사가 머리를 숙인다는 것은 보기 흉하고, 인사를 받는 나도 큰 은혜라도 베푸는 것 같아 좋은 꼴은 아니야. 서로가 한자리의 웃음거리로 잊고 말자구."

"그, 그래서는 이조의 마음이……."

'멋대로 하려무나.'

때마침 지배인이 올라 와, 후시미로 가는 배가 곧 떠나게 되었으니 준비를 하라고 했다.

"자넨 여기서 쉬지. 나는 배를 타고 후시미로 갈 테니."

료마는 잘됐다 싶어서 이렇게 말하고는 달아나듯이 선창으로 나갔다. 손님은 뜻밖에 적었다.

배에 오르자 뒤쪽에 자리를 잡고 선장에게 이불을 빌려 쓰러지듯 드러누워 버렸다.

'도무지 기분이 나지 않는군.'

조금 전의 이조 사건 때문이었다.

이조가 불쾌한 것이 아니고 그런 식으로 돈을 내 준 자신이 못마땅하게 느껴졌다.

'우쭐대고 있는 거다.'

그것은 동냥을 준 것이나 다름없지 않은가? 이쪽에서 그런 식으로 주게 되면 이조가 아니라도 당연히 개가 먹이에 말려드는 것 같은 태도를 취할 수밖에 없을 것이다.

'돈이란 정말 어려운 것이로구나.'

솔직히 말해 나면서부터 오늘날까지 돈에 불편을 느껴 보지 못한 료마로서는 이것은 강렬한 경험이었다.

그만한 정도의 돈에 어엿한 사나이가 개처럼 빌붙으리라고는 미처 생각조차 못한 일이었다.

'여행은 세상을 가르쳐 준다고 형이 말했는데, 이것도 수련의 하나인가?'

그리고 한참 동안 어렴풋이 잠이 들었던 모양이다.

일어나 추녀 밑으로 밖을 내다보았으나 캄캄해서 잘 분간이 안 갔다. 배는 갈대를 헤치듯이 거슬러 올라가고 있었다.

배가 덴마 핫켄야에서 오십 리쯤 거슬러 올라가 가슈(河州)의 히라카타(枚方)에 도착했을 때는 강가 마을에서 첫닭 우는 소리가 들려왔으나 물위에 자욱이 깔린 안개는 더욱 짙기만 했다.

명물인 물건 파는 배가 떼 지어 밀려들었다. 료마는 처음에 싸움을 하러 온 줄 알았다.

떡, 삶은 요리, 술, 화장품, 에조시(繪草紙 : 에도시대 초기의 그림책) 등 가지가지 물건들을 파는 배들이 말씨도 사납게 마구 떠들어 대며 다가와서 손님이 사지 않으면 흩어져 간다.

"떡 안 사 먹나?"

"술 안 사 먹나?"

"에조시 사구러."

일반 여객선뿐만 아니라 상대가 영주나 당상관(堂上官)이 타는 배라도 이런 식의 행패는 변함이 없다.

'큰일 날 고장이로군.'

료마는 잔돈을 꺼내어 떡을 사고 다시 이불을 뒤집어쓰고 마치 남 몰래 군것질하는 어린 아이처럼 우물우물 먹기 시작했으나, 어느새 다시 잠이 들어 버렸다.

눈을 떴을 때는 동녘 하늘이 어렴풋이 밝아오고 있었다.

'어딜까?'

집추녀 밑으로 어둠 속을 내다보니 맞은편 산 그림자가 희미하게 떠오르고 있었다. 그때 바로 옆에서 갑자기 담뱃대로 뱃전을 땅땅 치는 소리가 들려 왔다. 료마는 소리에 이끌리듯이 돌아다보고 물었다.

"여보게, 어딘가 여기가?"

그러나 사나이는 대답이 없다. 떠돌이 행상 차림의 그 사나이는 키가 무척이나 작은데, 얼굴은 어울리지 않게 크다.

그는 배를 탈 때부터 료마의 옆자리에 앉아 있었다. 료마가 이제 다시 생각해 보니 이 사나이는 자리에 앉던 길로 드러눕는 법도 없이 우두커니 밤새도록 담배만 피웠던 것 같다.

"당신, 귀가 없소?"

료마는 스스럼없이 웃어 보였다.

사나이는 힐끔 료마를 보며 말했다.

"있지."

거드럭거리는 말투였다. 료마도 약간 화가 나서 대들 듯이 말했다.

"여기가 어디냐고 물었는데?"

"요도(淀)에 가깝다."

짐작컨대 길에 익은 에도의 약장사쯤 되는 모양이다.

말은 그것으로 끊어졌는데 조금 뒤에 사나이는 갑자기 미소를 지어 보였다.

"사카모토 서방님이랬죠?"

"……."

이번엔 료마가 어안이 벙벙했다.

어떻게 이름을 알고 있을까?

"어떻게 내 이름을 알고 있소?"

고향을 떠나온 뒤로 료마는 처음으로 섣불리 대할 수 없는 사람에게 부딪친 것 같은 마음이 들었다.

"알고 모르고, 서방님 자신이 말씀하시지 않았소?"

"어디서 내가 말했던가?"

"오사카의 고라이 다리 곁에서!"

료마는 허공을 바라보았다. 노상강도를 하던 오카다 이조와의 사건을 이 사나이는 알고 있는 것인가?

"대관절 당신 뭐하는 사람이오?"

눈매를 보더라도 보통 약장사로는 생각되지 않는다.

"나 말이오. 잘 기억해 두십쇼. 네마치(寢待 : 잠들기를 기다린다는 뜻)의 도베(藤兵衛)라는 사람이오."

"묘한 이름이군. 하는 일은 뭐요?"

"도둑질."

어둠 속에서 도베는 낮게 웃으며 말했다.

"그렇지만 시시한 도둑은 아니라구. 젊었을 적부터 각처의 패거리 중에는 다소 알려져 있는 이름이라오."

"놀랐는데, 도둑이라……."

"허, 서방님, 소리가 높습니다요."

"아, 그랬었나."
료마는 소리를 낮추어 말했다.
"한데 놀랐다. 나는 시골뜨기라 미처 몰랐지만 세상의 도둑이라는 자는 그대 모양으로 하는 일과 이름을 떠벌리고 다니는 건가?"
"농담 마십쇼. 물건팔이도 아닌데 어느 천지에 도둑치고 제가 하는 일이랑 이름을 외치고 다닐 바보가 있겠소? 나는 서방님이 마음에 들어 털어놓고 얘기해 보고 싶었던 겁니다."
도베의 이야기로는 고라이 다리의 사건이 있은 후 핫켄야의 선창 여인숙까지 료마와 이조의 뒤를 밟았다는 것이다.
"그 정도로 빠지지 않고선 이 장사는 못합니다. 마침 엔슈(遠州) 쪽으로 볼일이 있어 가는 길이라 헛걸음을 한 건 아니지만……."
"여인숙에선 어디 있었소?"
"바로 옆방에."
그러니까 료마와 이조의 이야기는 낱낱이 다 들은 모양이다.
"그런데 서방님은 속았어요. 그 오카다 이조라는 사람은 나쁜 사람 같지는 않고, 아버지가 죽어 에도에서 고향으로 돌아간다는 말도 거짓말은 아닌 것 같지만, 노자가 떨어져서 노상강도질을 했다는 건 서툰 거짓말이지요."
"흐음!"
"오사카 시마노우치(島之內)의 공창가(公娼街)에 조지부로 기요베에(丁字風呂淸兵衞)라는 유명한 집이 있지요. 그곳 창기(娼妓) 히나즈루, 계집에 이름이야 아무래도 좋지만, 그 계집에게 빠져서 노잣돈을 다 써 버린 겁니다. 내가 본 것만 해도 닷새 동안이나 그 조지부로에 처박혀 있었으니까 결국 서방님에게서 얻은 돈으로 지금쯤 신나게 목욕이다, 술이다 하고 있을걸요."

"참말인가?"

"거짓말 아니오."

"이조 녀석, 재미있겠는걸."

료마는 자신이 이조가 된 기분으로 허허 웃었다. 료마는 어려서부터 명랑한 이야기를 듣기 좋아했으므로 졸개 이조의 우울한 이야기가 따분해서 견딜 수 없었는데, 지금 들은 도베의 이야기로 구원받은 느낌이었다. 묘한 성격이다. 화가 나기보다는 자신마저 목욕하고 술 마시며 진탕 떠드는 기분이 되는 것이었다.

해가 기울 무렵 배는 후시미에 당도했다.

료마가 짐을 챙기고 있는데 도베가 옆에서 거들어 주며 말했다.

"서방님, 후시미에서는 어디에 숙소를 정하시겠습니까?"

남들이 보는 앞이라 장사꾼의 말투가 되어 있었다.

"글쎄, 별로 갈 곳이 있는 것도 아닌데."

"그럼 이렇게 하시죠. 제가 잘 아는 단골 여인숙인데 데라다야(寺田屋)라는 집이 있습니다."

"흐음……"

"주인은 이스케(伊助)라고 사람 좋은 사나이였는데 작년에 죽었습니다. 지금은 오토세(登勢)라는 과수댁이 혼자 손으로 해 나가고 있는데, 이 여자가 또 교토 여자를 에도의 물로 씻은 것 같은 배짱 있는 여자랍니다."

"허어."

"왜 그렇습니까?"

"역시 도둑 패거리란 말인가?"

"이러지 마십쇼."

두베는 갑자기 소리를 낮추면서

"이래봬도 겉으로는 에도의 약장수 도베란 말입니다. 연장으로 다쳤거나 얻어맞은 데 쓰는 약이라면 도베를 제일로 치기 때문에 각처 손님들의 귀염을 받고 있습니다요. 본업을 밝힌 것은 서방님이 처음이란 걸 아셔야지요. 뭐 생색내려는 건 아니지만."
"도둑의 신세를 지셔야 어디 쓰겠다고?"
"좋지 않으신데."
데라다야에 들어가자 곧 안주인인 오토세가 인사를 하러 왔다.
"이분은 도사 번의 명문가 자제분으로 사카모토 료마라는 서방님이오. 장차 일본 제일의 검술가가 되실 어른이니 잘 모시도록."
"에도로 검술 수업하러 가시는 길이신가요?"
오토세가 검고 큰 눈으로 료마를 바라보았다.
료마가 머리를 끄덕였다.
"수고가 많으시겠어요."
교토 말씨라서 지나치게 떠받드는 것이 좀 빈정대는 것 같이 들리지만 그 고장에서는 보통으로 하는 인사말인 모양이다.
"이삼 일 교토 구경을 하고 가실 겁니까?"
"아니, 내일 새벽에 떠나."
"천천히 쉬었다 가세요. 오토세가 안내해 드리죠. 에도나 오사카는 활기가 있어 좋지만 교토의 후시미는 조용한 것이 또 특색이니까요."
그 조용한 교토가 불과 몇 해 후에 칼과 창의 피비린내 나는 거리가 될 줄은 세상 어느 누구도 예상조차 못한 일이었다. 하물며 데라다야의 오토세로서는 눈앞에 싱글벙글 웃고 있는 청년이 막부를 온통 떨게 할 정도의 거물이 될 줄은 꿈에도 생각지 못했다.
다만 오토세는 생각했다.
'정말 귀여운 젊은이야.'

굵직한 눈썹에 눈꺼풀이 두툼하고 또한 주근깨가 많은 것은 좀 촌스러워 보이기는 했지만 입매가 유달리 귀엽고 천진스럽다. 무뚝뚝한 꼴에 살갗에서 풍겨 나오는 것 같은 애교가 있었다.
'이분은 여자들에게도 귀여움을 받을지 모르지만 그 이상으로 남자들이 더 야단일지도 모르겠군. 이 사람을 위해서는 목숨도 아깝지 않다는 사람이 많이 생겨날지도 모르겠어.'
오토세는 여관집 안주인답게 물건을 고르는 것 같은 차분한 눈으로 료마를 보았다. 뒷날 료마를 위해, 때로는 죽음을 무릅쓰고 그를 돌보아 준 오토세와의 교제는 이때 시작되었다.
그때 드르륵 장지문이 열렸다. 낯선 무사가 서 있었다.

묘한 사나이다. 무사는 장지문을 열어붙인 채 말없이 좌중을 굽어보고 서 있다.
오토세는 모르는 채 료마를 상대로 대수롭지 않은 이야기를 계속하고 있었다.
도베만은 속으로 움찔했지만 겉으로 내색은 하지 않고 사뭇 조촐한 행상인답게 두 무릎을 붙이고 꿇어 앉아 그릇에 담긴 안주를 집고 있다.
'포도청 관리인가?'
이윽고 무사는,
"실례했소이다."
말하고는 장지문을 닫고 가 버렸다.
'이상한 녀석인데?'
도베는 이미 이골 난 도둑이라 무사의 인상을 옆 눈으로 관찰해 봤던 것이다.
낭인(浪人)이었다. 때 묻은 검은 문상이 는 옷을 입었는데 문장은 여섯 개의 팔랑개비인 것으로 기억되었다. 아직 젊은데도 귀밑머리가 쥐어뜯긴 것 같이 벗겨져 있는 품이 상당한 검술 수업의 자취를 말해 주었다. 다만 인상에 섬뜩함을 느끼게 하는 어두운 그늘이 있었다.

"아주머니, 지금 그 낭인, 숙박부에는 뭐라고 이름이 되어 있소?"

도베가 이렇게 물었다.

"글쎄요."

오토세 역시 그를 처음 보는 듯 손뼉을 쳐서 지배인을 불렀다. 지배인이 들고 온 숙박부에는 '오슈(奧州) 시라카와(白河) 낭인 하쓰세 마고쿠로(初瀨孫九郎)'로 되어 있었다.

"이건 가짜 이름이야."

"어떻게 아시나요?"

"여섯 개의 팔랑개비 무늬는 살인자의 얼굴이었어. 눈이 그랬어."

도베는 사뭇 심각한 얼굴이다.

"사람을 죽이고 지금 쫓기고 있어. 그자는 우리가 자기 뒤를 쫓는 추적자로 안 거야. 그래서 느닷없이 문을 열어 확인하려 한 것이었어."

이튿날 료마와 도베는 후시미를 떠났다. 도중에 이틀은 비가 오고 이틀은 바람이 불었다. 구와나(桑名) 나루에서는 풍랑이 거칠어 하루를 공연히 보냈지만 도카이도(東海道 : 옛 에도에서 교토까지의 해안 지방)부터는 쾌청한 날씨가 계속되어 료마에게는 기분 좋은 첫 나그네길이 되었다.

미야(宮 : 熱田)

오카자키

고유(御油)

이렇게 여인숙에 묵는 동안 료마의 발걸음은 완전히 익숙해졌다.

걸음이 가벼웠다.

그 낭인을 다시 본 것은 산슈(參州) 요시다(吉田)의 찻집에서 점심 겸 떡을 먹고 있을 때였다.

깊숙한 삿갓을 비스듬히 쓰고, 구깃구깃한 하카마 차림으로 찻집으로 들어왔다.

남루한 몰골과는 어울리지 않게 겉치레만은 그럴 듯했다. 은(銀) 손잡이에 검정 칠한 칼집, 보라색 칼집 수실이 허리에 엿보이고 있었다.

"사카모토 서방님, 여섯 팔랑개비에요."

"……."

료마는 말없이 떡만 먹고 있다. 삿갓 쓴 무사는 어쩔 셈인지 료마 앞에서 조용히 삿갓을 벗고 들리지 않을 정도의 낮은 목소리로 말했다.

"전날은 실례했소이다."

이때 도베는 옆에서 료마의 얼굴을 홀린 듯이 바라보고 있었다. 이 시골뜨기는 한눈을 팔며 대답도 않고 태연히 떡을 먹고 있는 것이 아닌가?

"당돌하오만."

낭인은 화가 난 모양이다.

"전날의 실례를 사과하고 있소."

"……."

"당신은 귀가 없으시오?"

료마는 천진스런 얼굴로 거리를 보며 떡을 먹고 있다. 눈앞에 인간 하나쯤 서 있는 것 따위는 파리가 날아다니는 것 정도로도 생각하지 않는 표정이었다.

'정말 대단한 분이군.'

도베는 완전히 반해 버렸다. 생전에 이토록 배짱 센 사나이는 본 일이 없다. 그러나 도베로서는 그냥 내버려 둘 수가 없었다. 상대방 낭인은 꽤나 괴팍한 성미의 사나이인 모양으로 이미 미간에는 붉으락푸르락 노기가 솟구치고 있었다. 무슨 짓을 저지를지도 몰랐고 말솜씨도 대단할 것 같았다.

"서방님, 이 나리께서 지금 뭐라고 말씀하고 계십니다. 들리지 않습니까?"

"그래?"

료마는 싱글싱글 웃는 얼굴을 돌리며 말했다.

"대신, 들어 두게나."

그러고는 찻값을 치르고 한길로 나가 버렸다. 그 순간 등줄에 섬뜩한 살기를 느꼈다.

'그까짓 찔리면 죽기밖에 더할라구.'

성(城)이 바라다 보였다. 마쓰다이라(松平) 이즈(伊豆) 영주의 7만 석의 거성(居城)이다. 망루 뒤로 눈이 부실 정도의 흰 구름이 피어오르는 것이 그림보다도 아름다웠다.

'에도에 도착할 무렵이면 완전히 초여름이 되겠구나.'

그는 이미 낭인을 잊고 있었다.

오 리 남짓 걸어서 이무레 마을(夕暮村)의 흙다리에 도착했을 때, 도베가 숨을 헐떡이며 뒤쫓아 왔다.

"녀석, 굉장히 화났던데요."

"그래?"

"서방님을 죽이겠다고 떠벌렸어요. 서방님하고는 어느 쪽이 단수가 높을까요?"

"그야, 틀림없이 저쪽이 강하겠지."

"어이구 서방님도. 그 녀석은 정말 뽑을 기색이던데요."
"그런데, 그 친구 대체 내게 무슨 볼일이 있었던가."
"볼일은 무슨 볼일, 놈은 적이 있는 모양이에요. 그것도 기특하게 도망치는 거라면 뭣 하지만 거꾸로 상대방을 찌를 생각으로 찾아 다니는 모양이더군요. 후시미 데라다야에서의 일은 역시 우리를 추격자라고 잘못 짐작한 모양이더군요. 그리고 찻집에서는 우리하고 비슷한 나이의 일행을 거리에서 보지 못했느냐고 물어 보려던 모양이었나봐요."
"난 또, 겨우 그것뿐이야?"
료마는 혼자 우스워진 모양이다.
"뭐가 우습지요?"
"난 또 그 녀석이 공갈밴 줄 알았지. 오사카에서 오카다 이조란 놈에게 돈을 털렸으니까 이 이상 더 빼앗겨서는 안 되겠다고 전대를 위에서 꽉 누르고 있었지."
"어이구 농담 마십쇼. 그런 다소곳한 얼굴이 아니던데요."
"내 얼굴 말인가? 우거지상은 본바탕이니까."
"그러고저러고 서방님은 앞으로 일이 많아 틀림없이 서방님의 일생은 말할 수 없이 화려할 거요. 첫 발길을 내딛자마자 노상강도를 만나지 않나, 원수 가진 놈에게 쫓기지를 않나."
'지금도 도둑놈하고 동행하고……'
료마도 어처구니없었다.
"그런데 그 녀석이 후시미 여인숙에서 숙박부를 보았는지 서방님 이름과 행선지까지 알고 있더군요. 녀석은 끈질긴 데가 있어서 반드시 분풀이하러 올 겁니다."
"그거야 좋겠군. 에도 수업에 격려가 될 테니까."

다행히 그 낭인에게 추격을 당하는 일 없이 후타가와(二川), 시라스가(白須賀)의 역참(驛站)을 지나 료마와 도베는 마침내 시오미고개(潮見峠)에 이르렀다.

"허어……."

눈이 번쩍 뜨이는 것 같았다.

오른편으로 엔슈나다의 칠백오십 리 푸른 바다가 펼쳐져 있다. 왼편에는 미카와(三河), 도토우미(遠江), 스루가(駿河)의 산들이 하늘가에 짙고 엷은 청람(靑藍)으로 물들이며 포개져 있었다.

더욱이 이 장대한 풍경에는 주인공이 있었다. 후지산(富士山)이다. 료마로서는 처음으로 보는 후지산이었다.

후지는 신비한 빛을 띠고 있었다. 산봉우리의 눈이 저녁 햇살을 받아 새빨갛게 물들어 있고 기슭은 바람에 금방 날릴 것만 같은 얇은 남빛의 망사를 두르고 있는 것 같았다.

"도베, 이 경치를 보라구."

"예."

도베는 대단찮은 듯이 주위를 둘러보았다. 삼십 년을 두고 이 바닷가를 수도 없이 오간 도베에게는 이 전망은 조금도 신기한 것이 아니었다.

"맥 풀린 얼굴이군."

료마는 여전히 바람을 받으며 눈을 가늘게 뜨고 있다. 그의 젊은 마음에는 바다와 산과 하늘이 온통 자기의 무한한 앞길을 축복해 주는 것 같이 느껴졌다.

'후지산은 고노하나사쿠야히메(木花咲耶姬) 공주의 화신(化身)이라고 하는데 특히 오늘은 에도로 가는 나를 위해 한결 곱게 단장하고 기다려 주었음이 틀림없다.'

"도베는 조금도 놀라지 않는군."

"늘 보는 것이라서요."

"젊었을 때 처음 보았을 때는 놀랐었겠지. 아니면 별로 놀라지 않았던가?"

"글쎄요."

도베는 쓴웃음을 지었다.

"그러니까 자넨 도둑이 된 거야. 혈기 왕성한 시절에 이런 풍경을 보고도 느끼지 못하는 인간은 아무리 재주가 있더라도 변변한 인물이 되지 못하지. 그것이 진짜 인간과 도둑과의 차이점일 게야."

"말씀 잘하십니다. 그럼 서방님은 이 경치를 보고 무엇을 생각하셨소?"

"일본 제일의 사나이가 되고 싶다고 생각했지."

"서방님."

도베는 입술을 툭 내밀고 말했다.

"그건 마음 탓입니다."

"물론이지. 정상적인 것은 아니다. 언덕을 내려가면 까마득히 잊고 말 테지만 그러나 단 한 순간이라도 이 절경을 보고 가슴이 울렁울렁해지는 인간과 그렇지 못한 인간과는 다르다."

언덕이 내리막길로 접어들며 해가 갑자기 기울기 시작했다. 오늘 자야 할 아라이(新居) 역참까지는 아직도 오 리 남았다.

도베는 걸으면서 말했다.

"아라이에서는 끝내 작별입니다."

"검문소가 있어서 그러는가?"

"천만에요, 그것쯤 문제가 아니지만 두 사람이 같이 가다 내가 혹시 어디서 실수라도 저지르고 붙들리는 날에는 서방님께 폐가 될 테니까요."

"귀여운 소릴 하는군."

"내가 귀여우시다면 한 가지 청이 있는데 들어 주시겠소?"
"뭔데?"
"서방님의 부하가 되고 싶은데요."
"아니, 도둑의 두목이 되라는 말인가, 날더러?"
료마는 어이가 없었다.

"부탁입니다. 부하가 되게 해 주십시오."
"……."
"싫은가요?"
도베는 불쑥 길바닥에 쪼그리고 앉더니 잎사귀가 빨간 잡초를 뽑아 줄기를 질겅질겅 씹었다.
료마는 어처구니 없었다.
"뭔가, 그게?"
"여뀝니다."
"맛있나, 그런 것이?"
"그렇죠, 먹어 버릇하면."
그러더니 침을 탁 뱉어내고는 말했다.
"붉은 놈은 입이 화끈할 정도로 맵지만 자꾸 먹어 버릇하면 매운맛이 적은 푸른 놈보다 훨씬 맛이 좋아요. 여뀌 먹는 벌레도 제멋이라고. 참 그럴 듯한 말이거든. 이건 말입니다, 더위 먹은 데, 곽란, 양기부족 등에 영약입죠."
"어째서 내 부하가 되고 싶지?"
"이유 같은 건 없어요. 여뀌를 씹는 것처럼."
잠시 동안 두 사람은 말없이 걷고 있었다. 해는 졌는데도 엔슈나다의 바다 노을이 반사되어 언덕길은 유난히 밝다. 고개 밑에 이르러 도베는 불쑥 말했다.

"좋으니까 할 수 없지."

"여뀌 말인가."

"아니, 서방님이 말이오."

"사람을 바보로 만드는군."

"서방님, 너무 배부른 흥정 마십쇼. 이래봬도 도베는 일본 제일의 도둑이라는 걸 아셔야죠. 그 일본 제일이 무릎을 꿇고 부하가 되기를 자원하고 있는 겁니다."

"병신 육갑하네."

도베는 도사 사투리를 모르므로 더욱 진지한 얼굴로 간청했다.

"서방님, 반드시 득이 될 겁니다."

도베는 여뀌를 또 뱉어내며 윽박지르듯 말했다.

"옛날에는 큰일 하는 분은 부하에 도둑놈 하나씩 다 두고 있었습니다. 각국 내정(內政)을 누구보다도 빨리 알 수 있고 세상사 이면에도 환하다는 걸 아셔야 합니다. 다이코 히데요시에게도 심복 도둑이 있었지요. 하기야 그 자손은 지금 아와 도쿠시마(阿波德島) 28만 5천 석의 큰 영주가 되어 있지만……."

"흠!"

코웃음을 치기는 했으나 료마는 은근히 생각했다.

'그럴지도 모르지.'

료마는 어릴 때 서당에 다니지 않고, 글은 누나인 오토메에게 배운 것뿐이므로 머릿속에 완고한 선입감이 들어 있지 않았다. 자연 도둑의 강의도 재미있고 우습게 머릿속에 받아들여지는 것이었다.

료마가 도베와 작별한 것은 아라이의 역참에서였다.

이튿날, 배로 마이자카(舞阪)로 건너가 그 뒤 여드레의 길을 재촉하여 에도에 닿았는데 그때는 이미 초여름이 되어 있었다.

지바 도장

　료마는 에도로 들어오자 아버지가 가르쳐 준 대로 곧장 우치사쿠라다(內櫻田)의 가지 다리(鍛治橋)로 가서 다리 서쪽 너머로 도사번의 에도 별저(別邸)에 여장을 풀었다.
　별저에서는 본국의 통첩에 따라서, 료마가 에도에 머무를 동안 묵게 될 행랑으로 안내해 주었다.
　방은 세 칸이었다.
　같이 살 사람이 하나 있다고 안내하는 무사가 일러 주었다. 그러나 그는 마침 아사리 강가에 있는 모모이 도장(桃井道場)에 나가고 지금은 없다고 한다.
　료마는 먼지투성이의 짐 보따리를 내동댕이치고 털썩 엉덩방아를 찧으며 주저앉았다. 다다미 위로 먼지가 허옇게 일었다.

주위를 둘러보니 방안 청소가 말끔히 되어 있었다.
'꽤 깨끗하고 신경질적인 사내인 모양이군.'
이런 성격의 친구와 한방을 쓴다는 건 그로서는 별로 달갑지 않았다. 더욱 놀란 것은 책장 둘레에 책이 산더미처럼 쌓여 있는 것이었다.
'이건 학자로구나.'
료마는 기가 막혔다.
"같이 있을 사람은 어떤 사람이오?"
"알아 맞혀 보시죠? 고향 사람이니까. 사카모토님도 잘 아시는 분입니다."
"어쩐지 학자인 것 같은데."
"검객이기도 하지요. 아사리 강가의 모모이 슌조 선생의 수제자로 교신아케치류(鏡心明智流)로는 에도에서 세 손가락 안에 드는 명수입니다."
"그래요, 나이는?"
"사카모토님보다 여섯 살 위인 스물다섯."
"향사군요."
"아니, 시로후다(白札)죠."
시로후다는 도사 번 특유의 계급으로 준(準) 조시(上士 : 신분이 높은 무사)에 속하는 신분이다. 향사보다 지위가 위이며 객지에 나갈 때는 조시와 마찬가지로 창을 들려 가지고 갈 수 있다. 그러나 조시가 아니라는 증거로 조시로부터 하대를 받아도 어쩔 수가 없다. 또 향사는 갠 날 양산을 받을 수가 없는데 시로후다는 조시처럼 양산을 받을 수 있다. 그러나 조시와 다른 점은 양산은 본인뿐 가족은 받아선 안 되도록 되어 있었다.
"알았어."

료마는 씁쓰레한 얼굴로 끄덕이며 물었다.
"그 양반은 피부가 희고, 아가미가 벌어져 있겠구려?"
"아가미라니 턱 말인가요?"
무사가 되물었다.
"그렇소, 턱이 물고기를 닮았지요?"
"닮았지요."
젊은 무사는 드디어 웃음을 터뜨리며 말했다.
"닮기는 했지만 값싼 고기는 아니야. 큰 고기란 말이오. 도사 나가오카 군 니이다(仁井田) 출신인데, 어릴 때부터 무술을 좋아하여 처음에는 일도류(一刀流)를 그 고을 선생에게서 배웠고, 뒤에 아사다 간시치(麻田勘七) 선생에게서 개전(皆傳) 증명을 받았으며, 다시 에도로 나와 모모이 도장의 사범으로 발탁되어 있소."
'역시 다케치 한페이타(武市半平太)로군.'
료마는 우울해졌다.
사실, 온 성 안이 다 아는 다케치 같은 근직한 사람과 한방 거처를 하게 되다니, 이거 큰 야단이라고 료마는 생각하는 것이었다.

그날 밤, 가랑비가 내렸다.
다케치 한페이타가 물에 빠진 생쥐가 되어 숙소로 돌아와 보니, 문지기가 거처하는 방에 젊은 무사들이 십여 명쯤 기다리고 있었다. 모두가 하급 무사뿐이었다. 그들은 다케치를 "선생님"이라고 부른다.
다케치 자신 계급이 같은 사람들에게 그런 칭호를 듣는 것이 몹시 싫었지만 그를 존경하고 있는 사람들로서는 그렇게 밖에 부를 호칭이 없는 모양이다. 다케치는 에도와 고향의 하급 무사들로부터 신처럼 떠받들어지고 있었다.

"뭐야, 이렇게 여럿이서."

시원스러운 눈으로 둘러보았다. 그 중 한 사람이 말을 꺼냈다.

"오늘 낮에 선생님 행랑채에 고향에서 사카모토 료마라는 애송이가 왔습니다."

"아아, 료마가 왔어?"

다케치는 료마의 형에게서 이미 편지를 받고 있었다.

"료마란 어떤 사나이입니까?"

"몸무게가 열아홉 관이나 된다고 하더군. 사카모토 곤페이의 편지에는 그 이상은 씌어 있지 않아."

"그 녀석은 바보인 것 같습니다. 선생님을 보고 턱이라느니 물고기 아가미라느니 하면서 지껄여 대고 있었습니다."

"입이 사나운 사나이로군."

한페이타는 쓴웃음을 지었으나 늘어앉은 무리들은 웃지도 않고 말했다.

"따라서 천벌을 가하기로 했습니다."

"……."

한페이타는 그제야 알아차렸다. 방 귀퉁이에 이불이 쌓여 있는 꼴이 새로 들어온 료마에게 이불 찜질을 시킬 모양이다.

"안 돼!"

"용서할 수 없습니다. 이미 이리로 불렀으니 곧 올 겁니다."

그때 장지문에 큼직한 그림자가 비쳤다.

무리의 한 사람이 장지문을 열어 보니 료마가 멍청하니 서 있었다. 그런데 모두 가슴이 섬뜩해진 것은 그의 모습 때문이었다. 훈도시만 찬 알몸뚱이를 하고 오른손에 큰칼을 쥐고 있었다.

"그 꼴이 뭔가 사카모토, 누구를 조롱하는 건가?"

"나는 바보가 아닌가. 바보가 바보를 퇴치하는 데는 이 모양이 제일이거든."

"에잇, 이 바보 자식!"

좁은 방안에 도사의 무뚝뚝한 욕설이 마구 넘나드는가 했더니 무리의 하나가 등불을 꺼 버렸다.

깜깜절벽이다.

"덤벼랏!"

와아, 한꺼번에 료마에게 덤벼들었다. 도사는 옛날부터 검술보다 씨름을 즐겨한 고장이므로 모두가 엄청나게 힘이 세다. 등잔이 부서지고 장지문이 넘어지고 기둥이 흔들리는 소동이 벌어졌다.

많은 사람을 상대할 때는 맞붙어서는 안 된다. 료마는 덮어놓고 고환을 걷어차기로 했다. 그 바람에 까무러치는 사람도 생겨났다.

약 반 시간 가량, 우당탕퉁탕 소란이 계속되는 사이에 너나없이 모두가 지쳐 쓰러질 정도가 되었다. 그제야 겨우 어둠 속에서 소리가 났다.

"료마를 잡았다."

이불을 덮어 씌워 그 위에 모두 올라탔다. 숨도 쉴 수 없고 죽을 것 같은 고통을 겪는 것이다.

"이 정도로 좋겠지. 불을 켜라."

불을 켜고 모두들 이불을 풀어 헤쳤다. 속에서 반죽음이 되어 나온 것은 강직한 다케치 한페이타였다. 료마가 어둠 속에서 한페이타를 때려눕히고 자기 대신 이불 찜질을 당하게 했던 것이다.

"모두 물러앉아요!"

볼멘소리로 한페이타는 호통을 쳤다. 료마는 그 소동 속에 슬그머니 방에서 나가 버렸다.

이 이불 찜질 사건이 있은 뒤로부터 가지바시의 도사 번에서는 료마의 인기가 갑자기 올라갔다.

"이번 고향에서 올라온 사카모토 료마는 생긴 모양은 우습지만 대단한 놈이야."

"우선 군략(軍略)을 알고 있어."

이런 평판이 떠돌았다. 료마가 문지기 방에 알몸으로 뛰어 들어 젊은 무사들의 간담을 서늘하게 만든 것도 그러려니와, 그것도 보통 알몸이 아니라 온 몸에 기름을 쳐 바르고 왔었다는 것이다.

"그래서 아무리 붙잡으려고 해도 료마는 미꾸라지처럼 빠져나가 기만 했구만."

그보다도 더욱 그들을 놀라게 한 것은 어둠 속에서 뒷날 도사의 요시다 쇼인(吉田松陰)이라고까지 불린 다케치를 때려눕히고 자기 대신 이불을 둘러씌워 버린 일이었다.

한페이타야말로 공연한 봉변을 당했다. 한데 젊은 무사들은 그들이 신처럼 위하는 다케치의 권위를 료마가 전혀 인정하지 않았다는 사실에 그만 소스라치게 놀랐던 것이다.

처음에는 모두가 그것이 불쾌하여 이불 찜질을 하려고 했는데, 거꾸로 한페이타가 이불에 말려 버렸고 더구나 어둠 속이라 몰랐다고는 하지만 자신들의 신을 자신들이 덤벼들어 밟고 차고 했던 것이다. 어처구니없는 일이었다. 하지만 이로 인해 문제는 오히려 깨끗이 결판이 났다. 게다가 그 뒤 겸연쩍은 듯이 슬금슬금 방에서 나가 버린 료마의 거동이 우스꽝스러워서 좋았다.

"그렇게 당하고도 화내지 않은 다케치 공도 훌륭하지만 료마는 재미있는 놈이야."

뭐가 재미있다는 것인지 모르지만 젊음이라는 것은 언제 어느 세상에서나 료마처럼 활짝 맑은 성품의 젊은이를 무리의 중심으로 맞고 싶어 하는 것이다.

이치가 아니라 기분이었다.

"훌륭한 놈이야"라는 말까지 듣게 되었다. 도사의 젊은 무사들이 뒤에 천하를 뒤흔드는 풍운 속으로 뛰어들 때, 료마와 한페이타를 양익(兩翼)의 수령으로 받든 것은 이때부터 그 싹이 텄다고 해도 좋다. 이불 찜질을 당한 한페이타도 무던히 도량이 넓은 사람이어서, 료마에게 화를 내기는커녕 오히려 나이 어린 그를 백년지기처럼 정답게 대해 주었다.

"다케치 선생님, 어째서 료마의 무례한 행동을 책하지 않으셨습니까?"

사건 이튿날, 이렇게 묻는 사람이 있었다. 한페이타는 이렇게 대답했다.

"도요토미 히데요시나 도쿠가와 이에야스는 말없이 가만히 있어도 어딘가 애교가 있는 사나이들이었소. 아케치 미쓰히데(明智光秀)는 지모에 있어서는 두 사람보다 뛰어나 있었는지 몰라도 사람들로 하여금 흠모하게 하는 매력이 없었기 때문에 천하를 얻지 못한 것이오. 영웅이란 그런 것이오. 비록 나쁜 짓을 했어도 그것이 애교로 받아들여져 더욱 인기가 붙는 사나이가 영웅이오. 료마에게는 그런 무엇이 있소. 그런 사나이와 싸우는 것은 무엇이 있소. 그런 사나이와 싸우는 것은 싸움을 거는 편이 바보고 그만큼 손해만 보는 거요."

"료마가 영웅입니까?"

"그런 냄새는 풍기오."

"그렇지만 그는 학문은 없습니다."

"옛날 중국의 항우(項羽)는 글은 이름만 쓸 줄 알면 족하다고 했소. 영웅의 자질만 있으면 그것으로 충분한 거요. 책 따위는 학자들에게 맡기고 그 중에 좋다고 생각되는 것이 있으면 과감하게 실행하는 것이 바로 영웅이오. 섣불리 학문 같은 것을 지나치게 하다가는 영웅이 시들어지고 마는 것이오."

이 무렵, 다케치가 침이 마르도록 칭찬하는 '영웅'은 오케 거리(桶町)의 지바 도장에서 죽도를 상단으로 잡고 비지땀을 흘리고 있었다.

상대는 도장 주인 지바 데이키치(千葉貞吉)의 아들 주타로(重太郎)인데 료마보다 한 살 위인 눈이 가느다란 젊은이다.

오케 거리의 호쿠신 일도류 지바 데이키치의 도장에서는, 다른 유파에서 기리가미 이상을 얻은 자가 입문할 때는 그 처우를 정하기 위해 젊은 사범인 주타로가 스스로 상대가 되어 실력을 시험하게 되어 있었다.

이날 주타로가 직접 상대한 오구리류 목록인 사카모토 료마와의 시합도 그것이었다.

"승부 삼 합."

심판인 지바 데이키치의 소리가 떨어지기가 무섭게 날래기로 유명한 주타로는 중단(中段)을 취한 채 틈을 노리고 있었다.

료마가 정신을 차려 자세를 바로잡으려는 순간, 죽도를 감아 돌리듯이 하며 한 수 "얏!" 하고 내리쳤다. 역시 에도의 검술은 어딘가 정교하다. 얻어맞은 료마는 얼떨떨했다.

주타로는 실력을 알았다고 생각했다.

'면허의 솜씨라지만 역시 촌 검법이다.'

순간 어깨에 틈이 생겼던지, 기회를 놓치지 않고 료마의 장신이 갑자기 거리를 좁혀들었다. 맹습이라고 해도 좋았다.

료마가 크게 휘두른 죽도가 뜻밖에 번개 같이 머리 위로 와 떨어졌다. 이 녀석이 금방 사람이 변했는가 싶었다. 주타로는 정신을 차려 오른쪽 발을 내딛고 칼끝으로 원을 그리듯하며 간신히 칼과 칼이 교차하는 찰나 료마의 가슴을 찌르려고 했을 때, 료마의 변화가 조금 빨라 칼끝을 아래로 내리며 주타로의 목통을 힘껏 찔렀다.

"그만!"

데이키치가 료마에게 손을 들었다.

이것으로 일승 일패였다.

'방심해서는 안 되겠군.'

"야앗!"

주타로는 고함을 지르며 칼을 위쪽으로 쳐들었다. 료마는 중단이었다. 주타로는 상대방을 움직이게 하기 위해 자주 기성을 질렀다. 료마는 응하지 않는다. 아니, 찌르고 들어갈 틈이 없었다. 기술은 역시 주타로가 한 단 높다는 편이 옳겠다.

주타로는 간격을 좁혔다. 료마는 상대방이 좁혀 오는 대로 뒤로 밀려 나간다.

땀이 쉴 새 없이 흘러내렸다.

재차 주타로의 죽도가 팔목에 떨어지려는 순간 료마는 주먹을 내렸다. 주타로는 그 틈을 놓치지 않고 상대의 면상을 내리쳤다.

"그만!"

료마가 졌다.

그런 다음 데이키치는 도장에서는 드물게 료마를 자기 방으로 불러들여, 찬술을 찻잔에 따라 주고 마른 오징어를 안주로 내놓으면서 격려해 주었다.

"좀 동작이 무겁기는 하나 솜씨는 좋다. 일 년쯤 지나면 노력하기에 따라서는 주타로보다 나아질지 모른다."

젊은 사범 주타로도 에도의 젊은이다운 깨끗한 심정으로 시합이 끝난 그날부터 "료마 형"이라고 불렀다. 좀 드문 이름이기 때문에 그렇게 부르는 게 친숙감이 더 나는지도 모른다. 시합이 끝나자 료마와 함께 우물가로 가서 쭈룩쭈룩 몸을 씻으면서 말했다.

"보통 아니야, 당신은. 그런 정도의 솜씨라면 아사리 강변의 모모이에 가거나 고지 거리의 사이토(齋藤)에게 가거나, 아니, 간다의 오다마가이케의 지바 대도장에서라도 지위는 그다지 낮지 않을 거야."

"……."

"맨 처음 당신을 보았을 때, 그 얼굴하며 곱슬머리 귀밑털을 보고, 이 친구 만만치 않구나, 하고 생각했었는데 과연 그대로 들어맞았어."

에도의 세월은 빠르다. 료마의 한 달은 순식간에 지나가 버렸다.

소지바(小千葉)에서 료마의 기량이 더욱 날카로워져서 젊은 스승인 지바 주타로 외에는 아무도 따를 자가 없었으며, 아마 반년쯤 지나면 인가장을 받아 사범으로 올라갈 수 있을 것이라는 소문이 나돌게끔 되었다.

소지바 댁에 사나코라는 딸이 있었다.

이 아가씨는 데이키치의 장녀로 주타로와는 두 살 터울인 누이였는데 어릴 때부터 데이키치가 검술을 가르쳤기 때문에 인가장만 없을 뿐, 능히 인가를 받을 만한 솜씨를 지녔다는 소문이 자자했다.

살갗이 가무잡잡하고 눈이 큼직하며 몸집은 작았으나 표정이 기민하게 움직이는 아가씨였다. 사실 이런 아가씨는 에도 땅에서나 볼 수 있는, 흔치 않은 아가씨다.

이 아가씨가 꽃구경하러 우에노에 나갔다가 폭한에게 습격당할 뻔한 것을 마침 지나가던 료마가 구출했다는 전설이 도사 땅에 남아 있다.

그런데 그 아가씨는 사나코가 아니라 그녀의 사촌언니인 지바 슈사쿠(千葉周作)의 딸 미쓰코(光子)였다는 이설도 있으나 그 사실 여부는 알 길이 없다.

사나코는 반대 옆치기의 명수였다.

상대가 큰 키를 이용하여 얼굴을 쳐 오면 사나코는 상대의 죽도를 자기 죽도 끝으로 가볍게 밀어 올리면서 왼발로 몸을 왼쪽으로 비스듬히 빼면서 재빨리 손을 뒤집어 탕, 하고 상대방 왼쪽 옆구리를 역습하는 것이다. 마치 무용을 보는 듯 아름다운 동작이었다.

사나코는 날마다 도장에 나왔다.

보라색을 좋아하는지, 호신구 끈은 모두 보라색이었다. 그녀가 흰 연습복에 보라색 치마를 짤막하게 받쳐 입은 모습은 소년처럼 귀여웠다. 사나코는 제자들 아무하고나 상대를 하지 않았다. 일일이 주타로가 지명해 주는 것이다.

"곤도 형, 오늘 사나코의 상대가 돼 주시지 않겠소?"

이런 식으로 상대를 부탁했다. 여자니까 사나코는 어디까지나 겸손하게 사양하는 태도를 지니도록 했다.

그러면서도 상대가 "옛" 하고 일어나 맞겨루기만 하면 거의가 사나코의 적수가 못되었다. 그러나 주타로는 상대방의 굴욕감을 생각해서 결코 사나코를 덮어놓고 칭찬하는 일은 없었다.

"저 아이는 치는 솜씨가 얕아요. 진검이라면 곤도 형 당신은 끄떡없어. 초주검은 될망정 두 동강은 안 되고 살아 있게는 돼."

"아, 예."

어느 편에나 꼭 같이 야유를 던지면서도 어느 편에게도 상처를 주지 않는 강평을 하는 것이 주타로의 재간이었다.

그런데 소지바 도장의 제자들이 모두 이상하게 생각하는 일이 있다. 그것은 대사범 데이키치나 젊은 사범 주타로나 료마에 대해서만은 사나코와의 시합을 시키지 않는 일이었다.
"무슨 까닭일까?"
그런 소문에도 요즘에는 정설(定說)이 생겼다.
"아무래도 지바 가문에서는 사카모토 료마를 사나코의 남편감으로 생각하는 것이 아닐까."
생각할 수 있는 일이었다.
지바 데이키치는 가끔 가장 뛰어난 제자와 사나코를 맺어 주고 싶다는 말을 하고 있었지만 여태껏 이렇다할 만한 자가 나타나지 않았다. 그런데 솜씨로 치면 료마 정도라면 나무랄 점이 없었고 또 그는 둘째아들이었다.
"그래서 료마와 맞서게 하지 않는 거야."
지금 맞겨룬다면 료마는 세 번에 한 번쯤은 질는지 모른다. 료마가 사나코를 압도할 수 있는 실력을 지닐 때까지 지바 가문에서는 기다리고 있을 것이라는 말이었다.

사나코는 료마에게 은근히 호의를 가지고 있었다. 젊은이들의 출입이 잦은 검객의 가정에서 태어난 그녀는 다른 무사 가정의 딸보다 훨씬 많은 젊은이를 알고 있었으나, 료마와 같은 형의 젊은이는 전혀 본 적이 없었다. 처음 보았을 때 어리벙벙한 느낌이었다.
'어떻게 생겨 먹은 사나이가 이럴까?'
사나코가 처음 료마를 본 것은 그가 도장에 인사를 하러 왔을 때였던 것 같다. 오빠를 따라 아버지 거실로 가려는지 도장에서 마당을 가로질러 가는 료마를 보았다.
사나코는 장지문 틈으로 내다보고 "어머" 하고 숨을 들이켰었다. 어지간한 멋쟁이인 듯 마치 큰 집안의 도련님 같은 복장을 하고 있었다.

'뭐가 저 따위람.'

그런데 머리를 보니 기름기가 전혀 없고 상투가 허술한 것이 그야말로 쑥대머리였다.

'역시 시골뜨기로군.'

그런데 이상한 무늬가 든 하카마를 입고 있었다. 얼핏 보기에 간몬(寬文) 시절의 멋쟁이처럼 보였다. 에도 땅에서 호사를 하는 사람이라면 으레 큰 영주 댁의 에도 주재관으로 정해져 있었지만 그래도 요즘 시절에 저런 옷을 입고 있는 바보는 없다.

'시골 풍류객인가?'

사나코는 우스웠다.

그 뒤 아버지에게 불려가 주타로도 동석한 자리에서 료마를 소개받았다.

"이 아이는 내딸 사나코야. 검술을 좀 배웠지. 여자지만 도장에서는 남자로 알고 대해 주기 바란다."

데이키치는 그렇게 료마에게 말한 다음 그녀에게 웃어 보였다.

"사나코, 인사드려라."

사나코는 격식대로 인사를 한 다음, 아버지에게 말했다.

"저 아버님, 사카모토님에게 한 마디 여쭈어 보아도 좋을까요?"

"사나코, 또 나서는군."

주타로가 옆에서 나무랐으나 데이키치가 유쾌하게 허락했기 때문에 그녀는 큼직한 눈으로 료마를 바라보았다.

"저, 사카모토님."

"뭡니까?"

당연히 그렇게 대답해야 할 것인데도 료마는 버릇으로 고개만 갸우뚱할 뿐이다.

"사나코는 여자니까 입으신 옷에 대해 여쭈어 보고 싶은데, 괜찮을까요?"
"예."
료마는 당황하긴 했으나, 곧 고개를 끄덕였다.
"에도에서는 보기 드문 하카마인 것 같아요. 고향에서 유행하고 있는 것입니까?"
"아! 이거 말입니까?"
료마는 자기 옷을 보고 이상하다는 듯이 말했다.
"뭐 평범한 센다이히라(仙臺平)라는 베인걸요."
"그래도 에도에서는 그런 무늬가 있는 것을 센다이히라라곤 하지 않아요."
"네에, 이것 참 곤란한데."
료마는 그제야 알아차렸던지, 도사 땅 사투리로 성급히 지껄였다.
"먹이 잔뜩 묻어 있군그래."
까닭을 듣고는 모두 허리를 잡고 웃었다. 료마는 붓을 쓴 다음에는 언제나 쓱쓱 바지로 닦는 것이 버릇이라고 했다.
료마의 변명을 들으면 지난밤에는 편지를 너무 많이 쓴 모양이다. 아버지 핫페이, 형 곤페이, 누나 오토메, 유모 오야베한테까지 한 사람, 한 사람에게 도착 소식을 써 보냈으니 도사말로 한다면 "바지인들 견딜라구. 그만 먹 꽃이 만발했구랴"로 된 셈이었다.
정말 이상한 사나이다, 하고 사나코는 생각했다.

그것 뿐, 사나코는 료마와 말을 한 적이 없었다.
그러나 날마다 료마를 보지 않는 날은 없었다. 호신구를 갖추면 료마는 몸집이 크기 때문에 전국시대의 사나운 무사처럼 늠름했다. 사나코는 그 모습을 꿈에 보는 일도 있었다.
목소리도 매일 듣는다. 그렇지만 기합 소리가 대부분이다. 료마의 기합 소리에는 특징이 있었다. 그것은 소리라기보다도 묵직하게 뱃속에서 울려나와 상대를 전율시키는 울림이었다.

'오빠는 왜 사카모토님에게만 나하고 맞서지 못하게 할까?'

사나코가 생각하는 상대와 사귀기 위해서는 죽도로 검술을 겨룰 경우밖에 다른 도리가 없었다. 그러니 그런 기회마저 짓밟고 있는 오빠 주타로가 원망스럽게도 보였다.

'언젠가 사카모토님과 맞서 보아야지.'

사나코는 기회를 기다리고 있었다. 그 기회는 우연히 찾아왔다.

전 장군의 기일(忌日)에는 도장을 쉬는 것이 관습이었다. 그날 아버지 데이키치는 전날부터 간다 오다마가이케에 있는 본댁에 볼일이 있어 가고 없었고, 오빠 주타로도 아침부터 마쓰다이라 가즈사노스케(松平上總介) 댁으로 가고 없었다.

사나코는 집을 지키고 있었다.

그런데 그날 아침 주타로가 나간 다음 인기척이 없어야 할 도장 문이 덜컥 열리는 소리가 났다. 사나코가 깜짝 놀라 마루로 나가 보니 료마가 도장에 들어가려는 참이었다.

"사카모토님."

자기도 모르는 사이에 불렀다.

"무슨 볼일이 계신가요?"

"볼일?"

료마는 의아스런 표정을 지었다.

"연습하러 왔습니다."

"저, 모처럼 오셨습니다만 오늘은 장군님의 기일이어서 도장은 쉽니다. 아버님도 오빠도 나가셨고요."

"아, 그렇던가요?"

"오빠가 그런 말씀 안 하셨나요?"

"그러고 보니 뭔가 들은 것 같기도 하군요."
'저렇게도 시원치 않은……'
그런 생각이 들었지만 사나코는 은근히 장난기가 생겼다.
"잊으셨군요."
"아무튼 그건 어제 일이니까요. 기억하고 있는 쪽이 어떻게 된 거지요."
"어머, 어제 일 정도면 벌써 잊으시는가요, 사카모토님은?"
"아 그럼요, 잊고말고요."
"그럼 그저께의 일은요?"
자기 자신이 실없는 질문을 하고 있다는 생각이 들어 그만 웃음이 터질 것 같았으나, 그래도 료마는 진지한 얼굴로 말했다.
"물론 잊어버리지요. 그렇지만 모처럼 나왔으니까 도장을 빌려 두 시간쯤 칼이나 휘두르고 돌아가겠는데, 괜찮겠지요?"
"저 그러시다면, 사나코가 상대해 드려도 좋을까요?"
마음에 결단을 내리고 대담하게 물어 보았다. 그런데 료마는 계절 인사라도 하는 듯한 말투로 대꾸했다.
"아, 그럼 도구를 갖추시죠."
어리둥절한 것은 오히려 사나코 편이었다. 아버지와 오빠 몰래 료마와 연습 시합을 하는 것만으로도 뭔가 숨은 비밀을 가지는 것처럼 느껴지는 것은 무슨 까닭일까?
사나코는 옷을 갈아입기 위해 장지문을 닫았다. 선 채 옷끈을 풀었으나 푸는 손끝이 떨고 있었다. 이윽고 띠가 풀렸다. 그러나 떨리는 것은 멎지 않았다.

료마는 죽도를 중단으로 겨누었다.
사나코는 왼쪽 주먹을 배꼽 앞쪽에 띄워 놓고 죽도를 약간 뒤로 기울여 오른 어깨로 당긴 다음 왼발을 앞으로 내밀었다.

이 자세를 팔상(八相)이라고 한다.

공격에 유리한 자세는 아니었으나 적의 동작을 깊이 살피기에 극히 좋은 자세였다. 처음 맞서 보는 상대에게 사나코는 여자라 신중한 태도를 취해 보인 것이었다.

'역시 잘하는구나!'

료마는 내심 감탄했다. 자그마한 사나코의 자세에 털끝만한 틈도 없었다.

사나코 편에서도 면구(面具)의 쇠살 속에서 빛나고 있는 상대방의 눈을 보고 여느 때와 전혀 다른 료마를 발견한 느낌이었다.

'무서운 눈!'

생각한 순간 사나코의 틈을 발견했는지 맹렬한 기세로 료마의 죽도가 면상에 떨어져 왔다. 곧장 이를 받아 손목을 치려고 했으나 료마는 슬쩍 피하고 몇 번 탁탁 죽도를 서로 맞부딪친 다음 다시 쌍방이 물러서서 여섯 자 간격을 놓고 섰다.

사나코는 숨결도 흩트리지 않았다.

"과연 오토메 누님보다 훨씬 세구나."

작은 몸집의 사나코가 치면 칠수록 점점 커 보이는 것이었다.

"야, 야, 얏!"

드디어 사나코는 맑은 소리를 지르면서 료마의 칼끝을 교묘히 누르며 료마가 두 걸음이나 밀고 들어왔다고 느끼는 순간 번개 치듯 뛰어들어 얼굴을 들이쳤다.

반사적으로 료마는 뒤로 물러섰다. 그리고 허를 찌르게 한 동시에 칼을 높이 쳐들어 무서운 힘으로 손목을 내리쳤다. 그 순간 사나코는 날밑으로 막은 것 같았으나 공격이 너무 강했던지 사나코의 죽도가 뎅그렁 하고 손에서 떨어졌다. 그런데 "아차!" 하고 생각한 것은 료마 편이었다. 이겼다고 안심한 순간, 빈손인 사나코가 뛰어 들어와 허리를 잡은 것이다.
"여자가 이게 무슨 짓이야, 더구나 처녀가……."
죽도를 떨어뜨린 경우, 으레 하는 방법이지만 과연 료마를 쓰러뜨릴 수 있다고 생각한 것일까?
료마는 사나코의 허리를 잡아 앞으로 들어 올리는 동시에 허리를 깊게 걸어 힘껏 도장 바닥에 내동댕이쳤다.
"어때요?"
"아직 멀었어요."
사나코는 쓰러진 채 말했다.
"죽도를 주워요."
"싫어요."
어지간히 분했던 모양이다. 다시 달려들어 왔다.
료마는 발로 걸어 내던졌다. 사나코는 넘어졌으나 그래도 굴하지 않고 일어섰다. 면구를 빼앗길 때까지는 졌다고 생각하지 않을 셈인 것 같았다.
세 번째 달려들었을 때, 료마는 할 수 없이 그녀를 덮쳐누르며 목을 비틀 듯이 하고 면구를 벗겼다.
"아잇, 분해."
얼굴을 새빨갛게 물들이면서 반짝반짝 빛나는 눈으로 료마를 쏘아보고 있다.
"아가씨가 졌소."
료마가 선언했다.
"한 번 더 부탁합니다."
"싫소."
"어째서죠?"

"여자 상대는 기분이 이상해."

사나코를 붙들어 쓰러뜨렸을 때의 이상하게 부드러운 촉감이 두 팔에 남아 있었다. 그것이 되살아나면서 온 몸이 달아오르는 것이 부끄러워 료마는 성급히 도구를 벗기 시작했다.

이해 오월(음력) 하순부터 이상 고온이 계속되었고 유월에 접어들어도 비 한 방울 내리지 않았다.

"아무 일도 없어야 할 텐데."

도장의 젊은 사범 지바 주타로 등도 료마를 붙잡고 이런 소리를 했다.

"료마 형은 그때 에도에 없었기 때문에 잘 모르지만, 정월부터 이때까지 천도(天道)가 틀어진 모양이야. 정월 십육일부터 삼일 동안 하늘의 눈 창고를 텅 비울 듯이 눈이 내렸었지. 나이 많은 어른들도 이에야스님이 에도에 드신 후로 처음 내리는 큰 눈이라고들 했었지. 그런데 또 이 찌는 듯한 더위라니. 이런 해는 반드시 엄청난 일이 일어나기 마련이야."

"그런가?"

료마는 조금 둔한 편인지 별로 기후에 대해서는 흥미가 없었고, 또 주타로처럼 천후 이상에서 천하의 대사를 예상해 보는 취미도 없었다.

"이월에는 지진도 있었어. 에도 땅에는 물통의 물이 출렁거려 엎질러질 정도였으나, 소슈(相州) 쪽은 대단했던 모양이야. 오다와라 성에서 오이소(大磯), 오야마베(大山邊), 하코네(箱根), 아타미(熱海), 미시마(三島), 누마쓰(沼津) 근처까지는 집이 넘어지고 큰불이 일어나고 사람들도 숱하게 죽는 소동이 벌어진 모양이야."

때마침 사나코가 동석하고 있었다. 그녀는 전날 료마와 비밀리에 시합을 한 뒤로, 몹시 친근감을 가지고 대해 주었다.

그 사나코가 옆에서 참견하려고 한마디했다.

"날씨뿐만 아닌 것 같아요."

"그럼?"

"길거리 사람들도 어딘지 이상해요."

"어떻게 이상하단 말인가요?"

"잉어나 큰 오징어를 모셔다 절하고……."

"호오……."

사나코의 말을 빌리면 그 큰 오징어는 가즈사(上總) 해안에서 잡힌 것인데 길이가 일곱 자(尺)에 무게는 오십 관이나 되었다는 것이다. 그것을 이세(伊勢) 거리에 구경거리로 내놓았더니 굉장한 인기를 얻어 끝내는 그것을 신주로 삼아 돈을 받아내는 행자(行者)까지 생겨났다는 것이다. 그리고 잉어라는 것은 아사쿠사(淺草)의 새 운하에서 잡힌 석 자 남짓 되는 큰 놈인데, 이를 잡은 사람이 갑자기 상한(傷寒)으로 죽었다고 한다. 잉어의 저주를 받아 그렇게 되었다고 해서 덴다이 종 류호 사(天台宗龍寶寺) 경내에 잉어 무덤을 만들어 묻었더니 무슨 까닭인지 에도 거리거리에서 천치 남녀가 모여들어 부지런히 참배를 한다는 것이었다.

난세의 징조라는 것인가.

"네, 이상하죠?"

료마는 하마터면 웃어젖힐 뻔했다. 이 에도 아가씨는 불구경을 좋아해서 종소리만 나면 벌써 집에서는 보이지도 않았다. 고향 땅에서 흔히 말하던 말괄량이였다. 오빠 주타로 역시 혈기가 넘치는 까닭인지 마치 천하의 대이변을 기다리고 있기나 하는 듯한 말투였다.

"글쎄, 이상하군요."

"저런, 아무 흥미도 없는 것처럼 대답하시네."

사나코는 료마가 전혀 흥분해 보이지 않는 것이 안타까운 모양이었다.

'역시 시골뜨기라 그럴까?'

그날 료마는 아직 해가 쨍쨍 내리쬐는 오후에 도장을 나와 집으로 돌아가는 길이었다.

오케 거리(桶町), 다이쿠 거리(大工町), 미나미가지 거리(南鍛冶町)를 지나가고 있는데 온 거리가 어쩐지 웅성이고 있었다.

건축 인부인 듯한 사람을 붙들어 물어 보았다.

"무언지 소슈 앞바다에 큰일이 일어난 모양이에요."

"뭐야, 그 큰일이라는 것이, 오징어 말인가, 잉어 말인가?"

"글쎄요, 나으리. 그게 저어……."

그는 모르는 모양이었다.

"알지도 못하고 떠들고 있는가?"

"예."

그게 바로 에도 사람의 애교로구나, 하고 료마는 우스운 생각이 들었다. 소동의 원인을 모르면서도 큰일이니까 큰일이라는 식으로 떠들어 대는 것이다.

계속 앞으로 가자 벌써 가재도구를 거리에 내놓고 있는 집이 있었다. 료마는 걸음을 멈추고 물어 보았다.

"대체 무슨 일이 일어났소?"

"싸움이요."

그것도 모르느냐, 이 촌뜨기야, 하는 듯이 홱 고개를 돌리고는 정신없이 일손만 바쁘게 놀릴 뿐 무슨 말을 물어도 아무런 대답도 해주지 않는다.

그러는 동안에 미나미가지 거리의 모퉁이에서 쇠몽둥이를 들고 이쪽으로 오는 사나이를 만났다.

"여보게, 순라꾼!"

이 사나이는 알고 있겠지, 하는 생각이었다. 파수꾼이니 말이다. 거리거리의 파수막에 살고 있으면서 시(市) 관리의 지시를 받아 도로 공사로 수도가 끊긴다든가, 이 거리를 장군이 지나간 다든가 하는 일 따위로 일반에게 알릴 일이 있으면 순라꾼은 소리도 시끄럽게 쇠몽둥이를 쩔렁쩔렁 끌고 돌아다니며 목청껏 그 일을 알리는 것이다.

"뭐냐, 무슨 일이냐?"

"예, 행정관청에서 아직 시달이 없어서 자세히 알진 못합니다만 소슈 앞바다에 큰 변이 있었던 모양입니다."

"지진인가?"

"천만에요, 그런 것은 아닌 모양입니다."

도무지 알 길이 없다.

가지 다리 정문을 지나 도사 번저에 돌아서자 번저도 온통 떠들썩했다.

행랑방에는 다케치 한페이타도 벌써 모모이 도장에서 돌아와 옆에 몇 자루인가 칼을 늘어놓고 손질을 하고 있었다.

"다케치 형, 무엇인지 큰일이 난 모양인데."

"아!"

다케치는 여전히 침착한 사나이였다.

"대체 무슨 큰일이 생겼다는 건가?"

"자넨 모르면서 떠들어 대고 있나?"

다케치는 료마를 동정하는 듯한 표정으로 보면서 말했다.

"흑선(黑船)이 왔다네."

갈을 쑥 뽑아 늘고 숫놀가부를 분지르기 시작했다. 이날이 가에이

(嘉永) 6년 6월 3일이었다. 미국의 동인도(東印度) 함대 사령관 M. C. 페리가 기함 사스퀴하나 이하, 미시시피, 사브라이, 가프리스 등 네 척을 이끌고 느닷없이 에도 만 어구인 소슈 우라가(浦賀) 앞바다에 나타나서는 우라가 앞바다에서 가모이(鴨居) 마을 앞바다에 걸쳐 닻을 내리고, 우라가 행정청을 통해서 장군에게 미국 대통령 필모어의 친서를 드리기 위해 왔다는 이야기를 전해 주었다.

우라가 행정청 책임자인 나카시마 사부로스케(中島三郎助) 등이 페리의 부관 콘테 대위를 만나 말했다.

"일본 국법에 의하면 외국에 관한 일은 모두 나가사키(長崎)에서 취급하도록 돼 있소. 빨리 나가사키로 회항하시오."

그러나 그들의 태도는 완강했다.

"본국의 명령으로 에도에 가까운 우라가로 왔소. 나가사키로는 회항하지 않겠소."

완강한 태도로 듣지 않았을뿐더러 함대는 전투 준비마저 갖추고 있다는 것이다.

흑선도래

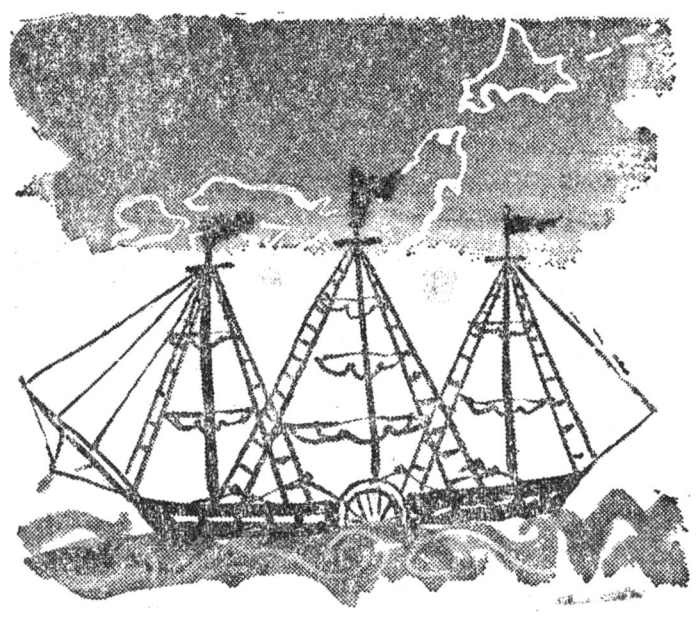

 가에이 6년 6월 3일, 이를테면 미국 동인도 함대가 내항한 순간부터 일본 역사는 일변하여 막부 말기의 풍운 시대로 돌입했다.
 이에 따라 뒷날 료마의 운명도 크게 변동되어 가는 것이지만, 이 날의 료마의 행적은 도무지 종잡을 수가 없었다.
 다케치로부터 흑선이 왔다는 소식을 듣자 어쩐지 갑자기 배가 고파졌다.
 "다케치 형, 흑선에 대해서는 알았소. 그런데 뭐가 없을까?"
 "뭐가가 뭐야?"
 "먹을 것."
 료마는 입을 놀리는 시늉을 했다.
 "료마 형은 태평전하로군."

"태평이긴, 당장 뱃가죽이 등에 붙을 것처럼 배가 고픈데……."
"당신 배 문제가 아냐. 이번에 온 흑선은 지난 몇 십 년 이래로 가까운 바다에 출몰해 온 이국선(異國船)과는 달라. 싸움 준비를 해가지고 왔단 말이야. 원(元) 나라 침입 이래의 국난이 될는지도 모르는 이 판국에 너무 지나치게 태평하단 말이야."
'턱주가리 녀석, 말이사 대단하군.'
료마가 문득 칼 손질을 하고 있는 한페이타의 무릎 옆을 들여다보니 작은 꾸러미가 한 개 보였다.
"다케치 형, 그게 뭐요?"
"떡이야."
가르쳐 준 것이 잘못이었다.
다케치가 놀라 소리칠 틈도 없이 손을 내민 료마에게 빼앗기고 말았다.
"안 돼, 료마 형, 그것만은 가만 둬. 어차피 오늘밤에는 출진 명령이 내릴는지도 모르겠기에 난 그놈을 갖고 갈 셈으로 둬 둔 거야."
"몇 개나 들었는데?"
"아홉 개야."
"그래 다케치 형은 떡 아홉 개로 흑선을 내쫓을 셈인가?"
료마는 사정 없이 떡 하나를 입으로 가져갔다.
"뭘, 떡 가지고 흑선을 쫓는다는 건 아니야. 출진 명령이 있으면 그걸로 식사를 하려고 준비했을 뿐이지."
"출진할 때는 번에서 언제나 군량(軍糧)이 지급되지 않소?"
"그러나 비상식량을 준비해 두는 것이 무사의 도리고 정신이지."
"아, 그랬던가?"
그러면서도 료마의 손은 쉬지 않는다. 벌써 두 개째를 쥐고 있다.

"할 수 없는 친구로군."

웃을 수밖에 없었다.

료마는 평생토록 떡은 어디까지나 떡일 뿐이라는 사고방식을 가지고 있었다. 배가 고플 때는 먹으면 되는 것이었다. 그러나 다케치는 떡 하나를 보아도 단순한 물질로만 보지 않고 그것에 무언가 뜻을 붙이는 것을 좋아하는 성격이었다. 그래서 사사건건 충돌이었다. 그러면서도 이 현실주의자와 이상주의자는 어딘가 궁합이 맞는 점이 있어 사이가 아주 좋았다.

"그런데 다케치 형, 난 흑선에 대해선 아무 것도 몰라. 강의를 좀 해 주구려."

"사람을 깔보는 녀석에겐 가르쳐 줄 수 없어."

'아주 젠 체하는군.'

료마가 떡 세 개를 다 먹어치우고 다케치가 마시다 남긴 차를 마시려고 했을 때, 보졸(步卒) 감독인 요시다 진기치(吉田甚吉), 야스오카 센다유(安岡千太夫)가 달려 왔다.

"각자 도장으로 모이도록."

그는 명령을 내리고는 곧장 뛰어나갔다.

"료마 형, 드디어 흑선 퇴치다."

도사 번저는 본채 외에는 강당이라고 할 만한 것이 없고 행랑방만으로 되어 있었다. 가신들을 한자리에 모을 때는 도장을 쓰는 것이 관례가 되어 있었다.

두 사람이 갔을 때는 벌써 사람이 꽉 차 있었다.

도사 번에서는 공교롭게도 영주 야마노우치 도요시게(山內豊信 : 뒷날의 容堂)가 두 달 전에 영지로 돌아가 있었기 때문에, 에도 주재 중역인 야마다 야에몬(山田八右衞門), 모리모토 산조(森本三藏), 야마노우치 시모우사(山內下總)가 합의하여 지휘를 하고 있었다.

모두가 무능하기로 이름난 인물들이었다.

첫날밤의 지시는 대기였다.

달리 지시라고 한다면 료마 등 에도 유학중인 학생들도 임시로 번의 군사로 편입시킬 정도의 것이었다. 이렇게 모은 에도의 도사 군사는 약 사백 명이 되었다.

"난 졸개로구나."

그러나 다케치 한페이타도 졸개였다. 신분은 상급 무사의 최하급, 말하자면 준사관(准士官) 정도의 격이었지만 본인이 아직 행랑살이 유학생이기 때문에 대우는 졸개에 지나지 않았다.

'어처구니없는 노릇이군.'

다케치 한페이타라고 하면 교신 아케치류의 인가를 얻은 검술가이며 유학(儒學), 군사학에 밝고 지모가 뛰어나 대군을 능히 지휘할 만한 기량이 있었다. 그런 다케치가 료마와 마찬가지의 졸개인 것이다. 삼백 년 동안 문벌만을 위주로 이어 내려온 번의 조직이 실로 한심했다.

그리하여 처음에는 모두 평복으로 모였던 가신들도 저마다 저택과 행랑방으로 되돌아갔다가 다시 모였을 때에는 출진 무장을 갖추고 있었다.

'이것 참 거창하구나.'

상급 무사 몇 사람인가는 조상 전래의 투구와 갑옷으로 무장하여 마치 고물상에 세워 놓은 무사 인형처럼 하고 나타났다. 무장을 갖추지 못한 자는 전투복에 투구만 쓰고 있었고, 그나마도 없는 자들은 이렇게 더운 날에 소방용(消防用) 복장을 걸치고 있었다. 그야말로 잡다한 풍경이었다.

"다케치 형, 우리 졸개들은 어떻게 하지?"

한페이타는 잠시 동안 생각하더니 말했다.

"검술 도구라도 입어 볼까?"

"그것 참 좋은 생각이야."

료마와 한페이타를 비롯하여 영지에서 검술 수업하러 와 있던 하급 무사들은 모두 검술 도구로 차려 입었다. 얼른 보기에도 그런 대로 통일감이 있어 갑옷을 입은 무사보다도 한결 이편이 더 믿음직스럽게 보였다.

대기하고 있는 도장 이 구석 저 구석에는 몇 패의 집단이 생겨, 어느 무리에서나 부산한 군담(軍談)이 한창 꽃피고 있었다. 그런데 상급 무사는 그들대로, 하급 무사는 또 저희끼리 모여 서로를 백안시하면서 어울리지 않는다. 이것이 삼백 년 동안 계속되어 온 번의 풍조였다.

상급 무사는 야마노우치의 무사, 하급 무사는 세키가하라에서 패배한 조소카베의 무사라는 사고방식이 오래도록 그들을 지배했던 것이다.

상급 무사의 중심은 삼백 석짜리 히로세 덴파치로(弘瀨傳八郎)라는 번의 호조류(北條流) 군학(軍學) 사범이었다.

"그래서 말이야……."

이것이 그의 입버릇이었다.

"그래서 말이야, 벤 목을 조사할 때에는 말이야……."

젊은 패들에게 전진(戰陣) 해설을 하고 있었다. 젊은 상급 무사들은 열심히 듣고 있었다.

히로세 덴파치로는 미국 수병의 목을 베었을 경우 영주에게 보이는 복잡한 예법을 설명하고 있는 중이었다. 호조류는 도쿠가와 초기 호조 아와노카미(北條安房守)가 창시한 군학으로 역대 야마노우치 집안의 전통 군학이 되어 있었는데, 군사 조련은 거의 없고 베어낸 목을 검사하는 예법 같은 것만 가르치고 있었다.
"이런 꼬락서니로 흑선을 칠 수 있을까요?"
료마는 화가 치밀어 올랐다.

이틀 후에야 겨우 출동 명령이 내렸다.
우라가(浦賀) 앞바다에 있는 흑선은 막부에 대한 강경한 요구를 내세우고, 경우에 따라서는 에도 만 안으로 들어와 에도를 폭격할 기미조차 보이고 있다는 것이었다.
막부는 당황하여 시바(芝), 시나가와(品川)에 저택을 가진 영주들에게 해안 방어를 명했다.
도사 번에도 명령이 내렸다. 번에서는 에도 시내에 일곱 채 가량의 저택을 가지고 있는데, 그 중 막부 명령에 해당하는 저택은 시바, 사메즈(鮫洲), 그리고 시나가와에 있는 저택이었다.
료마 등은 시나가와로 가게 되어 이른 새벽 대오를 가다듬고 가지바시 번저를 출발했다.
도중 시민들의 소동은 어제보다 더 심했다.
"다케치 형!"
"뭐야?"
"일이 이렇게 될 줄 알았으면 고물상 가게라도 벌여 둘 걸 그랬지?"
소문에는 각 번의 무사들이 에도 시중의 고물상에 몰려들어 갑옷, 투구, 칼, 창 따위를 사기 때문에 여느 때의 세 배나 값이 뛰었다는 것이었다. 그러니 고물상이 큰돈을 벌 수 있지 않겠느냐고 료마는 웃는 것이었다.
화약도 마찬가지였다.
어느 번이나 에도 번저에서는 막부의 조법(祖法)에 따라 필요 이상의 총포 화약 저장이 금지되어 있었기 때문에 변이 난 다음에서야 다급하게 사러 다녀야 했다. 자연 값이 올랐고 그나마도 대부분의 가게가 품절이 되어 버렸다.

비상시에는 소문이 빨리 퍼지는 법이다.

사누키(讚岐) 다카마쓰(高松) 12만 석의 마쓰다이라 사누키노카미(松平讚岐守)는 시중에서 웃음거리가 되어 있었다. 이번에 막부의 해안 전각 경호를 담당하게 되었는데, 이것 때문에 조급히 화약을 구하려고 했으나 어느 가게고 각 번에서 샅샅이 뒤진 후여서 현물이 없었다. 팔방으로 헤맨 끝에 간신히 두 관을 사들이기는 했으나 울고 싶을 만큼 엄청난 값을 지불했다고 한다. 화약 두 관이라면 한 관 짜리 화약통에 넣어 두세 발 쾅쾅 쏘면 그만인 분량이다.

'직계 영주들도 이젠 끝장이군.'

료마는 삼백 년 동안 뽐내고 살아 온 그들의 정체가 겨우 이런 것이었던가 한심한 생각이 들었다.

그런데 해괴한 것은 에도를 지키기 위해 삼백 년 동안이나 장군 슬하에서 살아 온 직속 무사 팔만의 행동이었다. 막부는 흑선 경비에 영주들의 힘만 빌리려 했지 직속이라는 이 직위 병단(直衞兵團)을 쓰지 않았다. 아니, 쓸 수가 없었던 것이다. 직속 무사 모두가 한결같이 그날그날의 호구를 간신히 이어 가고 있는 살림 형편이어서 무기, 마구(馬具)에 부하를 거느리고 출진할 만 한 돈이 없었던 것이다.

"다케치 형, 막부라고 해 봐야 별것 아니군요. 요긴한 직속 무사란 게 하나도 일어서지 못하지 않소."

"쉿!"

근엄하고 고지식한 다케치는 지방 향사 태생인 료마의 그런 점이 곤란하다고 생각했다. 무사인 주제에 권위를 두려워하고 존경하는 마음이 별로 없고 그 떡 사건과 마찬가지로 사태를 보는 눈이 너무 평면적이었다.

'아무튼 료마에게는 두려운 것이 없으니 큰일이야.'

료마 일행이 시나가와 번저에 당도해 보니 시바에서 시나가와 일대에 걸친 바닷가는 정세가 완전히 달라져 있었다.

여러 번의 담당 지역마다 문장(紋章)이 든 장막이 둘러쳐져 있었고, 번의 기치(旗幟)와 영주의 말표시(馬標) 등이 바람에 펄럭이고 있는 것이 마치 전국시대 전투의 화폭을 보는 것과 같았다.

"어마어마하구나!"

료마는 감탄하면서 말했다.

"그런데 다케치 형, 바로 과녁인 흑선이 보이지 않는걸."

"당연한 일이지. 큰 바다 저쪽의 곶 그늘에 닻을 내리고 있어."

"하지만 소문에는 흑선 네 척 중 두 척은 닻을 내리지 않고 바다를 떠돌아다닌다는데."

"언제든지 전투를 개시할 수 있는 준비일 테지."

일행은 번저의 말터와 활터에 주저앉아 대기하게 되었다.

이국선 소동은 이 5, 60년 이래로 몇 번이나 있었지만, 이번처럼 군함이 네 척이나 떼 지어 온 것은 처음 있는 일이었다.

게다가 증기기관을 장치하여 자력으로 달릴 뿐 아니라 뱃전은 철판으로 감싸고 대포도 각각 이십 문이나 싣고 있었다. 만일 네 척, 이십 문의 대포가 불을 뿜는다면 바닷가 여러 번의 경비대 정도는 당장에 박살이 나 버릴 것이다.

"페리라는 적장은 대단한 악한으로 우라가 행정관을 협박하고 있다는 거야. 막부 관리들은 떨고만 있는 모양이더군."

다케치의 말이었다. 듣는 자들은 막부의 무기력한 태도에 비분강

개하여 이를 갈았다.

"막부는 얼이 빠졌나?"

"흑선에 탄 양코배기들을 모조리 베어 버려야 한다!"

주먹을 휘두르며 외치는 자도 있었다.

막부 말기의 일본 천지를 풍운으로 뒤덮은 양이론(攘夷論)은 이 때에 비롯되었다고 할 수 있다.

"다케치 형은 어떻게 생각하나?"

료마가 묻자 다케치 한페이타는 뒷날 도사 번 근왕당(勤王黨)의 수령이 된 사나이였던 만큼 흑선이 요구하고 있는 개항(開港)에는 절대 반대였다.

"작은 배를 타고 적함에 쳐들어가 모조리 베어 버리는 방법밖에는 없어. 료마 형은 그렇게 생각하지 않나?"

"그렇게 생각해."

그러나 료마는 갑자기 천진스럽게 표정을 허물어뜨리면서 말했다.

"그보다도 흑선이란 놈을 타고 한번 달려 봤으면 좋겠다. 페리라는 미국 호걸이 난 부러워. 겨우 네 척의 군함을 끌고 와서 온 일본 땅을 벌벌 떨게 하고 있으니 말이야."

"배를 좋아하나?"

"정말 좋아. 다케치 형, 이건 의논인데 말이야. 슬쩍 번저를 빠져나가 흑선에 몰래 들어가고 싶은 생각 없어?"

"그건 할복감이야. 더구나 흑선에 숨어 들어가 뭘 하자는 거야?"

"다케치 형 군략대로 하는 거야. 선장 이하 모조리 베어 없애고 다른 배에 대포를 쏘아 가라앉혀 버리는 거지."

료마는 해볼 셈이었다.

그날 저녁 때 료마를 찾아온 사람이 있다고 하여 문 앞까지 나가 보니, 놀랍게도 지바 주타로와 누이동생 사나코였다.

두 사람 다 격검 호신구를 차려 입고, 더구나 사나코는 머리에 흰 수건까지 동여매고는 마치 오누이가 원수라도 갚으러 가는 듯한 모습으로 서 있었다.

"어떻게 된 거요?"

"번저 군세에 한몫 끼워 주시오."

료마는 물론, 뒷날 성격이 신중하다는 평을 들은 다케치 한페이타도 역시 그때는 젊었다.

그날 밤 지바 주타로와 사나코를 데리고 어둠을 틈타 네 사람이 시나가와 번저를 빠져나갔던 것이다. 발견되는 날에는 가벼우면 할복, 무거우면 참수(斬首)일 것이다.

목표는 우라가 앞바다에 떠 있는 미국 함대였다. 네 척의 군함을 일도류와 교신 아케치류의 칼솜씨로 뭉개 버리겠다는 것이다.

"별로 어려울 건 없을 거야. 한 척에 한 사람 씩이야."

료마는 연못 속의 잉어라도 움켜잡는 듯한 말투였다. 검객의 아들인 주타로 역시 단순해서 아주 감탄한 듯이 말했다.

"료마 형은 호걸이야."

그러나 한페이타는 그럴 수가 없었다. 오리쯤 걷고 나서 한페이타는 킥킥 웃기 시작했다. 그리고 걸음을 멈추고는 몇 걸음 앞서 가는 료마를 턱 끝으로 가리키며 말했다.

"아무래도 나마저 료마 형에게 걸려든 모양이군. 료마 형은 사람이 나빠!"

"어째서요?"

주타로도 발을 멈추었다.

"저 사람은 묘한 데가 있어요. 항상 말없이 뚱해 있지만 그가 말만 시작하면 자칫 잘못하다간 홀려버리게 되지요. 타고난 재주라

고나 할까, 나이 많은 나까지도 흑선을 맨손으로 움켜잡겠다고 나섰으나 이젠 료마의 마술에서 깨어났소. 시나가와로 돌아갑시다. 날이 밝기 전에 가지 않으면 할복이오."
"할복이 두려운가요?"
주타로는 대들었다.
"두렵지요. 목숨은 하나밖에 없으니까, 실없이 배를 가를 수는 없지요."
"대체 료마 형이 우리를 어떻게 홀렸다는 거요?"
"저 사람은 말이오······."
한페이타는 벌써 시나가와를 향해 발길을 되돌렸다.
"배 미치광이오. 배 말만 나오면 앞뒤를 가리지 못할 만큼 미쳐 버린단 말이오. 물론 본인은 진짜로 흑선을 사로잡을 셈이겠지만 될 뻔이나 한가요."
"된다면 어떻게 하시겠소?"
"안 됩니다. 첫째로 흑선이 있는 우라가까지 가는 동안에 여러 번의 진지가 있어요. 막부에서는 불온한 행동을 엄중히 경계하고 있으니까 우리는 가다가 도중에서 잡혀 버린단 말이오."
"그러나······."
주타로는 사방을 휘둘러보았다. 그는 황급히 말했다.
"장본인인 료마 형이 보이지 않는구먼. 사나코, 앞으로 달려가서 얼른 찾아 와라."
료마는 그 무렵 벌써 반 마장 가량이나 앞을 걸어가고 있었다.
물론 흑선을 사로잡을 수 있다고는 생각하지 않았다. 그보다도 그 흑선이란 것을 잠깐이라도 보고 싶었다. 훗날 해원대장(海援隊長)으로서 사설 함대를 이끌고 막부 말기의 풍운에 임한 료마는 배라고 하면 마치 어린 소년처럼 미치는 것이었다.

'재수가 좋으면 헤엄을 쳐 가서 잡아야지.'
그런 생각을 하고 있었다. 등 뒤에서 발소리가 들렸다.

"사카모토님, 잠깐."
지바 가문(家紋)의 초롱불을 든 사나코였다. 다케치 한페이타가 시나가와 번저로 되돌아가자고 한다고 알려주어도 료마는 별로 놀라는 기색이 없었다.
"괜찮아요. 아가씨와 주타로 형도 번저에서 기다리고 계십시오. 난 혼자 가겠소."
"혼자서 흑선을 잡으러 가실 셈인가요?"
"그렇소."
"그럼 저도 데려가 주십시오."
"곤란한데."
료마는 잠시 생각해 보고 나서 말했다.
"사실은 말이오, 흑선을 잡는다는 것은 기분을 내자는 거짓말이었어요. 나는 일본 땅이 겁을 먹고 벌벌 떠는 흑선이 도대체 어떻게 생긴 건지 구경하러 갈 뿐입니다."
"겨우 그것 때문에?"
사나코는 놀랐다.
"사카모토님은 단순한 구경을 위해 할복을 각오하고 가십니까?"
"당연하지요. 나는 배를 좋아하니까 좋아하는 것을 구경하는 데는 목숨을 걸어도 좋지요."
"그럼, 저도 구경하러 가겠어요."
"허허어, 사나코님도 배를 좋아했었나요?"
"별로 좋아하지는 않아요."
"그럼 빨리 시나가와로 돌아가시죠."

"하지만 저는 배는 좋아하지 않지만……."

가만히 침을 삼키고 나서 사나코는 말했다.

"저는 사카모토님이 좋으니까 우라가까지 가겠어요."

그리고 사나코는 움찔하니 눈을 내리깔았다.

아무리 어두워서 얼굴이 보이지 않는다고 해도, 무사의 딸로서 할 말이 아니었다.

"사나코님!"

료마가 불렀다.

"네?"

고개를 쳐들자 료마의 눈과 마주쳤다.

료마는 떨떠름한 얼굴이었다. 그런데 아차, 정신 차릴 겨를도 없이 사나코는 초롱불을 빼앗겨 버렸다.

"아니 왜 이러세요?"

"빌려 가겠소. 난 뛰어갈 거요. 초롱불이 없으니까 뒤따라오지 못해요. 달이 있으니 슬슬 시나가와까지 돌아가시죠."

"저, 저……."

소리질러 불러 세우고 싶어도 소용이 없었다. 료마가 든 초롱불은 벌써 큰길 저 멀리 작아져 가고 있었다.

료마는 가나가와(神奈川) 마을에 이르렀을 때, 그곳에 주둔하는 도도 번(藤堂藩) 군사들에게 검문을 당했다.

"어딜 가시오?"

"우라가."

앞뒤에 몽둥이를 든 군사들이 몇 사람 둘러쌌다.

"번명과 이름을 말하시오."

료마는 잠자코 있었다.

도사 번의 이름을 댈 수는 없었다. 말해 보았자 잡히기는 마찬가지이다.

'힘으로 밀고 나가자.'
상대는 네 사람이었다.

이때 료마가 허리라도 조금 굽히고,
"수고가 많으시오. 저는 도사 번의 가신 사카모토 료마라는 사람이오. 우라가에 있는 이이(井伊)님 진지에 번의 공무로 가는 길입니다. 통과시켜 주십시오."
넌시지 거짓말이라도 섞어서 잘 꾸며 댔더라면 별일이 없었을는지도 모른다.
"번은, 이름은?"
그들이 연달아 따지자 료마는 시무룩하게 입을 다물어 버린 것이다. 도망쳐 나왔기 때문에 정직하게 번 이름을 대 줄 수가 없었던 것이다. 우물쭈물하는 것을 보고 도도 번 군사들은 "이 녀석 수상하구나" 의심스럽게 본 모양이었다.

몽둥이가 불쑥 료마의 가슴팍에 들어왔다.
'무례한 놈들!'
울컥 화가 치밀어 왔다. 도대체가 도도라는 이름이 싫었다. 도사 땅에는 '세키가하라의 원통한 이야기'가 전해져 내려온다.

료마 등 도사 향사들은 어릴 때부터 그 이야기를 자장가 대신 들어 왔다. 세키가하라에서 졌기 때문에 옛 주인인 조소카베 가문은 몰락하고 가신들도 가난의 밑바닥을 헤매게 되었지만, 그렇다고 해서 승리자인 도쿠가와 집이나 영주인 야마노우치 집안에 대해 노골적인 원망을 나타낼 수는 없었다.

자연 원한은 도요토미의 은혜를 입은 영주이면서도 히데요시(秀吉)가 죽은 후 이에야스와 내통하여 도쿠가와를 위해 뒷구멍에서 공작한 도도 집안에 쏠리기 마련이었다.
  도도 집안의 조상인 다카토라(高虎)는 도사 땅에서는 대 악인으로 치부되고 있었다.
  도도.
  듣기만 해도 울화가 치미는 것은 료마뿐이 아니었다.
  옛날 겐나(元和) 원년, 오사카 여름 싸움 때, 가와치 야오(河內八尾) 땅에서 오사카 편인 도사군이 동군인 도도군과 충돌했을 때, 도사군은 세키가하라의 원한을 갚겠다면서 결사적으로 돌진하여 도도군을 산산이 짓밟아 버린 선례가 있다.
  '도도라?'
  어렸을 때부터 뿌리박힌 인상이라는 것은 실로 무서운 것이다.
  료마는 상대가 옛이야기에 나오는 악한처럼 느껴졌다.
  순간 몽둥이를 잡아챘다.
  "무, 무슨 짓이냐!"
  '이렇게 하는 거다.'
  끌어 당겨 멱살을 잡고는, 히네야 벤지에게 배운 오구리류의 솜씨로 맹렬한 발길질을 하여 쓰러뜨린 다음 나머지 두 사람을 몽둥이로 때려 눕혔다. 그리고는 이내 '아뿔싸, 이것 안 되겠구나' 하는 생각이 들었다. 저만큼에서 횃불을 든 도도 군사들이 우루루 뛰어 오고 있었다.
  '잘못하면 죽겠는걸.'
  그렇게 되면 번의 이름이 나오게 된다. 료마로서는 못 견딜 노릇이다.
  료마는 도망치기 시작했다. 걸음아 날 살려라, 하고 우라가 가도를 남쪽으로 달렸다.
  부쓰우라(六浦)에서 날이 새었고, 낮에는 산속에서 잤다. 우라가에 도착한 것은 다음다음 날 새벽이었다.

우라가 수도(水道)를 내려다보는 고와라(小原) 언덕에 기어올라 해뜨기를 기다렸다. 이윽고 날이 밝았다. 새파란 바다 위에 거대한 군함 네 척이 떠 있는 것이 보였다.

페리 함대가 우라가에 온 진상은 훨씬 뒤에 영국인 그래버에게서 들은 것이지만, 원래는 고래잡이가 목적이었던 모양이다.

그 무렵까지의 영미(英美) 포경선단은 대서양을 어장으로 하고 있었으나 너무 남획했기 때문에 어획고가 줄어들게 되었다. 그 때문에 그들은 새 어장을 찾아 모험적인 항해를 하고 있었는데, 도중에 태평양, 특히 북태평양에 많은 고래가 무리지어 살고 있다는 사실을 알게 되었다.

그런데 항구가 없었다. 모항(母港)을 멀리 떠나 태평양에서 활약하는 데는 저탄소(貯炭所)가 필요했다. 당시의 배는 증기선이라고는 하나 싣고 있는 석탄으로는 일주일만 달리면 바닥이 났다.

결국 기항지를 일본 열도에서 구하기로 했다.

그들은 이 나라가 강력한 쇄국 정책으로 항구를 개방하지 않는다는 것을 알고 있었기 때문에 함대의 위용을 보임으로써 강제 기항을 요구하게 되었던 것이다.

'정말 어마어마하군. 마치 고래 도깨비 같구나.'

이 무렵의 료마가 그런 일을 알 리가 없었다. 벼랑 끝까지 기어 나가 해상에 둥실 떠 있는 네 척의 흑선을 내려다보면서 혀를 내둘렀다.

'저 배 한 척이라도 좋다. 내 것이 될 수는 없을까?'

천진난만했다. 어린 아이가 장난감을 탐내는 심경이었다.

'아, 저걸 생포할 수가 없을까.'

단 네 척, 함포 팔십 문에 막부가 벌벌 떨고 있는 것이다. 료마가 흑선 한 척을 가지고 내해(內海)를 설치고 다닌다면 넉넉히 백만 석 영주 이상의 무력이 될 것이며 선장인 료마는 삼백 제후(諸侯) 위에 군림할 수 있지 않겠는가?

'배 한 척이면 영주다.'

료마는 공상을 했다.

'영주가 되면 뭘 할까?'

생각 끝에 료마에게는 기상천외한 생각이 떠올랐다.

'차라리 모두 영주로 만들자. 무사뿐만 아니라 천하의 농사꾼, 장사꾼, 노동자들을 모조리 영주로 만드는 거다. 그러면 모두 배를 내밀고 살 수 있지 않겠는가? 겐 할아범은 놀라 자빠질 거야. 오토메 누나는 아쉬운 대로 여자 영주가 되는 거야. 몹시 뽐낼 거야.'

이때 풀 밟는 소리가 들리고 열 명 가량의 군사가 료마를 둘러쌌다.

"여보시오, 여기서 뭘 하고 있소?"

료마는 몸을 뒤집으며, 꿈에서 깨어난 듯한 눈으로 히죽 웃었다.

"흑선을 보고 있소."

그리고 또 말을 이었다.

"여기서 참 잘 보이오. 당신들도 보러 오셨소?"

"닥치시오. 우리는 히코네(彦根) 이이 집안사람인데 이 언덕을 경비 중이오. 당신의 번명과 성명을 말씀하시오."

료마는 가만히 있었다.

"이 사나이, 수상하군. 초소로 끌고 가자."

"잠깐!"

무언가 궁리가 생긴 모양으로 일어서서 그들의 얼굴을 둘러보았다.

"당신들, 생각해 보시오."

료마는 이이 군사들 하나하나의 눈에 부드러운 시선을 던지면서 말했다.

모두가 이 정체를 알 수 없는 청년의 미소에 끌려 입을 다물고 말았다.

"이이 집안이라고 하면 역대의 막부 중신의 우두머리 아니오. 미카와(三河) 이래의 무용(武勇)으로 알려진 가문이오. 전국(戰國) 이래로 싸우기만 하면 반드시 이겨 온 번이오. 이렇게 한 사람 한 사람의 얼굴을 보아도 당신네들은 보통 무사가 아니라는 것을 알 수 있소."

"흠."

모두 묘한 얼굴을 짓는다.

"그렇지 않소?"

료마는 그 가운데서 제일 신분이 높은 듯한 얼굴이 흰 젊은 무사에게 말을 걸었다.

"어떻소?"

"그야, 그렇지."

"사양할 것 없어. 사람은 자랑할 일은 실컷 자랑하는 것이 좋아. 책에서 보니 이이 집안은 번조(藩祖) 나오다카(直孝) 이래 전군이 붉은 군복에 붉은 깃발을 쓴다고 했더군. 이이의 붉은 장비라면 전국 난세(戰國亂世)의 시절에는 붉은 무사의 모습만 보아도 적은 벌벌 떨었다고들 하더군."

"잠깐, 자네는 대체 누군가?"

"가만."

손을 들어 제지하며 말했다.

"나 같은 놈의 이름은 아무러면 어떤가. 나는 지금 이이 집안에 관한 일을 말하고 있어. 우리가 경비에 일부러 이이 집안을 고른 것만 보더라도, 나는 이이 집안의 붉은 장비의 무용이 오늘날까지도 오히려 살아 있는 생각이 들어 온몸이 떨릴 만큼 감동했어. 그런데 뭐야, 자네들은 정말 딱한 친구들이군.”
"어, 어째서?”
"자네들은 적을 잘못 판단하고 있구령.”
그만 도사 사투리가 튀어나왔다.
"적은 어디 있느냐, 저 흑선이 아닌가. 흑선을 구경하고 있는 내가 아닐세. 나를 끌고 가서 초소에 넘긴들 흑선은 가라앉지 않아. 다행히 자네들은 무용 있는 집안의 사람들이네. 어떤가, 여기서 나와 만난 김에 다같이 저 네 척의 흑선 중에서 한 척이라도 좋으니 탈취하러 가지 않겠나? 승산은 있네.”
"이 녀석 미쳤나?”
모두가 질려서 멍청히 쳐다본다.
료마는 결사적이다. 열한 명의 무사가 밤을 틈타 곶의 후미진 곳에서 작은 배를 타고 나가 흑선에 다가간다는 것이다.
"배에 접근하게 되면 이 중에서 검술에 뛰어난 사람 다섯 명을 골라 발가벗은 다음 칼 한 자루만 메고 바다로 들어가 반대 편 뱃전으로 돌아가는 거야. 흑선 놈들이 작은 배에 정신이 팔려 있는 동안에 발가벗은 패는 줄을 던져 배에 올라가는 거다. 그 다음부터는 서양의 사아벨 따위는 일본도 앞에서 상대가 안 되지. 하물며 우리들은 이이 집안의 붉은 무사가 아닌가?”
'이 녀석이 우리라고 했겠다?'
모두가 얼굴을 마주 보는데 그 중 한 사람, 아까부터 고개를 갸웃거리고 있던 사나이가 소리쳤다.
"앗, 간밤에 도도 신시를 시끄럽게 했다는 자가 이 녀석 아닌가?"

"과연 통첩 그대로 도사 사투리로군."

"수상해."

칼자루에 손이 갔다.

"잡아라!"

료마의 노력은 헛일이 되고 말았다. 할 수 없이 벼랑을 뛰어 내려 도망치려다가 문득 바다를 보고는 그 자리에 우뚝 서고 말았다.

흑선이 움직이고 있었다. 에도 만 안쪽을 향해 돌진하기 시작한 것이다.

"어이, 보라구 전쟁이다."

네 척의 흑선이 갑자기 우라가 앞바다에서 닻을 올리고 에도를 향해 돌진하기 시작한 것은, 나중에 알게 된 일이지만 측량 때문이었다.

그런데 당시는 몰랐다.

막부의 관료들을 비롯해서 연안 각 번의 경비진, 그리고 에도 시민들은 간이 콩알만큼 오므라들어 피난 소동을 벌였다.

사실 흑선의 진의는 단순한 측량 뿐만도 아니었다. 시나가와 언저리까지 접근하여 일본인을 위협하기 위해서 굉장한 소리를 내며 함재포(艦載砲)를 쏜 것이었다. 이제는 외교가 아닌 공갈이었다. 페리는 어지간히 일본인을 깔보고 있었던 모양이었다.

이 시나가와 앞바다의 몇 발의 포성만큼 일본 역사를 바꿔 놓은 것은 없다.

막부 관료가 벌벌 떨어 개국으로 서서히 발을 내디딜 결심을 하게 된 것도 이때였고, 전국에 지사(志士)들이 벌 떼처럼 일어나 개국 반대, 외인 격퇴를 주장하는 양이론(攘夷論)의 검은 연기가 천하를 뒤덮기 시작한 것도 이 무렵부터였다. 동시에 근대 일본의 출발도

이 함재포가 불을 뿜은 순간부터라고 해도 과언이 아니다.

　　태평의 꿈을 깨우는 조키센(上喜撰)
　　단 넉 잔으로 밤잠도 못 자누나

그 무렵 이런 낙서가 누구의 손으로 씌어졌는지 에도 시중에 나붙었다. 조키센(上喜撰)이란 질 좋은 고급 차(茶)인데, 이 조키센을 일본 말로 하면 증기선이다. 이 증기선 네 척에 겁을 먹고 어쩔 줄 모르는 것을 차 넉 잔 마시고 잠을 이루지 못한다는 것으로 비유한 것이다.

그런데 아마도 이 흑선의 움직임을 보고 제일 놀란 것은 바로 눈코 사이인 우라가 마을 고와라 대지(台地)의 벼랑 위에 있던 료마와 열 명의 이이 군사였을 것이다.

"야단났다. 전쟁이 벌어졌다."

이이 군사들은 료마의 존재는 아랑곳없이 자기 부서로 돌아가기 위해 뿔뿔이 산에서 뛰어 내려 갔다. 료마도 달렸다.

'저 배의 거동 같아선 시나가와 습격이다.'

시나가와에는 도사 번 진지가 있다. 거기를 빠져나와 반도(半島) 끝까지 흑선을 구경하러 온 자신이 새삼 후회스럽다. 싸움에 뒤늦은 일만큼 무사로의 수치는 없다.

'안 되겠군. 난 지금 정신이 어떻게 된 모양이다.'

길 없는 곳을 달려 내려가다가 몇 번이나 굴렀다. 일어나서 다시 달리곤 했지만 다시 뒹굴었다. 나중에는 일부러 떼굴떼굴 굴러 버렸다. 그러는 편이 빨랐다.

큰 길을 뛰어 내리자 마침 안장이 놓인 말이 보였다. 아까 그 이이 무사들의 조장격인 사람이 탔던 말인 섯 같았다.

'엣다, 모르겠다, 이번엔 말 도둑이다.'

작은 칼로 대나무를 잘라 채찍을 만들어 말 위에 뛰어 오르자 쏜살같이 달리기 시작했다.

뒤에서 떠드는 소리가 들렸으나 뒤돌아보지도 않았다.

료마는 시나가와 진지로 날아가듯이 달렸다. 아니 그것보다도 사카모토 료마는 이때부터 자신의 인생을 향해 날듯이 달리기 시작했다고 하는 편이 맞을 것이다.

료마는 시나가와 부근까지 달려오자 말에서 뛰어내려 때마침 지나가던 역참의 마부를 불러 돈을 주고 말했다.

"미안하지만 이 말을 우라가의 이이 진지 근처까지 끌고 가서 큰길 옆 소나무에 매어 두게나. 혹시 발각되더라도 이러이러한 사내에게 부탁받았다는 소리는 하지 말게."

료마는 무사히 시나가와로 돌아왔다.

번저에 돌아가니 다케치 한페이타가 나와 물었다.

"흑선은 잡았나?"

"못 잡았어."

"자네가 없는 걸 조장에게 잘 꾸며 댔으니까 가만히 있으면 돼."

"고맙군. 조장은 굉장히 화가 났겠지?"

"화는 안 났어."

"그건 또 왜?"

"뜻밖의 일이었네만 번저에서는 처음부터 사카모토 료마라는 이름이 명부에서 빠져 있었어. 조장은 그런 녀석도 있었나, 하고 오히려 놀라더군."

"우습게 아는 군."

그것으로 끝났다. 그런데 료마는 며칠 번저를 비운 동안에 하급 무사들의 공기가 몹시 달라져 있는 데 놀랐다.

살기가 등등했다. 흑선의 안하무인격인 공갈에 모두 격분한 모양이었다.

"오랑캐 놈들을 쳐부숴야 해."

"막부는 뭣들 하는가, 왜 이 모양으로 맥을 못 쓴단 말인가."

"한 번 싸워서 일본도 맛을 보여 줘야 해. 온 세계의 오랑캐들이 일본을 형편없이 본단 말이야."

료마도 완전히 양이론자(攘夷論者)가 되었다. 후년 그는 어느 시기에 가서 일변하여 개국론자가 된 사나이지만, 그렇다고 하여 이 당시에 무사로서 양이론자가 아닌 자가 있었다고 한다면 그것은 사나이가 아니라고까지 말할 수 있다.

그건 그렇고.

우리는 슬슬 료마를 이 흑선 소동에서 해방시켜 주자.

사실 이 흑선 소동은 얼마 안 되어 진압되었다. 료마가 시나가와 번저로 돌아간 이틀 뒤에 흑선은 닻을 올리고 일본을 떠나 버렸기 때문이다.

각 번의 경비 태세도 풀렸다.

료마는 오래간만에 에도로 돌아가 다시금 검술에 열중하기 시작했다.

그런데 팔월도 저물어 가는 어느 날, 가지바시 번저로 뜻밖의 인물이 찾아왔다. 도둑인 도베였다.

"야, 이건 정말 반갑구나!"

료마가 행랑방으로 올라오게 하자, 도베는 다른 사람이 없는 것을 확인한 다음 갑자기 목소리를 죽여 이렇게 말하는 게 아닌가.

"서방님, 부탁이 하나 있소. 난데없이 이런 소릴 하는 것은 뭣하지만 서방님은 사람을 벨 수 있겠소?"

빨간 등

 어디선가 가을 벌레가 울고 있다. 이날 번저는 아침인데도 기분이 이상할 만큼 조용했다.
 "베다니?"
 예삿일이 아니다.
 "누굴 말인가?"
 "글쎄 그놈은 서방님께서 아시는 놈이에요. 왜, 후시미의 데라다야 여관에서 우리 방 장지문을 열고 들여다본 낭인 놈 있잖아요. 에이참, 잘 생각해 보세요. 가문(家紋)은 여섯 개의 팔랑개비."
 "아, 생각난다. 그 팔랑개비는 산슈 요시다의 여관 찻집에서 떡을 먹고 있을 때에도 분명 나타났었지."
 "예, 그렇지요."

도베는 아랫입술을 날름 핥고 나서 말했다.

"그런데 후시미 데라다야 여관에서 제가 그 낭인놈에 대해서 뭔가 말씀드린 걸 기억하시나요?"

"미안하지만 기억을 못하겠는데."

"분명히 제가 이런 소릴 했었죠. 저 놈은 사람을 죽이고 고향 땅에서 도망친 놈이 틀림없다고 말씀이죠."

"너 관상도 보나?"

"이 직업은 말이지요……."

도베는 쓴웃음을 짓고서 말을 이었다.

"이십 년쯤 하다 보면 사람의 얼굴에 씌어진 글자를 싫어도 읽게 되는 법이지요. 그런데 자랑은 아니지만 그게 맞아들었단 말씀이에요."

"……."

"유월 며칠이던가, 마침 흑선 소동이 한창일 때, 제가 어떤 좋은 장소에 놀러 갔다고 생각하십니까?"

"생각해도 좋지만 도베, 그 좋은 장소라는 게 뭐냐?"

"정말 놀랐는데요. 서방님은 정말 시골뜨기군요."

"그러는 네 놈은 도둑놈 아닌가?"

"잠깐, 쓸데없는 소리는 두었다 하고 한 가지 물어 보겠는데요. 서방님은 요시와라란 곳을 아십니까?"

"듣기는 했지."

"시시하군요. 그 요시와라라는 곳은 에도 땅에서는 제일가는 유곽이란 말입니다. 한데 제가 갔던 데는 그게 아니고 관가의 눈을 피해 벌이를 하는 곳이죠."

"사창 말인가?"

"말하자면 그렇죠. 제가 그런 곳엘 갔더니 마침 들어온 여자가 아무래도 이상해서 그만 끝내 안을 기분이 나지 않아 밤새 이야기만 했어요."

"이상하다니 어떻게 이상하단 말인가?"

"너무 예쁘단 말입니다. 저 같이 천한 놈의 눈에는 보기에 따라서는 선녀처럼 보이더란 말씀예요. 묘하구나 싶어서 너 무사 집안에서 자랐구나, 하고 물었더니 처음에는 아니라고 시치미를 떼는 거예요. 자꾸 따졌더니 입을 열더군요. 역시 그렇다는 거예요. 더구나 그런 곳에 몸을 내던진 지 한 달도 되지 않았대요."

"알았어. 말하자면 이런 얘기가 되겠지. 그 여자가 원수를 찾고 있다, 그 원수라는 놈이, 얘기를 들어 보니 그 여섯 개 팔랑개비 놈인 것 같다, 그러니 날더러 힘을 빌려라, 이런 것이겠지. 시골뜨기 무사라도 그 정도의 눈치는 있어. 그러나 도베, 원수를 갚기보다도 우선 그 여자의 빚을 갚아 주고 올바른 길로 이끌어 주는 것이 어때."

도베의 자세한 이야기를 들어보니 그 여자는 후카가와(深川) 나카마치(仲町) 거리에 고즈루(小鶴)라는 이름으로 나와 있는 것 같다.

본명은 사에(冴), 부친은 교토의 동쪽 교외 야마시나(山科)에 있는 비샤몬도(毘沙門堂) 주지 가신인 야마자와 우콘(山澤右近)이라고 했다.

"공경 출신 중놈의 가신이라."

료마가 말한 것은 이 절이 예사 절이 아니라 출가(出家)한 왕자를 그 주지직에 임명함으로써, 대대로 이 절에 들어앉는 법친왕(출가 왕자)이 이 덴다이 종 종주(宗主)가 될 만큼 격 높은 절이었다.

그 야마자와 우콘은 교토에서 알려진 학자로 일찍부터 존왕 천패론(尊王賤霸論)을 주장하고 원래 정치적 관심이 엷은 친왕, 공가들과 교제를 해 오며 '조정이야말로 일본의 중심이 되어야 한다'면서 막부의 입장으로 본다면 불온한 사상을 퍼뜨리고 돌아다닌 인물이었다.

막부의 출장 기관인 교토 고등 정무청에서는 평소부터 그를 교토에 있는 사람 가운데 첫째가는 위험인물로 주목하고 있었다. 그런데 바로 그 우콘이 재작년 4월 고노에(近衞) 댁 협문 앞에서 참살되었던 것이다.

'혹시 고등 정무청 관리에게 살해된 것일까' 하고 공가 쪽에서는 은근히 짐작들을 하는 모양이었으나 그렇지는 않았다. 단순한 원한관계라는 것이 밝혀진 것이다.

센다이(仙臺) 다데 집안의 낭인으로 시노부 사마노스케(信夫左馬之助)라는 인물이 교토에 살고 있었다.

소리마치 무가쿠(反町無格)를 유조(流祖)로 하는 무겐류(無眼流)의 명수로, 일찍부터 교토에 들어와, 아야고지(綾小路) 남쪽에 있는 일도류 도장 류신 관(柳心縮)에 기식하면서 제자들에게 검술을 가르치고 있었으나 그것으로 생활이 될 수는 없었다.

하는 수 없이 관가나 사원에 들어가 녹을 얻으려는 생각으로 낯익은 고등 정무청 관리를 통해서 구조(九條) 집안에 운동을 하고 있었으나, 어쩐 일인지 야마자와 우콘이 이 인물을 잘 알고 있어서 누군가에게 말을 한 것이다.

"시노부 사마노스케라는 자는 원래 오슈 센다이에서 사람을 죽이고 도망친 사나이올시다. 그리고 검술에도 통달하여 고등 정무청 관리들과도 친하게 지내는 터입니다. 그런 자를 공가댁 내부에 넣는다는 것은 마치 적을 기르는 것과 같은 일이오."

우콘도 나이 값을 못하고 입이 가벼운 사나이였던 모양이다.

그런데 우콘이 그런 소리를 하고 다닌다는 소문이 사마노스케의 귀에 들어갔다. 그는 어느 날 검술 친구인 교토 행정청 간부 와타나베 고조(渡邊剛藏)의 관사를 찾아가서 눈알을 부리며 소리쳤다.

"우콘을 치겠다."

고조는 교활한 인간이었다. 고조가 보기에는 사마노스케는 다소 편집광적(偏執狂的)인 성격이었고 또 열 살 때에 사람을 죽이고 도망친 경험이 있었다. 한 번 사람을 벤 경험이 있는 사나이는 반드시 정신의 어느 한 구석이 비뚤어져 있는 법이다. 시노부 사마노스케는 반드시 우콘을 벨 것이라고 고조는 생각했다.

그러나 가망이 있었다.

그 후 사마노스케는 며칠 동안 우콘을 미행한 끝에 마침내 사월의 어느 비 내리는 날 밤 고노에 댁에서 우콘이 나오는 것을 보고 일을 저질렀다.

"간사한 놈, 받아라!"

하고 한칼에 베어 버렸던 것이다. 우콘은 즉사했다. 껍질 한 겹으로 목을 겨우 붙여 놓았을 정도의 대단한 솜씨였다.

"도베, 어지간한 명수로구나!"

료마는 팔짱을 끼었다.

요컨대 원수를 갚는 일이다.

도베의 부탁이란 것은 바로 그 매음굴 창녀를 위해 료마의 칼 솜씨를 빌려 달라는 것이었다.

"알았다."

료마는 고개를 끄덕였다.

"복수를 돕는 것은 예부터 무사의 본분이었다. 본인을 만나보고 승낙하도록 하지."

"고맙습니다."

"너도 어지간히 실없구나."

"실은 전, 서방님 대신에 미리 승낙을 해 버렸습니다."

"뭐라고 했는데……."

"실은 제 주인 격인 도사의 사카모토 료마라는 분이 계시는데, 조력을 청하는 데는 이 분이 제일 좋겠지, 하고 말입니다."

"주인격이라니, 참 기막히군."

"뭘요, 괜찮죠. 아무튼 준비를 하십시오. 후카가와로 안내하겠습니다."

두 사람은 밖으로 나갔다.

드넓은 에도의 하늘에 큰 구름 두 덩이가 둥실 떠 있었다.

"벌써 가을이네요, 서방님!"

"가을은 좋지만, 후카가와에 도착하면 아직 한 낮이야. 그런 곳에 대낮에 가도 좋은가?"

"뭘, 손님인 걸요, 괜찮아요."

"……."

료마는 팔짱을 낀 채 걸어간다. 도베의 말로는 그 여자에게는 이치타로(市太郞)라는 열일곱 살 난 남동생이 있다고 한다.

2년 전에 남매가 원수를 갚기 위해 길을 나섰는데, 교토 사람인 야마자와 집안의 친척들은 복수 같은 우악스러운 일은 꺼려해서 노자도 변변찮게 주었다고 한다.

두 남매는 후카가와 니시마치에 살면서 팔방으로 원수의 행방을 찾아 헤매던 중, 이치타로가 해소병에 걸려 이럭저럭 돈에 물린 나머지 사에가 몸을 팔기에 이르렀다고 한다.

"뭐라고 했던가, 그 낭인이란 작자는?"

료마는 걸어가면서 말했다.

"시노부 사마노스케랍니다."

"분명히 에도에 있나?"

"까짓껏, 제 패거리를 풀기만 하면 금방 소재를 알 수 있습죠."

두 사람은 그 거리에 도착했다.

자세히 말한자면 에이다이 사(永代寺) 앞 나카마치(仲町)라는 거리인데 후카가와 홍등가에서도 제일가는 곳으로 기생이 7, 80명 외에 창녀가 60명이나 된다고 도베는 설명했다.

료마는 돈을 도베에게 맡기고 둘이서 '요시야'라는 집으로 올라갔다. 방은 이층이었다.

도베는 아래층에서 계속 절충을 하고 있는 모양으로 영 이층으로 올라오지 않는다.

'뭘 하고 있나, 이 녀석이.'

료마가 팔베개를 베고 옆으로 드러눕는 순간 발치의 장지문이 열렸다.

"도베냐?"

"……."

대답이 없다. 실눈을 떠 보니 빨강과 흰색의 불타는 듯한 빛깔이 눈을 부시게 했다.

여자는 예절 바른 행동으로 문을 닫고는 세 손가락을 짚고 고개를 깊이 숙였다. 좀처럼 얼굴을 들지 않는다. 료마는 부끄러운 생각이 들어 얼굴을 쓱쓱 문지르면서 말했다.

"절은 안 해도 좋아."

힐끗 여자를 쳐다보았다. 얼굴은 다소 얄팍했으나 교토의 여인답게 살결이 희다. 도베가 강조한 대로 눈이 매우 아름다웠다.

"사에라고 합니다."

유곽촌의 이름도 대지 않고 이곳 독특한 언어도 쓰지 않는 것은, 유곽의 창녀가 아닌 야마자와 우콘의 딸로서 료마를 만나고 싶은 까닭이었다.
"나는 사카모토 료마라고 한다."
"약장수 도베님에게서 들었습니다."
"원수를 갚는다고?"
"네."
몹시 성격이 강한 처녀인지 료마를 똑바로 쳐다보고 있다.
"교토 사람으로서는 기특한 일이오."
무사의 경우라면 아버지의 복수를 하면 주군집으로 되돌아갈 수도 있고 때로는 녹봉을 올려 받기도 한다. 이를테면 다소의 이득도 있으나 사원의 승관(僧官)인 경우에는 그런 것을 기대할 수가 없다. 그런데도 불구하고 원수를 갚는다는 여인의 심정에 료마는 흥미를 가지고 감동도 했다.
"도와주시겠습니까?"
"도와주기로 하지. 상대가 어느 정도의 솜씨인지 모르겠지만 아마 나 정도면 되겠지."
이윽고 주안상이 들어왔다. 도베가 시킨 모양이다.
료마는 여자를 시키지 않고 손수 따라 연거푸 들이키고 나서,
"원수 갚는 것도 좋지만."
조금 활기를 되찾았다.
"이런 곳에서 발을 빼는 게 좋아. 원수를 갚기 위해 창녀가 되었다는 것은 사리에 맞지 않아. 지하에 계신 아버님께서도 결코 좋아하실 리가 없지."
"동생이 앓기 때문에 어쩔 수가 없습니다."
"나는 한낱 서생으로 논은 없지만 대관절 얼마나 있으면 여기서

나갈 수 있는가?"

"……."

여자는 대답이 없었다. 대답한들 소용없다는 생각인지도 모른다.

"아홉 냥쯤 있으면 될까? 아홉 냥쯤이라면 내가 가지고 있는데……."

료마는 품 안에 손을 넣어 은전대를 찾다가 아까 도베에게 맡긴 것을 깨닫고 그만두었다. 참으로 천진난만한 얼굴이었다.

사에는 킥킥 웃으며 말했다.

"저어, 아홉 냥으로는 도저히, 하지만 그런 동정을 받는 것은 싫습니다."

"그런가, 그것도 그럴는지 모르지. 지나친 친절이란 나쁜 짓과 마찬가지니까 말이야."

"사카모토님!"

"뭐냐?"

"사에는 참 기쁩니다. 하지만 저는 사카모토님께 아무 보답도 해 드리지 못합니다. 제가 할 수 있는 일이란 사카모토님을 잠자리에 모시는 것밖에 없습니다."

"그건 안 돼."

"사에의 직업이니까."

"아니, 내 편에서 그건 안 돼. 여색을 삼가라는 아버님의 말씀도 계셨고 또 말로 듣긴 했으나 남자와 여자가 어떻게 하는 것인지도 난 몰라."

"사에가 가르쳐 드리지요."

"그건 곤란해."

료마는 새빨개졌다.

빨간 등 153

"왜 그렇습니까?"

사에는 고개를 갸웃하고 일부러 진실하게 물어 보았으나 속셈은 그렇지 않았다. 놀랍기도 하고 우습기도 했다.

'세상에 이런 분도 계실까?'

웃음이 터질 것만 같았다.

금방 복수를 도와주겠다고 큰소리를 치더니 막상 잠자리를 같이 하자고 하니까, 그만 사람이 달라지기나 한 듯이 어쩔 줄 몰라 하며 얼굴이 빨개졌다.

'나하고 동갑일까?'

그렇다면 너무나 순진하다. 사에는 자기가 손위 여인이나 된 듯한 기분이 들어 직업을 떠나서 이 젊은이와 잠자리를 같이하고 싶었다. 역시 그 만한 까닭이 있었다고는 하나 창녀가 될 만큼의 호색한 여인이었는지도 모른다.

"네, 료마님, 사에의 신상 이야기는 그것뿐입니다. 다음은 사에가 아닌 고즈루로서 대접하고 싶습니다."

"그것도 안 돼."

사실은 방 안에 들어섰을 때부터 료마는 눈 둘 곳이 없어 난처했다.

요염한 이불이 깔려 있다. 이불이라면 료마는 무명을 남색으로 물들인 딱딱한 이불이 아니면 종이 이불밖에 본 적이 없었지만, 여기 이불은 정말 영주들이 덮는 것처럼 손에 쥐면 녹아버릴 것 같은 비단이었다.

"그건 왜 그러시죠?"

사에는 무릎을 흩트리고 다가와 료마의 무릎 위에 손을 얹었다.

료마는 아랫배에 힘을 주어 견디고 있다. 열아홉 살인 것이다.

"네?"

사에는 료마를 턱밑에서 올려다보았다.
"별로 어려운 일이 아니에요. 고즈루가 친절하게 가르쳐 드릴게요."
"필요 없어."
"필요합니다. 료마님의 나이라면 이미 이런 것을 알아서 이상할 것이 없습니다."
"난 필요 없어."
"필요 있고 없고가 아니에요, 남자 여자가 자연스럽게 하는 일이니까요. 고집을 부려서는 안 됩니다."
"……."
"료마님은 여자가 싫으신가요?"
"좋아."
"그럼 되잖아요."
"그러나 그런 짓 하는 건 좋아하지 않아."
"좋아하지 않는다지만 사람은 누구나 하는 건데요."
"곤란하단 말이다."
료마는 허리께를 더듬어 조그만 가죽 주머니 같은 것을 꺼냈다.
"그건 뭐예요?"
"부적이야. 여기에 그런 것은 좋지 않다고 씌어 있어."
료마는 서툰 솜씨로 끈을 풀어 그 안에서 꼭꼭 접은 종이 한 장을 꺼내어 정성스레 펼쳤다.
사에는 들여다보고 눈으로 읽었다.
"어머나!"
그러나 몸을 흔들어 대며 웃었다.

'이분 조금 괴짜로구나.'

빨간 등

사에가 웃은 것도 무리가 아니었다. 료마가 이때 주머니에서 꺼낸 종이쪽지에는 이런 홍등가에서 펼치기에는 어울리지 않는 무뚝뚝한 아버지 핫페이의 글씨로 이렇게 적혀 있었다.

一. 한시라도 충(忠)과 효(孝)를 잊지 말고 수업에 열중해야 할 일.
一. 여러 가지 물건에 마음이 쏠려 돈을 낭비하지 말 일.
一. 색정에 마음을 빼앗겨 국가의 대사를 잊는 일이 없을 것.
이 세 가지를 가슴 깊이 새기고 수업을 쌓아 성공하여 귀국할 일.
축(丑)년 삼월 초하루 노부(老父)
료마 앞

료마는 무색한 얼굴로 말했다.
"뭘, 웃을 것까진 없잖아."
"죄송합니다. 하지만 사카모토님이 꺼내시는 몸짓이 너무 우스워서 그랬습니다."
아직도 웃음을 깨물고 있다.
"하지만 좋은 아버님이시군요. 사에는 몇 년 만에 웃을 수 있었습니다."
"난 당신을 웃기기 위해 온 것이 아니야. 원수 갚을 일을 의논하러 왔어."
"네, 네."
아기를 달래듯이 말하고 사에는 말했다.
"하지만 돕는 일은 돕는 일, 부적은 부적이니까 잠시 접어 두십시다. 아버님께서 말씀하시는 것은 색정에 빠지지 말라는 말씀인데 사에 같은 여자에게 빠지지 않으시면 되는 거예요. 빠지지 않도록 사에가 자세히 가르쳐 드리지요."

"그러나 지금은 곤란해."

"어째서요?"

"난 열 아홉 살이야. 이렇게 어린 나이에 호색한이 되고 싶진 않아."

"그럼 언젠가는?"

"응, 언젠가는 가르쳐 줘."

"틀림없으시겠죠?"

사에는 하얀 새끼손가락을 내밀었다. 료마가 할 수 없이 새끼손가락을 세우자 사에는 자기 손가락을 걸고 말했다.

"그럼 말이죠, 그때까지는 어떤 일이 있어도 다른 여자에게 손을 대서는 안 됩니다. 사에가 제일 먼저 가르쳐 드리기로 약속했으니까요."

그 집에서 나오자 료마는 수건을 꺼내 땀을 훔쳤다.

거리를 빠져 나와 오나기 강(小名木川) 줄기를 따라 서쪽으로 걸어가는데 도베가 어디선지 훌쩍 나타났다.

"헤헤헤 어떻습니까?"

도베는 음탕한 웃음을 띠었다.

"무슨 말이냐?"

"시치미를 떼시면 안 됩니다. 서방님은 그런 데 처음 가셨죠? 기분이 어떻습니까?"

"이런 죽일 놈."

료마는 걸음을 멈추었다. 어쩌면 도베가 료마에게 계집을 알게 하려고 꾸민 연극이 아닐까 하는 생각이 들었던 것이다.

"아, 아닙니다. 아이구, 저 무서운 눈……."

"절대 거짓말이 아닙니다."
"그래?"
과연 도베도 사에도 거짓말을 하지 않았다는 사실을 알게 된 것은 며칠쯤 지나서였다.
그날 고향에 돌아가는 다케치 한페이타를 시나가와까지 전송하기 위해서 새벽에 가지 다리 번저를 나서자, 어둑한 그늘에서 도베가 허리를 굽신하고 다가왔다.

도베는, 그 사나이가 에도의 패거리들에게 일러서 찾은 결과 사에의 원수인 시노부 사마노스케의 거처를 알게 되었다는 것이다.
"어디 있느냐?"
료마가 묻자 도베는 역시 도둑 근성은 어쩔 수 없는지 목을 뽑더니
"잠깐 귀를……."
귀엣말을 하려고 했다. 이렇게 나오는 데는 료마도 질렸다. 같이 가는 다케치 한페이타에 대해서도 귀엣말은 실례가 된다.
"큰 소리로 말해."
"하지만 저 나리는."
여장 차림인 다케치 쪽으로 눈길을 보내며 말을 건넸다.
"어떤 분이신지?"
"아 마침 잘됐군. 소개해 두지. 다케치 형. 당신은 당나라 성현들의 학문에는 밝지만 이런 직업의 사나이로 알아 두는 것이 좋을 거야."
"어떤 직업이신가?"
한페이타는 누구에게나 근직하고 예절 바르다. 료마는 킥킥 웃었다.

"후훗, 도둑님이야."
"거, 거짓말입니다. 저는 보시다시피 장사꾼입니다. 젊을 때부터 먼 곳으로 돌아다니며 약을 팔고 있습니다."
"그래요? 나는 다케치 한페이타라고 하오. 알고 지내기를 바라오."
벙긋하지도 않고 절을 했다. 물론 다케치도 상대가 예사 약장사가 아니라는 것쯤은 꿰뚫어 보고 있다.
"그렇다, 도베, 이 다케치 형에게도 사랑을 받도록 하라구. 검술이라면 아사리 강변의 모모이 도장에서는 따를 사람이 없을 정도의 호걸이시다. 그런데 시노부 사마노스케의 거처는 어떻게 되었나?"
"혼조(本所) 가네노시타(鐘下) 변두리에서 이웃 무사나 평민들을 상대로 겐메이 관(玄明縮)이라는 무겐류 도장을 열고 있는 오이와 긴조(大岩銀藏)라는 아무래도 그자 같습니다."
"분명 확인을 했나?"
"어제는 한나절이나 시간을 내어 도장 주변을 돌아다녔지만 그 얼굴이 틀림없습니다."
"그 사실을 여자에게 알려 주었나?"
"아직 알리지 않았어요. 맞대항으로 칠 것인지, 쳐들어갈 것인지 행정 관청에 신고를 어떻게 할 것인지, 그 여자를 감찰 없는 창녀 신분인 채 치게 할 것인지 아니면 여염집 사람으로 만들어 치게 할 것인지…… 어떻게 하든간에 서방님과 의논한 다음에 할 생각으로……."
"넌 생각이 꽤 깊구나."
그로부터 한달가량 지나고 가을이 깊어졌다.
혼조 가네노시타의 문제를 잊은 것은 아니었으나 료마에게도 고민이 있었다. 돈이 없는 것이었다.

 여자의 복수를 도와주는 것도 좋은 일이지만 그 전에 사에를 사창가에서 빼내지 않으면 아무 의의가 없다고 생각하고 있었다. 그러나 그렇게 해줄 돈이 없었다.

 그러는데 어느 날 도베가 불쑥 오케 거리의 도장으로 료마를 찾아와서 급히 말했다.

 "서방님, 큰일 났어요! 시노부란 놈이 눈치를 챘는지 서방님을 노리고 있는 모양이에요."

 료마는 귀담아 듣지 않았다.

 에도의 가을이 더욱 깊어갔다.

 료마는 그날 오케 거리의 지바 도장에서 연습을 마친 다음, 주타로가 조시(銚子)에 사는 제자가 술을 보내 왔다고 하여 둘이서 마시고 있었다.

 료마가 두 되 가량 마신 다음 정신을 차려보니 날이 저물어 있었다.

 "이크, 안 되겠군. 문 닫을 시간이야."

 일어서자 다리가 휘청거렸다. 주타로가 걱정이 되어 말했다.

 "괜찮겠나?"

 "뭘?"

 웃음소리를 남기고 나갔다. 뒤에 사나코가 걱정을 하면서 말했다.

 "사카모토님은 초롱도 가지지 않았어요. 어떻게 하죠?"

 주타로는 사나코의 속을 알고 있기 때문에 얼른 눈치를 채고 말했다.

 "너, 고헤이(五平)를 데리고 가지 다리 정문까지 바래다주어라. 그 걸음으로는 아직 멀리 못갔을 거다."

"네, 그럼 곧."

사나코는 동작이 빨랐다.

재빨리 준비를 마치고 하인인 고헤이에게 초롱을 들게 하여 문 밖으로 달려 나갔다.

화가인 가노 단겐(狩野探原)의 저택 모퉁이까지 오자 료마 비슷한 그림자가 서 있었다.

"어떻게 된 일일까?"

낭인 차림의 세 사람에게 둘러싸여 있었다.

"고헤이, 불을 꺼라!"

사나코는 이상한 예감이 들어 자기 주변을 어둡게 했다.

한편 료마는 나지막한 소리로 말했다.

"나를 좀 보잔 말인가?"

"볼일은 금방 끝나오. 이 옆 다키기(장작이란 뜻) 강가에서 어떤 분이 기다리고 있으니까 잠시 돌아가면 된단 말이오."

"흠."

"와주시겠소?"

"흠!"

료마는 걷기 시작했다. 왼손을 옷소매에 집어넣어 안에서 칼자루를 쥐고 있었다. 경우에 따라서는 뽑으면서 그대로 베어 버릴 작정이었다.

료마는 고향에서 배운 오구리류로 발도술(拔刀術)을 수업했으나, 그 후 이를 기초로 연구를 거듭하여 지금은 처마에서 떨어지는 빗방울이 땅에 떨어지기 전에 세 번은 양단(兩斷)할 수 있다.

'이 녀석들은 아마 혼조 가네노시타에 작은 도장을 열고 있다는 시노부 사마노스케의 제자들이겠지.'

그렇게 보았기 때문에 료마는 그들의 말대로 강변까지 가 볼 셈이었다.
"시노부 놈이 눈치를 챘는지 아무래도 서방님을 노리고 있는 모양이오."
도베가 전날 하던 말이 들어맞았다. 어떻든 상대인 시노부 사마노스케는 원한을 산 몸이니까 과민할 수밖에 없다. 도베의 일당들이 가네노시타 도장 부근을 얼씬거리고 다니다가 사마노스케에게 눈치를 채게 하여 선수를 쳐 온 것 같다.

등 뒤에 달이 떠올랐는지 갑자기 밝아졌다.
속칭 장작 강가이니만큼 그 일대에는 장작이 산더미처럼 쌓여 있었고 짐수레 하나가 간신히 지나갈 만한 좁은 길이 꼬불꼬불 몇 가닥이 나 있었다.
그 장작더미까지 왔을 때 료마는 걸음을 멈추었다. 이렇게 좁은 통로에서 습격을 받으면 막을 도리가 없다.
"그 양반 어디에 있나. 강가에 있나?"
"그렇소."
'배로 온 모양인가?'
그런 예감이 들었다. 료마는 장작다발 하나를 어두운 땅 위에 내던지고 걸터앉으면서 말했다.
"여기서 만나자. 데리고 오너라."
"아니 여기선 안 되오."
"데리고 와!"
눈을 부라리며 소리쳤다.
"어차피 이런 장소에 사람을 불러내는 사나이다. 나쁜 놈일 것은 정한 이치이지만 나는 원래 귀한 태생이어서 그런 놈을 본 적이 없어. 재미있을 듯하니 이 자리에서 지그시 얼굴을 달에 비쳐 봐야겠는걸.”
"아니 이것이······."
"못 들어 주겠다면 나는 돌아가네."
한 녀석이 내닫기 시작했다. 그 사나이를 부르기 위해 가는 모양이다.
한편 그늘에서 사나코는 사나이들의 거동을 살펴보고 있었다.
'이건 큰일이 나겠는걸.'
그렇게 생각하자 얼른 몸을 다른 그늘로 옮겼다. 역시 검객의 딸이었다. 그들이 만일 료마에게 대들 때 가세하기 쉬운 장소를 고른 것이었다. 그러면서도 자기 혼자서는 불안했던지 고헤이에게 다급히 말했다.
"고헤이, 나 혼자로는 도저히 당해낼 것 같지 않아요. 곧 돌아가서 오라버님을 불러와요. 그리고 내 목검도 잊지 말고 꼭."
"아씨께서도 싸움을 하시렵니까?"
"할 수 없잖아요."
"그만두십시오. 혼담에도 지장이 있을 거고 또 오케 거리 지바 도장의 이름이 나와서는 곤란합니다. 상대는 떠돌이 낭인패인 것 같은데요."
"고헤이, 내가 하라는 대로 해요."
"예."
고헤이는 할 수 없이 그늘에서 떠났다.
료마는 널찍한 등을 장작더미에 기대고 태평하게 달을 쳐다보고 있었다.
이윽고 저편 장작더미에서 사람이 하나 걸어 나왔다.
아까 그 사나이인 모양이다.
그 등 뒤에서 이들의 "선생님"이라고 부르는 키가 큰 사나이가 나타나 료마 옆으로 여섯 자 거리까지 오더니 걸음을 멈추었다.
"사카모토 씨지?"
낮은 음성이었다.
"쓸데없는 간섭은 그만두었으면 싶어서 여기까지 오게 했소. 충고를 하겠는데 당장 이 시각부터 그만두시오. 알겠소?"

료마는 걸터앉은 채였다. 잠시 말이 없다가
"시노부 사마노스케(信夫左馬之助) 씨로군."
비로소 얼굴을 돌렸다.
"임자하고는 인연이 있는 모양이로군, 사마노스케. 후시미(伏見) 데라다야(寺田屋) 여관에서 그 얼굴을 보았고, 산슈 요시다(參州吉田) 찻집에서도 그 얼굴을 봤어. 과연 이렇게 달빛에 그 얼굴을 환히 비춰 보니 반갑구먼."
"놀리는 거냐?"
"인사 대신인 셈이지."
'어쩌면'
그늘에서 듣고 있던 사나코는 뜻밖인 료마의 싸움 솜씨에 감탄하고 있었다.
"자네, 교토에서……."
료마는 계속했다.
"야마자와 우콘(山澤右近)이라는 비샤문 당(毘沙門堂) 주지의 가신을 죽였다지? 그런데 정무관이나 행정관들과 짜고 했는지 임자는 포졸의 추적도 받지 않고 교토를 떠났다고 하던데……."
"……."
"그렇지?"
"바로 그 일인데, 료마!"

시노부는 잠시 생각하는 꼴이었으나 이윽고 결심을 한 듯 먼저 오른발을 내밀고 다시 왼손을 내밀면서 묘한 걸음걸이로 한 발자국 다가왔다. 서로 칼을 뽑으면서 단번에 승부를 결정할 수 있는 거리였다.

"자네, 사에라는 계집아이에게 조력한다지. 이야기는 빨리 끝장내는 것이 좋겠어. 손을 떼라구. 떼지 않겠다면 할 수 없지. 여기서 서로 칼을 뽑을 수밖에."

"손을 떼도 좋지만, 사에를 어떻게 할 셈인가?"

"얌전하게 복수를 단념하면 좋고 않는다면 반격하는 게 무사의 상도(常道)다. 임자가 할 수 있다면 그 남매에게 복수를 단념시켜 주면 더 할 말은 없다. 야마자와 남매와 임자, 이렇게 세 목숨이 살게 되는 거야."

"사에의 거처를 알고 있는가?"

"후카가와의 나카마치에 있어."

사마노스케는 잘 알고 있었다.

"만났는가?"

"나는 만나지 않았지만 심부름꾼이 얼굴을 보러 갔었지. 보기만 한 게 아니라 샀어."

"샀다고?"

"음, 실컷 재미 봤다."

"뭐라고?"

"놀랄 것 없지. 저쪽은 갈보야. 돈만 내면 누구하고도 잔다. 사에는 원수의 앞잡이인 줄도 모르고 자상하게 대접을 했다더군."

료마는 화가 불끈불끈 치밀어 올랐다. 이토록 인간의 존엄성을 무시한 이야기는 없을 것이다.

'역시 사에는 갈보였구나.'

빨간 등 165

직업이 가련하다는 생각을 하면서도 동시에 말할 수 없이 불결하다는 생각이 들었다. 화가 치밀었다. 그건 사에 대한 미움인지 사에를 뻔뻔스럽게도 농락한 이 사나이들에 대한 미움인지 자기도 잘 알 수 없었다. 그러나 아무튼 정신을 차렸을 때는 저도 모르게 벌떡 일어나고 있었다.

"이봐, 사마노스케, 이 싸움 내가 사겠다!"

사실을 말하면 료마는 열아홉 살이 될 때까지 싸움이란 것을 해본 적이 없었다. 하기는커녕 어렸을 때는 밖에 나가기만 하면 동무들에게 얻어맞아 울기가 일쑤였고, 집까지 가는 동안 줄곧 울어 댄 울보였기 때문에 하지 않았다기보다 할 수 없었다는 것이 옳을 것이다.

그때 오토메 누님은 분해하면서 말했다.

"료마야, 사내라면 때로는 싸움도 해야 하는 거야."

그러면서 싸움하는 방법까지 가르쳐 주었으나 물론 실지로 해 본 일은 없었다.

15, 6세 성인식을 올릴 무렵부터 인상, 골격, 성질까지 모두 변하여 울보 시대와는 전혀 다른 딴 사람이 된 것 같은 료마였으나, 설마 성인이 되고 나서 새삼 싸움을 할 수도 없는 일이어서 끝내 못하고 말았다.

그런데 지금 자기 둘레를 에워싸고 있는 네 사람은 예사 상대가 아니었다.

시노부 사마노스케는 변두리의 작은 도장이긴 하지만 도장 주인이다. 나머지 세 사람은 제자인 것 같으나 아무튼 칼을 쓰는 방법을 알고 있는 사나이들이다.

"그럼 끝내 야마자와 남매의 일에서 손을 떼지 못하겠단 말이지?"

시노부는 칼자루로 손을 가져갔다.
"닥쳐라. 그 이야긴 듣기도 싫다."
"그럼 손을 떼겠나?"
"안 뗀다."
시노부는 잠시 입을 다물었다.
"그럼 벨 수밖에."
그 소리를 신호로 두 사람이 재빨리 료마의 뒤로 돌았다.
삭, 하고 네 자루의 칼날이 칼집에서 뽑혔다. 료마로서는 다행스럽게도 달이 구름에 가려졌다.
료마는 장작더미를 따라 세 걸음 물러나 그 장작더미에 왼쪽 어깨를 살짝 기대었다.
그러나 아직 칼은 뽑지 않았다.
'이아이(居合: 재빨리 칼을 뽑으면서 적을 치는 검술)로 칠 셈이군.'
사나코는 그늘에서 생각했다. 그러나 조바심이 나서 견딜 수 없었다. 고헤이가 알렸을 텐데 주타로는 아직 오지 않는다.
'어떻게 한다지?'
꿋꿋한 것 같아도 처녀였다. 칼날을 보자 발이 움츠러들고 손이 뜻대로 움직이지 않았다.
'내가 어떻게 된 게 아닐까?'
그러면서도 머릿속은 이상스레 맑았다. 료마와 사마노스케가 주고받는 말 속에 나온 후카가와의 사에라는 창녀에 대한 생각이 떠올랐다.
"사카모토님과 친한 사일까?"
싫은 생각이 들었다. 도장의 젊은이들이 자주 나쁜 곳에 드나들고 있다는 것을 알고 있었고, 자기와 잠자리를 같이 한 여자 이야기를 노골적으로 떠벌리는 것을 들은 적도 있었다. 료마도 그런 패들과 같구나, 하고 생각했다. 그들보다 더 나쁜 것은 그 창녀에게 반한 끝에 창녀가 복수하는 일까지 가로맡고 나설 정도의 깊은 관계였다. 아직 새파란 시골뜨기 주제에 어처구니없는 탕아인지도 모른다.

"얏!"

등 뒤의 하나가 료마의 오른편 어깨를 빼갤 듯한 기세로 달려들었다. 동시에 료마의 손에서 번쩍 칼날이 번뜩였다.

사나코는 눈을 감았다.

눈을 떴을 때는 달려든 사나이가 땅바닥에 쓰러져 신음소리를 내고 있었다. 칼등에 맞아 허리뼈가 부러진 모양이다.

'세구나!'

사나코는 눈이 휘둥그레졌다.

사나코가 우러러보니 밤하늘은 맑게 개 있으나 구름이 빨리 흘러 달을 자주 가렸다가 나왔다가 한다.

그런데 어쩐지 료마는 그 달을 자유자재로 이용하고 있는 것 같았다.

달이 나와 주위가 밝아지면 료마는 문득 동작을 멈추어, 장작더미 그늘에 자기 그림자를 숨겨 버린다.

'아니?'

상대가 료마의 그림자를 찾고 있는 동안에 달이 숨으면 료마는 그 어둠을 이용해서 의외의 장소에서 튀어나와 상대를 치는 것이었다. 꽤 싸움 솜씨가 좋았다.

상대편은 세 사람까지 쓰러져 버렸다. 모두 칼등으로 얻어맞아 어깨, 허리, 손목이 부서져 땅에 쓰러진 채 끙끙 앓고 있었다.

혼자 남은 시노부는 그래도 제법 태연했다. 료마를 유인하듯이 칼을 하난으로 늘어뜨리고 료마의 수변을 천천히 원을 그리며 계속 이동하고 있다.

그도 료마가 움직이는 법칙을 알아챈 모양이었다. 달이 나오면 료마가 서는 것이다. 그 순간에 뛰어 들어 한 칼로 베어 버리면 그만이다.

그때 달빛이 흐려졌다.

이윽고 또 나왔다. 그 순간, 사마노스케는 뛰어 들어 료마를 내리쳤다.

"받아랏!"

그러나 와르르 장작더미가 무너져 사마노스케가 내려친 칼은 겨우 장작 한 개비를 베었을 뿐이었다.

"비겁하다, 사카모토."

"개수작 마라. 지금이라면 임자를 두 동강으로 낼 수 있었다. 베지 않은 것은 무사의 인정이란 것이다. 그 자매를 위해 남겨 둬 준다."

그 료마는 뜻밖에도 사마노스케 옆에 서 있었다.

"이놈이!"

계속 쳐들어가면서 칼을 휘둘렀으나 료마는 쑥쑥 물러났다. 그리고 네 번째의 칼은 힘껏 뿌리쳐 날려 버렸다.

무서운 힘이었다.

"이 양반아, 그 솜씨로 용케도 도장을 차리고 제자를 받았군."

료마가 진심으로 어처구니없다는 듯이 말했을 때 발소리가 들려 오고 초롱불이 나타났다.

지바 주타로였다. 초롱불을 고헤이에게 맡기고 달려들자마자 소리쳤다.

"료마 형, 나도 돕겠어."

"괜찮아, 끝났어."

료마는 칼을 거두고 나서 말했다.
"시노부 씨, 아까 그 사에를 어떻게 했다는 이야기가 불쾌해서 그만 흥분을 했었는데, 이젠 어지간히 개운해졌어. 복수를 돕는다는 따위의 쓸데없는 간섭도 그만둘 테야. 그 대신 당신도 야마자와 남매로부터 손을 떼라고. 그 남매는 당신이 집적거리지만 않으면 복수 같은 것은 안 할 거야."
"야마자와 남매에 대한 것은 그렇게 하지."
"고맙네."
료마는 머리를 숙였다.
"그러나……."
시노부는 말했다.
"료마, 그러나 오늘 밤 싸움의 결말은 별개의 문제야. 잠시 자네에게 맡겨 두겠다. 말해 두지만 나는 집념이 강해. 좀 더 수련을 한 다음 나중에 다시 만나자."
"부상자는 어떻게 할 텐가. 의사를 부를까."
"수고는 끼치지 않겠어."
사마노스케는 거리 쪽으로 사라졌다. 의사를 부르러 가는 모양이었다.

스무 살

그해도 저물었다.

정월부터 연호도 가에이(嘉永)에서 안세이(安政)로 바뀌고 료마도 스무 살이 되었다.

이것은 료마로서도 감회가 없을 수 없는 일이었다.

'사카모토네의 울보도 스무 살이 되었나?'

스스로도 자신을 우러러보고 싶은 심정이었다. 벌써 당당한 어른이었다.

그 무렵 료마는 가지바시 번저에서 쓰키지(築地) 번저로 옮겨져 있었다. 료마뿐 아니라 젊은 번사들 대부분이 쓰키지, 시나가와의 두 별채 번저로 옮겨졌던 것이다.

이것은 흑선의 에도 만 침입에 대비하는 도사 번의 방위 태세의 하나로, 이 두 개의 해안 번저에 인원을 머물게 하는 한편, 막부의 허가를 얻어 시나가와에 포대를 구축 중이었다.

가지바시 번저에서 쓰키지 번저로 옮겨갔기 때문에 료마에게는 불편한 일이 생겼다. 오케 거리에 있는 도장이 멀어진 것이다.

"료마 형, 그건 불편해. 차라리 도장에서 묵는 게 어떤가?"

주타로가 친절하게 권해 주어, 소속 조장에게 청을 했더니 선선히 승낙해 주었다.

"좋겠지. 그 대신 일이 있으면 곧 달려와야 해. 그리고 사흘에 한 번은 번저에 와서 자도록. 그러면 됐어."

사실 료마는 임시로 번의 경비대원에 끼어 있을 뿐, 어차피 녹봉을 타먹는 것도 아닌 검술 학생이며, 게다가 향사의 자식으로 사비 유학생의 신분이었다. 번에서도 훗날이라면 모르되 별로 기대를 걸고 있는 터도 아니다.

료마가 오케 거리의 지바 도장에 묵게 된 것을 가장 기뻐한 것은 선생인 지바 데이키치 노인이었다.

노인은 지난해 여름부터 건강이 나빠져 도장에 나가는 것도 의사로부터 금지당하고 있었다.

그 노인이 "여보게, 료군" 하고 말했다. 데이키치 노인은 형인 슈사쿠(周作)와는 달리 성격이 대범하다. 요즘에 와서는 아들인 주타로나 제자들의 흉내를 내어 사카모토니 료마니 하지 않고 그렇게 부르는 것이다.

"나도 이젠 멀지 않을 것 같군. 그런데 이렇게 맥을 못 추면서도 이틀에 한 번은 마치 젊은 시절로 되돌아간 것 같이 몸이 개운할 때가 있네. 얄궂게도 그게 대개 밤이야. 이제 자네가 우리집에 묵게 된다면 언제든지 도장에 불러 낼 수가 있겠지. 올해 안으로 호구신 일도류의 비술을 모두 사네한테 전해 주고 싶네."

주타로는 물론 크게 기뻐했으나 사나코만은 좀 묘한 태도였다.

처음 료마가 도장에 묵게 된다는 소식을 오빠로부터 들었을 때는 그렇지 않았다.

"아이, 좋아라."

하며 펄쩍 뛰어올라 주타로에게 핀잔을 받기까지 했는데, 그러면서도 료마를 대하는 태도가 이상했다.

이런 태도는 료마가 짐작컨대 그 다키기 강가의 사건 이후에 생긴 것이었다. 예를 들면 료마가 아침에 "여어!" 하고 인사를 걸어도 얼른 외면을 해 버렸다.

옆에 사람이 있을 때는 할 수 없이 인사는 하지만 어쩐지 서먹서먹했다.

정말 사나코는 료마를 보기만 해도 눈이 더러워진다고 생각하는 모양인지, 집안에서 어쩌다 스쳐만 지나가도 눈을 내리깐 채 서둘러 가버린다.

'야단인데.'

내심 료마는 어쩔 줄 몰랐다.

'아마, 내가 후카가와의 유녀한테 빠져서 복수하는 일까지 도와주려고 했다는 것을 경멸하고 있겠지.'

정말 난처하다고 생각했다. 설사 그것이 어떤 일일지라도 여자에게 경멸당하는 사나이는 되고 싶지 않다. 어느 남자나 그런 심정이 있을지 모르지만 소년기에 오토메 누님에게서 배운 료마에게는 그런 경향이 더욱 짙었다.

이를테면 료마의 내부에는 무언가 빛나는 존재가 살고 있었다. 그것은 관음상(觀音像)이라고 해도 좋을 것이다. 무슨 까닭인지 그것은 여성의 모습을 지니고 있다.

이 빛나는 존재는 날 때부터 료마의 내부에 깃들고 있었던 것은 틀림없지만, 그것을 깎고 다듬어 이목구비를 달고 옷 주름을 세우고 손톱 발톱까지 만들어낸 사람은 료마의 유일한 스승이었던 오토메 누님이었다. 그러므로 그녀가 새긴 상은 여성상(女性像)이 됐는지도 모른다.

그것이 료마를 감시하는 것이다. 여성의 눈으로 감시하는 것이다. 좋은 사나이가 되라고. 때로는 료마를 심술궂은 눈으로 노려보고 때로는 몹시 너그러운 눈으로 미소를 보내기도 한다. 그러나 료마는 이 여성상에 반해 있었기 때문에 머리를 싸안고 복종하지 않을 수가 없었다.

그런데 난처한 일이 있다.

이 관음상의 얼굴이 때때로 변하는 것이다. 원칙으로 관음상인데 때에 따라 누군가와 닮아 가는 것이다.

역시 제작자인 오토메 누님과 닮았을 때가 제일 많았으나 때로는 후쿠오카의 다즈 아가씨가 되기도 한다. 다즈만이 아니었다.

정말 난처하게도 요즘에는 이 지바 댁의 사나코와도 조금 닮아 있는 것이다. 료마가 야단났다는 것은 바로 그 점이었다.

료마를 감시하는 관음상이 사나코라는 살아 있는 모습으로 심술을 부려대니 당할 재간이 없다.

그런데 작년에 왔던 미국의 페리 제독이 1월 14일 다시 함대를 몰고 들이닥쳐 지난 번 막부에 제출한 통상 개항에 관한 국서의 회답을 강경히 요구해 왔기 때문에, 여러 번의 해안 경비대는 다시 임전 태세에 들어가게 되었고 료마도 흑선이 떠날 때까지 쓰키지 번저에 돌아가 대기하게 되었다.

료마가 다시 도장에 돌아온 것은 막부가 시모다(下田), 하코다테(函館) 두 항구를 열기로 설성하고 페리에게 회답을 보낸 2월 말이었다.
 오래간만에 도장으로 돌아온 료마는 데이키치 선생에게 인사를 드리기 위해 도장에서 안뜰로 내려섰다. 그때 젖꼭지나무 노목 옆에서 사나코와 서로 스치게 되었다.
 '어머.'
 사나코의 눈은 그런 표정을 지었다.
 그리고 이내 고개를 떨어뜨리고 그냥 지나가려다가 두서너 걸음 가서 휙 뒤돌아보았다.

 료마도 발을 멈추고 뒤돌아보았다.
 "무슨 볼일이라도?"
 "저어……."
 사나코는 새빨갛게 상기되어 있었다. 뭔가 열심히 참고 있는 모양이었다.
 그러면서도 그전처럼 무서운 표정을 지으려고 애쓰고 있는 모양이었다.
 "배라도 아픕니까?"
 "아니, 저어……."
 "분명히 횟배요. 탕약을 자시면 좋을 텐데."
 "아니에요, 회충은 아이들에게나 있지요."
 "어른에게도 있어요. 고향에 있을 때 겐 할아범이라는 하인은 예순이 넘어서도 회가 끓어서 쩔쩔 매던걸요."
 "저는 겐 할아범하고는 다릅니다. 그리고 회충 애긴 아니에요."
 "그럼 무슨 이야긴가요?"
 "그 머린 어떻게 된 거예요?"
 "아, 이것 말이군요."

료마는 자기 머리를 쓰다듬었다. 뒤에서 하나로 묶는다는 것이 정수리의 머리칼이 길어져 거지꼴이 되어 있었다.

상투 모양도 한 달 전과 달랐다. 이전에는 밑동에서 한끝을 늘어뜨리고 있었는데 오늘은 그럭저럭 상투 모양은 되어 있었다.

그게 몹시 어른스럽게 보여 사나코는 우스웠던 것이다.

"벌써 스무 살이니까요."

"쓰키지 번저에 가 계신 동안 트셨나요?"

"예, 어울리지 않습니까?"

"여간."

"어울리지 않는다?"

"아뇨, 여간 잘 어울리지 않는데요. 하지만 좀 더 참하게 했으면."

"참하게라니요?"

"빗질을 하시면 되잖아요?"

료마는 머리숱은 많으나 좀 붉은 곱슬머리였다. 그런데다 바싹 당겨 빗는 것도 싫어했고 정수리의 머리칼도 길어져서 산적처럼 보였다.

"이것도 오늘 아침 도장에 돌아온다고 일부러 사람을 시킨 건데......"

"그래서요?"

"막상 머리를 빗고 나니 눈이 당기는 것 같아 불편해서 손으로 이렇게."

옆머리 근처를 두 손으로 누르면서 말했다.

"슬쩍슬쩍 잡아당겼지요. 그래서 산적처럼 보이는 모양이군."

"하지만 그런 편이 훨씬 세게 보여요. 후카가와 유녀의 복수나 도와주신다면 정말 잘 어울리겠어요."

'아, 아직도 잊지 않고……'
그것이 사나코의 볼 일인 모양이었다.
"우리 그 말은 다시 하지 않기로 합시다."
"후회하고 계신가요?"
"후회는 않지만 되씹게 되면 별로 유쾌한 일은 아닙니다."
"왜요?"
왜 유쾌하지 않는가, 하고 사나코는 물었다. 희미한 대답은 용납하지 않겠다는 듯 매서운 눈으로 쏘아보고 있었다.
"결국은 유녀에 지나지 않는다는 거지요."
"아, 그럼 사에라는 후카가와 나카마치의 유녀에 대해서 불쾌하다는 말씀이시군요. 하지만 사에는 유녀의 몸이면서도 아버지의 원수를 갚겠다는 정말 기특한 효녀가 아닙니까?"
"효녀이고말고요."
"그게 어떻게 불쾌하다는 건가요?"
"아니, 그게."
료마는 갑자기 싱글벙글하면서 말했다.
"바로 말해서 사에라는 여자는 친절한 여자였어요. 내게 어떤 도(道)를 가르쳐 주겠다고 하더군요."
"어떤 도라니요?"
"남녀의 도지요."
"어머."
"나도 성인식을 마친 지 몇 년이 됐으니까 언젠가는 그 도를 배워야 한다는 생각을 갖고 있었지요."
"아이, 더러워!"
"더럽다니요, 그럼 아가씨는 잘 알고 있나요?"
"어머."

스무 살 177

무서운 눈으로 료마를 흘겨본다.

"모르시면 가만히 있어요. 더러운지 아름다운 것인지는 나도 잘 모르오. 그래서 만일 배우게 된다면 다른 유흥가 아닌 후카가와 나카마치의 사에한테 배울까 하고 생각하고 있었는데, 시노부 사마노스케의 제자가 손님으로 가장하고 가서 그……."

"남녀의 도를 이룩했단 말이군요."

"그렇지, 이룩했죠."

"그래서 사카모토님은 질투를 하여 원수 갚는 조력까지도 싫어지셨군요. 어지간히 그 사에라는 유녀에게 마음을 뺏긴 증거예요. 사나코가 더럽다고 생각하는 건 바로 그 점입니다."

"딴은 그렇겠군."

료마는 고개를 끄덕이며 감탄했다.

"역시 아가씨는 영리하시단 말이야. 나도 잘 몰랐던 내 마음을 서양 의사가 죽은 죄인 몸뚱이를 해부하듯이 말씀하시거든. 과연 질투라니 놀랐습니다. 질투란 여성에게만 있는 줄 알았더니 남자에게도 있는 모양이군요."

말을 마치고는 사나코의 얼굴을 들여다보았다. 물론 료마는 자기의 그 불쾌감이 질투에서 온 것으로는 생각하지 않는다.

한데 그런 사나이의 눈길을 받은 사나코는 당황했다. 료마가 변명을 하기는커녕 이렇게까지 감탄할 줄은 몰랐던 것이다.

"저어……."

사나코는 눈을 내리깔았다.

"제가 잘못 생각했을까요?"

"아니 잘못된 것 없어요. 핫하하, 오늘은 좋은 이야기를 들었군요. 한 가지 더 배웠는 걸."

료마는 어깨가 걸리는지 왼편 어깨를 세 번쯤 두들기고는 몸을 돌리며 말했다.

"그럼 이만……."

그러고 그는 도장 쪽으로 사라져 버렸다. 사나코는 그 뒷모습을 망연히 바라보면서 생각했다.

'알 수가 없구나. 고집스럽고 진지한가 하면 어물쩡하고 사람을 어리둥절하게 만들어 버리다니. 대체 어떻게 된 사람일까?'

그해 3월.

료마는 쓰키지 번저에서 시나가와 번저로 다시 옮겨 포대 경비를 맡게 되었다. 물론 서생 신분이므로 료마가 스스로 비웃는 잡병(雜兵)이다.

페리 함대는 아직도 소슈 앞바다에 머물고 있었다.

제독 페리는 이미 이달 3일, 요코하마 회견소 임시 막사에서 막부로부터 시모다와 하코다테를 개항하기로 약속을 받았으나 어찌된 영문인지 아직도 떠나지 않고 함포를 육지로 돌린 채 말없는 위압을 가하고 있었다.

각 번의 진지는 극도로 긴장하고 있었다.

도사 번에서도 에도 근무의 군사, 병기만으로는 부족하여 영지에서 날마다 창이니 칼, 마표(馬標) 등을 실은 짐바리가 밀려 들어왔고 영지에 있는 번사들도 에도로 속속 내려왔다.

시나가와 번저의 총사령은 에도 근무 중신인 야마다 하치에몬(山田八右衛門)으로서 부대 편성과 진지 배치는 주로 다케다 신겐(武田信玄)의 군제를 본딴 호조류 군학에 의해 이뤄지고 있었다. 화기도 화승총(火繩銃)이 주무기일 뿐, 결국은 허리에 찬 일본도를 휘두르며 쳐들어갈 수밖에 없는 상태였다.

자연 료마 등 검객은 소중한 존재가 되었다. 이미 교신 아케치류의 다케치 한페이타가 고향에 돌아간 이상, 번저에서는 검술 사범인 이시야마 마고로쿠(石山孫六) 노인을 빼놓고는 료마 외에 시마무라 에이키치(島村衛吉), 후쿠토미 겐지(福富健次) 등 다케치와 동문인 사나이들을 당할 자가 없었다.

세 사람은 모두 하급 무사였다. 그들이 날마다 번사들의 사범격이 되어 맹렬한 훈련을 시키고 있었다.

향사 출신인 시마무라 에키치는 다음과 같은 한 마디를 던져놓고, 연습을 시킬 때는 가차 없이 두들겼다.

"검(劍)은 기(氣)에 있다."

"그 따위로 오랑캐를 벨 수가 있나?"

특히 상대가 상급 무사인 경우에는 형편없이 때려눕히는 일도 있었다. 서로 죽도록 대결할 때만 신분의 차별이 없다. 평소의 울분을 그렇게 풀어 볼 작정인 것 같았다.

역시 향사 출신인 후쿠토미 겐지도 칼을 교묘하게 잘 썼으나 그도 역시 혈기 많은 사나이로서 마음에 들지 않는 상급 무사를 훈련시킬 때 상대가 쳐들어오면 이렇게 말했다.

"아이우, 그건 가렵소이다."

그렇게 웃으면서 툭툭 적당히 다루다가 기회가 생기면 탁! 하고 맹렬한 공격을 가했다.

"자, 하나 받아봐요!"

그런데 료마는 달랐다.

솜씨가 미숙한 사람에게는 일체 호신구를 입지 못하게 하는 대신, 장작개비 하나씩을 던져 주고는 말했다.

"뜰에서 휘두르고 계시오."

단지 이 말뿐이었다. 미숙한 자가 갑자기 둔중한 호신구를 갖추고 연습을 해 봐야 적의 총검을 피할 수는 없는 것이다. 그보다는 내려

치는 칼의 속도를 빠르게 하여 확실한 참격(斬擊)을 연마시키는 편이 훨씬 효율적이다.

"미야모토 무사시는 어떤 유파를 배운 것이 아니오. 혼자 나무를 치고 목도를 휘둘렀소. 사쓰마 집안에 전래되는 지겐류(示現流)도 오로지 그것만을 가르치고 있소. 어떤 유파거나 휘두르는 훈련만 열심히 쌓으면 그것만으로도 초보 면허 정도의 실력은 갖추게 되오. 아무튼 속성하는 방법은 이것이 제일이오."

료마는 훈련 방법이 독창적이고 훌륭했기 때문에 많은 번사들이 그에게 모여들었다.

료마가 시나가와 근무 중신 야마다 하치에몬에게까지 이름이 알려지게 된 것은 이 경비대 검술 교관이었기 때문이었다.

3월 어느 날, 도장에 있던 료마는 조장인 후카오 진나이(深尾甚內)의 막사로 불려갔다. 진나이는 걸상에 앉아 있었다. 료마와 같은 향사의 자식은 흙바닥에 꿇어 엎드리는 것이 예법이었다.

"중신께서 너를 데리고 오랍신다. 곧 준비를 해라."

진나이의 명령이었다. 말씨가 매우 고압적이었다. 다른 번과 비교해 볼 때 도사 번만큼 상급자가 하급자에게 교만을 떠는 곳은 없었다.

"옛!"

료마는 의당 대답하고 납작 엎드려야 할 것이었으나 그는 자기 버릇대로 싱글벙글 웃고 있었다. 진나이는 화가 치민 얼굴로 소리치며 말했다.

"알아들었나?"

"응."

마치 그렇게 대답하는 표정으로 료마는 고개를 끄덕이며 물었다.

스무 살 181

"용무는 무엇인데요?"

"가 보면 알아. 미리 일러두지만 너는 시골 향사 출신이라 예절에 어두워. 조금이라도 실수가 있어서는 안 돼."

료마는 그를 따라 야마다 하치에몬을 만나러 갔다.

하치에몬은 투구만 쓰지 않았을 뿐, 조상 전래의 검은 가죽으로 된 갑옷 위에 겉옷을 걸쳐 입고 마치 고물상 가게 앞에 세워 놓은 무사 인형 같은 모습을 하고 있었다.

"사카모토 료마라는 게 너냐?"

하치에몬이 물었다.

"예."

료마는 싱글벙글 웃으며 머리를 든 채 하치에몬의 갑옷 입은 모습을 보고 있다. 조장인 후카오 진나이는 조바심을 내어 큰 소리로 꾸짖었다.

"료마, 머리가 높다."

그리고 두 번째는 료마의 목을 손으로 짓눌러 억지로 고개를 숙이게 하려고 했다. 바로 이때, 료마는 그 온화한 성격으로서는 보기 드물게 가느다란 눈을 크게 부릅뜨면서 소리를 꽥 질렀다.

"시끄러웟!"

온 좌중이 새파랗게 질려 버렸다. 하급 무사가 상급 무사에게 호통을 친 예는 일찍이 없었던 일이다.

그러나 료마는 곧 미소를 지으며 말을 둘러댔다.

"실례했습니다. 잠시 담이 막혔습니다."

"담이라고?"

주위의 상급 무사들은 흥분하기 시작했다. 같은 번사라고는 하지만 도사의 야마노우치 집안에서는 상급 무사를 야마노우치 무사라 하고 향사들을 조소카베 무사라고 부르며 차별하여 상급 무사들은 향사를 인간이라고도 생각하지 않았기 때문에, 이 일이 그냥 무사히 넘어갈 리가 없었다.

그러나 료마는 태연했다.

"지난밤부터 감기 기운이 있어서, 담이 좀 나옵니다. 목덜미를 눌린 순간 담이 목에 걸린 것 같아서 기침을 하여 담을 삭였습니다."

"담 삭이는 소리가 아니다. 분명 후카오님에게 시끄럽다고 했어."

"잘못 들으셨겠지요."

"아, 아, 우선 조용히 해!"

좌중을 진정시킨 것은 야마다 하치에몬이었다. 무사주의인 온건한 이 중신으로서는 말썽이 일어나는 것이 귀찮은 일이었다. 떠들어 대면 한 두 사람쯤은 죽는 사람도 생기게 될 것이다.

"분명 그것은 담을 삭이는 소리였다. 그리고 진중의 예는 간결한 편이 좋다. 이 이상 시비를 벌여서는 안 돼. 그보다 료마에게 지시할 일이 있다."

중신 야마다 하치에몬이 료마에게 지시한 것은 소슈 연안을 경비하고 있는 조슈(長州)번의 진지를 탐색하고 오라는 것이었다.

"다른 번의 진지 탐색은 온당치 못합니다. 도대체 무슨 까닭입니까?"

조장인 후카오 진나이가 신분상 직접 대화를 삼가야 할 료마를 위해서 물었다.

"평판이 높기 때문이야."

중신이 말했다.

"좋은 점이 있으면 우리도 참고로 해야 되겠지. 그것이 막부에 대한 충성이야."

'아하'

료마도 조슈 번의 소문은 듣고 있었다.

원래 소슈, 특히 미우라 반도(三浦半島)는 에도의 숨구멍에 해당되는 요지이기 때문에, 막부는 흑선 소동 이래 역대 영주 중 첫째 서열인 히코네(彦根)의 이이(井伊) 집안에 경비를 맡기고 있었으나, 새로 진지 교체를 하면서 이이를 하네다(羽田), 오모리(大森) 연안으로 옮기고 조슈 번으로 하여금 소슈를 지키도록 한 것이었다.

료마가 듣기로는 조슈 번은 외번(外藩)인 자기들에게 베푼 두터운 신뢰에 감격하여, 중신 마스다 엣추(益田越中)를 선봉부대 총지휘관으로 임명하고 가신들 가운데서 특히 무예에 뛰어난 천 명을 선발하여 배치했으며, 그 중에서 다시 120명을 엄선하여 미우라 반도의 남단 미야다 마을(宮田村)이라는 어촌 본영에 주둔시켰다고 한다.

그 대열의 엄정성, 포진의 모양 등 모든 것이 다른 번의 모범이 될 만하다는 것이다.

도사 번으로 보면 조슈는 인접 진지였다. 자연 경쟁심이 일어나게 마련이었다.

"탐색하라!"

그 지시는 그저 형편을 보고 오라는 정도의 뜻이었다.

그런데 막부는 흑선이 온 뒤로 각 번의 군사들이 함부로 다른 번이 담당하는 연안을 시찰하는 것을 금하고 있었다.

"그 점은……."

후카오 진나이는 자상하게 따지고 든다.

"어떻게 하시겠습니까? 이 료마를 보냈다가 만일 조슈 군사에게 잡히는 날이면 영주님께서 상부의 꾸중을 받게 될 것은 뻔하지 않습니까?"

"생각하고 있어."

중신 야마다 하치에몬은 대답했다.

"실은 미야다 마을에 있는 조슈 진지에서 사신이 왔는데 그곳에 머무는 동안 사기를 돋우기 위해 검술 시합을 열고 싶다는 전갈이었다. 도사 열 명, 조슈 열 명을 골라 시합을 시키기로 했다. 당연히 료마도 참가할 것이다. 이때의 시합도 중요하지만 조슈 진지를 보고 오라는 것이다. 진나이, 알겠나?"

"예엣."

조장 후카오 진나이는 부복하면서 말했다.

"료마, 알겠지?"

"예."

다음 날 이른 새벽 시나가와의 도사 번 진지에서 열 명의 무사가 저마다 깊숙한 방갓을 눌러쓰고 가벼운 행색으로 길을 떠났다.

료마 외에도 시마무라 에이키치, 후쿠토미 겐지, 히네야 아이바(日根野愛馬), 히라오 고하치(平尾五八) 등 다른 번에까지 소문난 검객이 끼어 있었다.

미우라 반도 남단까지는 2백 리 길, 사흘째 밤에야 미야다 마을의 조슈 진지에 도착했다.

료마는 현지에 와 보고서야 이 이름도 알려지지 않은 어촌 구석에 본영을 설치한, 조슈 번의 마스다 엣추라는 젊은 중신의 높은 전략적 안목에 놀라지 않을 수 없었다.

이 미야다 마을은 길이 세 갈래로 나 있고, 요코스카(橫須賀)로는 산길로 5십 리. 더구나 우라가와 미사키(三崎) 중간에 있기 때문에 이 세 항구 어느 곳에 적이 상륙해도 곧 군사를 움직일 수 있는 곳이었다. 병법으로 말하면 요충지였다.

"시마무라 형, 당신은 제일 연장자이고 또 조슈 가신들도 잘 알고 있으니까, 조슈의 마스다 엣추도 알고 계시겠군요."

"료마 형은 참 순진도 하오. 아무리 내가 연장자라도 그를 알 게 뭐요."

시마무라는 웃었다.

"상대방은 1만 2천 석의 영주급 중신이야. 같은 중신이라도 도사의 야마다 하치에몬과는 다르거든. 하치에몬님에게도 직접 얘기를 못하는 우리 하급 무사가 남의 번의 제일가는 중신을 어떻게 알아."

"그렇겠군."

료마는 쓴웃음을 지으며 끄덕였다.

시마무라의 이야기로는 마스다 엣추는 료마보다 두 살 위로 아직 스물두 살이라고 한다.

원래 마스다가문은 조슈 번에서도 명문으로 알려진 집안이다. 전국시대 이전, 현재의 마스다시(益田市) 부근에서 세력을 떨친 호족(豪族)이었으나 뒷날 모리(毛利) 집안의 조상인 모토나리(元就)에게 귀속하여 그 후 삼백 년, 모리 집안의 중신이 되어 전쟁 때면 으레 모리 일문의 주력을 지휘하는 무사 대장이 되는 것이다.

마스다 엣추는 흑선 소동 때문에 고향에서 에도로 급행하여 가문의 직분대로 젊은 나이이면서도 조슈 군사를 지휘하고 있는 것이리라.

료마 등 10명은 그날 밤, 조슈 본진이 있는 절에서 마스다 엣추를 만났다.

과연 젊다.

얼굴이 희고 눈이 가느스름하게 위로 치붙은 조슈형 미남자로서 정말 명문의 자제다운 인물이었다. 좌석에 앉자 그는 미소를 지으며 인사했다.

"제가 엣추올시다."

아주 활달한 젊은이였다. 스사(須佐) 1만 2천 석의 성주이면서도 도사의 중신이나 상급 무사에게서 볼 수 있는 교만스러운 데가 전혀 없다.

"내일 아침의 시합을 기대하고 있습니다. 여러분은 에도 태생입니까?"

"아니올시다. 모두 시골 태생입니다."

시마무라 에기치가 대표로 대답했다.

"그렇군요."

젊은 중신은 미소 띤 얼굴로 좌중을 둘러보다가 문득 료마의 얼굴에 눈길을 멈추면서 놀랍다는 표정으로 말했다.

"모두 도사 무사답게 늠름하시군. 이런 상태라면 내일 시합은 우리 편도 안심할 수 없겠는걸."

"별말씀을. 귀번은 모리 모토나리 공 이래 무용을 떨치시는 가문이 아닙니까. 저희들이야말로 안심할 수가 없겠습니다."

"그게 야단났어요. 이 미야다 마을 본영에 있는 무사 가운데 가장 솜씨가 뛰어난 자가 니라야마(韮山) 영주 대리를 따라 지금 연안 측량을 하러 나가고 없습니다. 그 사람이 오늘밤이나 내일 아침까지라도 돌아오면 좋겠는데 그렇지 않으면 우리 편으로서는 쉽지 않은 시합이 될 것 같군요."

"그게 누구십니까?"

"가쓰라 고고로(桂小五郎)라는 사람이오."

"그럼 그……."

시마무라는 숨을 들이켰다.

"사이토 야쿠로(齋藤彌九郎) 선생의 연병관(練兵館) 사범인?"

스무 살 187

료마는 모르는 사람이다.

그날 밤 본진이 좁아서 료마 등 도사 무사들은 민가에 나가 자게 되었다.
술상이 나왔다.
마스다 엣추의 특별 지시인 듯 조슈 번의 접대는 정말 융숭했다.
번사들도 번갈아가며 10명의 도사 무사들을 위해 이야기 상대로 나왔다.
료마는 조슈 무사들을 집단적으로 보는 것은 처음이었으나 과연 도사의 사나이와는 인종이 다르기나 한 것처럼 얼굴이랑 뼈대가 달랐다. 눈매가 서늘하고 빛깔이 희며 얼굴이 갸름하다. 미남이 많았다. 도사 사람처럼 농담도 그다지 하지 않고 모두가 사려 깊고 지모(智謀)가 있어 보였다. 마음에 걸리는 것은 어느 얼굴에나 조금씩 깃들어 있는 어두운 그늘이었으나 이것은 풍토 탓일지도 모른다.
"보시오, 시마무라 형."
료마는 옆에 있는 에기치에게 말했다.
"조슈 사람은 누구를 봐도 모두 영리한 것 같구려. 조슈 사람의 얼굴을 본 다음 눈을 돌려, 가령 시마무라 형의 얼굴을 보니 사람 얼굴로는 보이지 않는구려."
"뭐로 보이나?"
시마무라는 싱글싱글 웃었다.
"덜 구워진 흙인형이 술에 취해 웃고 있는 것 같군."
"뭐라구, 이 엉터리 같은 녀석이."
"아니 뭘, 그만 일로……"
손을 내저은 것은 접대담당인 조슈 번사 사쿠마 우키치(佐久間卯吉)라는 젊은이였다.

"저희들과는 달리 도사 사쓰마 등 남쪽 나라 분들은 정말 씩씩합니다. 무사로서는 퍽 믿음직하게 보입니다."
"뭘요. 도사 놈들은……."
시마무라는 겸손을 부리며 말을 이었다.
"도사 놈이라는 천한 이름이 붙을 만큼 혈기만 많았지 생각이 얕고 술이나 퍼마시는 게 고작인걸요."
다음에는 역사 이야기가 나왔다. 이 시대에 유행한 책이라면 라이산요(賴山陽)의 일본 외사(日本外史)였다. 모두가 읽고 있었다. 소년 때 글 읽기를 싫어했던 료마까지도 누이인 오토메가 손을 잡고 가르쳐 준 덕분에 전문을 암송할 수 있었다.
이 소슈 미야다 마을의 술자리에서는 서로 자기 번의 역사 이야기를 주고 받았다.
특히 조슈 번의 청년들이 자기 번에 대해서 만만한 자신과 긍지를 가지고 있는 데에 료마는 놀랐다. 그들은 술이 거나해짐에 따라 자신있게 말했다.
"우리 번은 친번 아닌 외번으로서 오랫동안 막부의 푸대접을 받아 왔으나 막상 국난이 일어나니 역시 막부는 우리를 신임하여 소슈 경비를 내맡기지 않았겠소. 언젠가는 조슈가 일본을 등에 업고 일어날 때가 올 것이오."
대단한 자신감이었다.
'조슈는 다른 번과는 다르구나.'
료마는 내심 야릇한 느낌이 들었다.
조슈 사람의 자부심은 번의 역사에서 우러나오는 것 같았다. 모리 집안은 사쓰마의 시마쓰 집안과 마찬가지로 도쿠가와 집안으로부터 받은 영지가 아니었다.
그 둘은 모두 육백 수십 년 전에 미나모토 요리토모(源賴朝)의 가신이었던 가문인데, 전국시대에 사방을 정복하여 영토를 넓혀 한때는 일본의 중부 지방 11개주에 걸친 대영주였으나, 세키가하라의 패전으로 보슈(防州), 조슈, 두 개의 주 36만 석으로 줄어들었다. 도쿠가와 집안에 대해서는 원한은 있을망정 은혜는 없었다. 독특한 기풍은 거기서 생겨난 것이리라.

조슈 도사의 검술 시합은 미야다 마을의 본영 뜰에서 벌어졌다.
검사관은 조슈 번의 검술 사범 나이토의 생질인 신도무넨류(神道無念流)의 나가다 겐키치(永田健吉)였다.
조슈 번의 대장은 사쿠마 우키치였고 도사 쪽은 나이 많은 시마무라 에이키치가 선발되었다. 이윽고 마스다 엣추가 자리에 나와 앉았다. 앉자마자 좌우를 둘러보며 말했다.
"가쓰라는 아직 돌아오지 않았나?"
작은 소리로 물었다. 시립해 있던 자들은 입을 모아 역시 작은 소리로 대답했다.
"예, 아직."
엣추는 고개를 끄덕인 다음 씁쓸한 표정으로 어깨를 움츠리며 말했다.
"가쓰라가 있었으면 당연히 대장이나 선봉이 될 것인데, 도사 친구들은 운수가 좋았군. 그런데 도사측 대장은 어느 분인가?"
"옛!"
사나이는 명부를 꺼내어 엣추 앞에 펼쳐 놓고 대답했다.
"교신아케치류의 면허개전(免許皆傳) 시마무라 에이키치님이올시다."
"선봉은?"
"호쿠신 일도류의 사카모토 료마님."

"아."

엣추는 밝은 미소를 띠고 멀리 바라보다가 면구를 달고 있는 료마를 발견하자 물었다.

"저 큰 사나이가? 제법 할 것 같은가?"

"글쎄요, 시합이란 해 봐야 압니다만 좀 어리숙해 보이는 사람이올시다."

"대현(大賢)은 우(愚)를 닮았다는 옛말도 있어. 똑똑한 체를 얼굴에 드러내고 다니는 사나이는 재사(才士)라고 해 봐야 이류 인물이야. 일류 인물이라는 것은 좀 바보스러워 보이는 거지. 좀, 이라기보다 범인의 눈으로 보면 아주 바보 천치처럼 보일 때가 있어. 그러면서도 접촉하는 사람에게 어딘가 강렬한 인상을 남기는 법이지. 도사 성 아랫거리 향사의 아들이라고 하더라만 저런 인간형은 조슈에는 없어."

마스다 엣추에게는 료마가 어쩐지 마음이 쓰이는 사나이였다. 자기 평생에 또 한번 만날 것 같은 기분이 드는 것이다.

료마는 일어섰다.

조슈편 선봉은 하야시 오쓰마(林乙態)였다. 두 사람은 일어서자마자 여섯 칸 사이를 두고 섰다. 료마는 오른쪽으로 상단, 오쓰마는 중단이다. 과연 오쓰마는 조슈편 선봉답게 한 치의 빈틈도 없었다.

오쓰마의 유파는 신도무넨류였다. 조슈 번의 대부분이 이 유파로 고지 거리의 사이토 야쿠로 도장의 제자들이다.

이유가 있었다. 몇 년 전에 야쿠로의 장남 신타로(新太郎)가 에도의 조슈 번저 안에 있는 도장 유비 관(有備舘)에 와서 가신들과 시합을 했으나 이기는 자가 없었다. 다시 신타로는 전국을 수업하며 다니다가 조슈 하기(萩) 땅으로 가서 가신들과 시합을 했으나 역시 이기는 자가 없었다. 그 뒤 신타로는 번의 중신에게 제의했다.

"무술은 에도라야 합니다. 가신들 중에서 준재(俊才)를 골라 저의 도장에 유학을 시키시면 어떻겠습니까? 모토나리 공 이래의 기풍이 더욱 떨쳐질 것입니다."

이 말을 받아들여 제일차 조슈 번 관비 유학생으로 에도에 온 것이 지금 여기 있는 고노 우에몬(河野右衞門), 나가다 겐키치(永田健吉), 자이마 신자부로(財滿新三郎), 사쿠마 우키치(佐久間卯吉), 하야시 오쓰마(林乙態)였으며, 같이 사비 유학생으로 입문한 것이 가쓰라 고고로(桂小五郎), 다카스기 신사쿠(高杉晋作)였다.

시합은 어처구니없이 끝났다.
선봉인 료마가 하야시 오쓰마를 양손 찌르기로 세 칸이나 저편으로 나가떨어지게 하자, 조슈 편도 얼어 버렸는지 료마 한 사람의 검에 연거푸 쓰러지고 대장인 사쿠마 우기치마저 연방 얼굴을 얻어맞고 물러났다. 도사편 아홉 명은 끝내 죽도도 손에 잡아 보지 못하고 말았다.
그 뒤 열 쌍의 모범 시합이 있었는데 이것은 조슈, 도사에 서로 승패가 있었다. 그러나 처음 시합은 료마의 연속 승리로 도사가 압도적으로 이겼다. 료마의 명성이 다른 번까지 떨치게 된 것은 이때부터였다.
그날은 거기에서 자고 다음 날 아침 일행은 미야다 마을의 조슈 본영을 떠났다.
료마는 중신 야마다 하치에몬이 명령한 시찰 때문에 도중에서 일행과 헤어져 산을 넘어 요코스카로 빠지려고 했다.
이 부근에 후지산(富士山)이 있다. 료마는 그 산 동쪽 기슭의 길을 택했다. 이 후지산은 높이 백 팔십 미터 정도의 조그만 산이지만 그 고장 사람들은 스루가의 후지보다 더 사랑했다. 작아도 요염한 산의 모습이 자랑으로 스루가의 후지에는 나무가 없지만, 우시코메(牛込)의 후지산에는 소나무와 상수리나무가 꼭대기까지 빽빽하다고 한다.

과연 길 양편은 아득한 숲을 이루고 있었다. 료마는 올 때와 같은 간단한 행장으로 상아빛 칼을 차고 방갓을 비스듬히 쓴 채 부지런히 걸어갔다. 고갯길에 접어들었으나 료마는 걸음을 늦추지 않았다. 요코스카 마을의 조슈 진지를 해가 저물기 전에 보고 싶었다. 3월 치고는 보기 드물게 하늘이 푸르고, 뒤돌아보니 사가미(相模) 앞바다 쪽에 눈이 부시게 흰 뭉게구름이 피어오르고 있었다.

길이 내리막으로 접어들면서 너도밤나무 숲이 펼쳐져 있었다. 료마는 길바닥의 이끼를 밟으니 무척 반가웠다. 도사의 어부들은 이 나무껍질을 삶아 어망에 물을 들였다.

길이 오른편으로 구부러졌다. 나무꾼들이 다니는 샛길이었다. 이 근처부터는 너도밤나무의 숲이 잡목 숲으로 바뀌는데, 료마는 문득 발길을 멈추었다.

무사가 있다.

방갓을 쓰고 나무뿌리에 혼자 앉아 있었다. 나그네 차림이다.

자그마한 몸집인데 민첩하게 생겼고, 옷은 퍽 깨끗하다. 그러나 삿갓을 젖히고 료마를 힐끗 쳐다보는 눈초리가 날카롭고 어딘지 만만찮은 느낌이 들었다.

더구나 이 사나이는 오른손을 들어 재빨리 방갓 끈을 풀었던 것이다. 싸움이 벌어지면 언제든지 벗을 수 있도록 준비하는 모양이었다.

"실례하오."

료마는 가볍게 고개를 숙이고 지나가려고 했다. 막 등을 돌린 순간 상대는 일어서서 간단히 말했다.

스무 살 193

"잠깐!"

그러더니 말을 이었다.

"길을 막아 미안하오만 물어 보겠소. 이 소슈 땅은 조슈 군사의 경호 구역이오. 함부로 다른 번 경계지로 들어가 시찰하는 것은 막부의 명령으로 금지되고 있소. 보아하니 귀하는 조슈 번사는 아닌 것 같소만."

"그게 어떻단 말이오?"

료마도 방갓 너머로 조심스럽게 상대를 살펴보았다. 이 사나이는 아마 조슈 번사로서, 료마를 다른 번 정탐꾼으로 본 모양이다.

"이름과 목적을 듣고 싶소."

상대방은 말했다.

사카모토 료마가 가쓰라 고고로를 만난 것은 이것이 처음이었다.

그러나 처음에는 서로가 상대를 몰랐다. 설사 알았다고 해도 아직 쌍방이 일개 무명 청년에 지나지 않았다. 이름을 물어본들 서로 놀랄 만한 상대도 아니었다.

물론 료마는 이 가쓰라 고고로의 이름은 다소 기억하고 있었다. 조슈 중신인 마스다 엣추가 "가쓰라만 있었다면……." 하던 말을 기억하고 있었기 때문이다. 하긴 가쓰라는 엣추가 믿고 있는 것처럼 지체는 모모이(桃井), 기술은 지바(千葉), 힘은 사이토, 라고 일컬어지는 사이토 야쿠로 도장의 신도무넨류 면허 개전이며 사범이었다. 가쓰라가 있었다면 료마는 그렇게 쉽사리 연승은 못했을 것이다.

료마는 말없이 두세 걸음 뒤로 물러났다.

숲은 동쪽이 잡목으로 되어 있었다. 가지각색의 초록이 나무 사이로 비치는 햇살로 아름답게 반사되고 있었다.

가쓰라는 그 넘쳐나는 초록을 등지고 서서 두 주먹을 가볍게 쥔 채 재촉했다.

"말씀하시오."

이름과 번명을 대라는 것이다.

심문하는 말투였다. 료마가 이런 무례한 태도에 응할 리가 없다.

그러나 가쓰라로서는 무례가 아니었다. 조슈 본영에서 요코스카로 빠져나가는 이 샛길을 나그네 차림으로 혼자 걸어가는 무사가 있다면 우선 첩자라고 볼 수밖에 없었다.

막부는 소슈 연안 경비를 조슈에 명령했을 때 행정권까지도 위임했었다. 더구나 지금은 임전 태세였다. 수상한 자가 있다면 베어 버려도 상관없는 것이다.

"말할 수가 없는걸."

료마는 일부러 상대를 유인하듯 천천히 방갓끈을 풀기 시작했다. 유인에 빠져 쳐들어오면 단칼에 베어 버릴 셈이었다.

"다시 한번 묻겠소. 이번에 대답하지 않으면 수상한 자로 처분하겠소. 귀하의 성명, 소속 번명을 말하시오."

"말할 수 없는걸."

그 순간 가쓰라의 방갓이 땅에 떨어졌다.

그보다도 빨리 가쓰라의 칼이 나무 사이로 비쳐드는 햇살에 번뜩이며 료마의 머리 위로 덮쳐들었다.

뽑을 틈이 없었다.

료마는 전신을 공처럼 굴리며 두 칸, 세 칸 나는 듯이 물러섰다.

가쓰라는 료마에게 칼 뽑을 틈을 주지 않고 연거푸 공격해 왔다. 무섭게 빠르다.

가쓰라가 내려친 몇 번째의 칼끝이 료마의 방갓을 한 자 가량 베었을 때 료마는 방어를 단념했다.

'안 되겠군.'

단념하고 보니 갑자기 몸이 허공에 뜰 듯이 가벼워졌다. 몸을 낮추고 금방 칼을 뽑아 칠 수 있는 자세로, 자진해서 상대방 칼날 밑으로 들어갔다. 더구나 료마는 땅 위에 눈을 떨어뜨린 채 상대를 보려고도 하지 않는다.

다음 순간 상대방 그림자가 움직였다. 동시에 료마의 칼의 칼집에서 빠져 바람을 가르며 날았을 때, 이상한 반응이 있었다.

가쓰라의 칼이 날밑에서부터 부러져 하늘로 날아오른 것이다.

가쓰라는 대뜸 뒤로 물러나 허리의 작은 칼을 뽑았으나 료마는 손을 들었다.

"잠깐!"

칼이 부러진 가쓰라보다도 료마가 더 당황하고 있었다.

칼날을 쳐들어 보았다. 그만큼 무서운 힘으로 가쓰라의 칼을 두들겨 부러뜨렸던 만큼 료마의 칼도 날밑 세 치쯤 되는 곳에서 칼날이 뭉텅 빠져 있었다.

"허어, 빠졌구나!"

큰 소리를 질렀다. 형 곤페이가 투덜대는 얼굴이 눈에 선했다.

이 칼은 대소 모두 곤페이가 료마의 출발을 축하하기 위해 일부러 도사 도장(刀匠)에게 부탁해서 만든 것이었다. 더구나 새로 벼린 칼이면서도 옛날 칼이 못 미칠 만큼 잘 만들어져 결의 무늬가 구름발처럼 피어 있기 때문에 곤페이는 어린애처럼 좋아하면서 "이거야말로 말로만 듣던 야구모(八雲) 무늬야. 이런 칼은 만 자루에 하나도 보기 힘들어"라고 했던 것이다.

그것이 이렇게 큰 상처를 입었으니 다시 벼릴 수도 없다. 살리려면 갈아서 소도로 쓸 수밖에 도리가 없다.

"야단났군."

"왜 그러시오?"

가쓰라 쪽에서 내심 놀라고 말했다. 그럴 것이, 이 사나이는 마음만 먹었다면 자기를 쉽게 양단할 수 있었는 데도 베려고 하지 않고 자기 칼의 상처에 당황하고 있는 것이다.

'바보인가?'

아무튼 이렇게 묘한 사나이가 첩자일 것 같지는 않았다.

"어쩐지 내가 잘못 본 것 같소. 실례했소이다. 거기 바위에라도 좀 앉는 게 어떻소?"

"고맙소."

료마는 칼을 거두었다. 가쓰라도 작은 칼을 집어넣는다.

"나는 조슈 번의 가쓰라 고고로라고 하오."

"아."

료마는 바위에 걸터앉으면서 웃었다.

"당신이라면 알고 있소. 나는 도사 번의 사카모토 료마라는 사람이오. 귀번의 마스다 엣추님의 초청으로 전술 시합에 왔던 길이오."

"죄송하오."

가쓰라는 선 채 머리를 숙이고 말했다.

"용서해 주시오. 몰랐다고는 하지만 번이 초청한 분을 첩자 따위로 잘못 본 것이오."

"아니 정말 큰일 날 뻔했소. 엣추님은 귀하만 있었더라면 그리 쉽사리 도사에게는 지지 않는다고 하셨는데, 이제 그 무시무시한 솜씨를 보고 잘 알았소이다."

"무슨 말씀, 무사가 칼이 부러지다니 더 이상 없는 수치올시다. 그보다도 귀하를 첩자로 잘 못 알고 베어 버리려고 한 사실, 염치가 없소만 비밀로 해 주시지 않겠소이까?"
　료마가 만일 시나가와에 돌아가 떠들어 대면 조슈, 도사간의 분쟁이 될지도 모른다. 그렇게 되면 당연히 마스다 엣추나 가쓰라 고고로가 궁지에 몰리게 되겠지만, 그런 일보다도 가쓰라는 주군(主君)에게 폐를 끼치는 것을 두려워한 모양이다.
　료마는 갑자기 딱한 생각이 들었다. 딱한 생각이 들면 그만 말을 지나치게 해 버리는 사나이였다.
　"뭐, 염려하지 마시오. 사실 나는 첩자요."

　고고로도 이 말에는 소스라치게 놀랐다.
　모처럼 첩자의 의심을 풀어 주었는데, 이 사나이는 스스로 자기가 첩자라고 밝혔을 뿐 아니라 한 술 더 떠 고고로를 위로하듯이 말했다.
　"그러니 당신은 번에 대해 아무것도 걱정할 게 없소. 당신의 판단은 정확했고 처치도 그것이 옳았소"
　'이 녀석, 정말 바본가?'
　고고로는 기가 막혔다.
　"그런데 한 가지 부탁이 있소."
　료마가 말했다.
　"어차피 첩자라고 밝혀 드린 이상, 나도 이대로는 당신과 헤어질 수가 없소."
　"어떻게 할 참이오?"
　이 녀석이 또 칼을 뺄셈인가, 하고 고고로는 표정이 굳어졌으나 료마는 황망히 손을 흔들며 말했다.
　"뭐, 간단한 일이오. 내게 당신네 진지에 관한 것을 가르쳐 주시지 않겠소?"

"뭐라구?"
고고로는 더욱 놀라 소리쳤다.
"나더러 번의 비밀을 누설하란 말이오?"
"한 마디로 말하면 그렇소. 그렇게 해 주신다면 내가 돌아다니는 수고를 덜겠소만. 어차피 대단한 진지도 아닐 것 같아서 말이오."
"그건 못하오."
"그걸 굳이 부탁하는 거요. 도사 번에서도 자기 번의 시나가와 방비를 더욱 견고히 하는 데 참고로 하자는 것이지 다른 뜻은 없소. 결과적으로는 일본을 위한 것이오."
'이런 사나이는 영 골칫거리야.'
이렇게 생각한 것은 입에서 나오는 말 한마디 한 마디가 사람의 의표(意表)를 찌를 뿐 아니라, 그러면서도 어느 말이나 궤변처럼 들리면서 경박한 말은 결코 아니었기 때문이다. 사람을 속이려는 말이 아닌 것이다.
자기 뱃속에서 따뜻하게 데워진 말이었기 때문에 한 마디 한 마디에 확신이 깃든 무게가 있었다. 가만히 듣고 보니 그 말들이 모두 고고로의 귀에서 마음으로 유쾌한 울림을 하나하나 전달해 주는 것이었다.
'어쩌면 엄청나게 큰 인물일지도 모르겠군.'
고고로는 그런 생각을 했다.
같은 말이라도 다른 사람 입에서 나온다면 싫기도 하고 귀찮게도 들릴 것이다. 그런데 이 사나이의 입에서 나오니까 말 하나하나가 마치 털에 윤이 흐르는 귀여운 동물이라도 튀어나오는 것 같은 이상한 매력이 있었다.
그러면서도 웅변은 아니었다. 몸 전체가 지껄이고 있는 듯한 무딘 말이었고, 더욱이 심한 도사 사투리였다.

'이런 인간을 인물이라고 하는지도 모르겠군. 같은 내용의 말을 지껄여도 그런 인물의 입에서 나오면 전혀 매력이 달라지는 법이지. 인물인지 아닌지는 그런 것이 척도야.'
"사카모토라고 하셨지요?"
고고로는 료마의 얼굴을 유심히 들여다보았다.
원래가 사려 깊은 사나이다. 오히려 지나치게 생각이 깊어 음울하게 보일 정도의 사나이였으나, 이때만은 몹시 밝은 표정을 지었다.
"조슈 진지 문제, 가르쳐 드리겠소."
"한낮이 되었군요."
또 료마는 이상한 소리를 한다.
"배가 고프오. 저기 저 농가에 가서 밥을 시켜 먹읍시다. 이야기는 그런 뒤가 좋겠소."

그 농가에는 마음씨가 착해 보이는 중년의 마누라가 혼자 집을 지키고 있다가 고고로와 료마의 부탁을 선뜻 들어 주었다.
"그런데 무사님들, 반찬은 짠지밖에 없어요."
"좋습니다."
료마는 말했으나 가쓰라는 잠자코 있다.
"가쓰라 형, 이 집 마누라가 짠지밖에 없다는 데 어떻소?"
눙치듯 말했다.
"난 괜찮소. 하지만……."
어디까지나 이 조슈 사나이는 조슈인답게 사려 깊은 사나이였다.
"아까부터 생각하고 있소만 어쩐지 당신과는 서로 번은 다르지만, 앞으로 교제를 가지고 싶소. 당신은 어떻소?"
"이크크……."
"예?"

고고로가 놀라자 료마는 정색을 하며 말했다.

"뭐, 놀랄 건 없소. 놀랄 때 하는 도사 사투리요. 마침 나도 같은 생각을 하고 있었기 때문에 좀 놀랐을 뿐이오. 하긴 외적(外敵)이 쳐들어오는 시대가 되면 조슈니 도사니 할 것도 없소. 머잖아 그런 시대가 와요. 반드시 천하에 풍운이 일어날 거요. 그때 의지할 것은 좋은 친구뿐이오. 남자라면 좋은 친구는 무릎을 꿇어서라도 얻어야 하오."

"사카모토 형, 동감이오."

"그런데, 그것과 짠지가 무슨 상관이 있소?"

"그런 교제를 맺는 첫 자리에 짠지로서야 좀 엉성하지. 아까 바깥 마당에 닭이 있던데 그걸 대접하겠소. 어떻소?"

"군침이 넘어가는 걸."

료마는 닭고기를 좋아했다.

"허지만 미안한 생각도 드는 걸."

료마는 고개를 숙이고 킥킥 웃었다. 조슈 진지의 비밀을 듣고, 그 위에 또 닭고기까지 대접받았으니. 그런 첩자도 드물 것이다.

"정말 안 됐소, 가쓰라 형."

"아니 상관없소. 어쩐지 당신은 그런 인덕이 있는 분 같소."

"잘 먹겠소."

"아니 잠깐, 뭔가 오해를 하고 있는 모양인데 나는 본디 이치에 닿지 않는 것을 싫어하오. 그래서 다소 모가 난다고 하는 사람도 있지만 말씀드릴 것은 드려 놓겠소. 조슈 진지의 일은 약속대로 알려 드리겠소."

"고맙소."

"그러나 닭 값은 다르오. 나는 당신을 특별히 대접할 이유가 없으니까 값은 반반씩 내기요."

고약한 성미의 사나이구나, 하고 흥이 깨지는 느낌도 들었으나, 그래도 이치에 맞지 않는 짓을 하지 않는다는 것이 이 사나이의 장점인지도 모른다고 생각을 고쳐먹었다.

하나 료마는 상대가 이렇게 나오는 이상 끝까지 대접을 받고야 말겠다는 배짱으로, 돈은 잔뜩 가지고 있었지만 나오는 말은 달랐다.

"실은 돈이 조금밖에 없소. 여기서 닭 값을 치르면 시나가와까지 돌아갈 수가 없게 되오."

"아, 그래요?"

고고로는 낯빛도 변하지 않는 채 말했다.

"그렇다면 내가 내겠소. 있는 자가 낸다는 것은 이치에 닿는 거니까."

재미있는 사나이라고 료마는 생각했다.

닭 냄비가 나왔다.

"술은?"

료마가 재촉하듯이 말했다.

"술까지는 낼 수 없소."

고고로는 역시 언짢은 눈치였다. 그러나 묘한 것은, 같은 냄비의 음식을 함께 먹고 있으니 친숙감이 한결 두터워지는 것이다.

더욱이 료마에게 흥미가 있는 것은 가쓰라 고고로 역시 검객이 되려고 고향인 조슈에서 에도로 올라온 청년이라는 점이었다.

"나하고 같군."

료마도 그만 유쾌해졌다.

"당신도 장차 고향으로 돌아가 검술 사범이 되려오?"

"음."

고고로는 말이 적다. 열심히 닭고기를 주워 먹고 있다.

"가쓰라 형, 당신하고는 도장도, 번도 다르지만 이렇게 되고 보니 더욱 백년지기를 만난 것 같구려."

"나도 그렇소."

고고로는 먹는 데 정신이 없다.

"그런데."

료마는 요긴한 일을 물어야 했다.

"조슈 진지 말이오……."

"아, 그건 이 그림 지도 한 장만 보면 충분하오."

고고로는 품속에서 지도를 꺼내어 료마 앞에 펼쳤다.

미우라 반도를 중심으로 한 소슈 지도였다. 남쪽에는 시로가지마(城島)로부터 우라가, 요코스카, 나가우라 만(長浦灣), 히라가타 만(平潟灣) 등이 한눈에 보인다.

에도 만, 우라가 수도(水道) 일대는 물결이 채색되어 있는데 이번에 다시 나타난 미국 함대가 떠 있다. 더구나 놀라운 것은 연안의 수심까지 적혀 있는 점이었다.

"훌륭한 그림 지도요. 바다 깊이까지 측량해 둔 이런 그림 지도는 본 적이 없구면."

"그럴 수밖에. 지금 일본엔 이것 하나뿐이니까."

"누가 측량한 거요?"

"나요."

고고로는 태연히 말했다.

료마는 깜짝 놀랐다. 이 청년은 사이토 야쿠로 도장의 사범이라는 말밖에 못 들었지만 어쩐지 단순한 칼잡이는 아닌 성 싶었다.

"당신이 측량했단 말이오?"

더구나 서양식 측량법을 쓰고 있는 모양이었다.

"당신 서양 공부했었소?"

"아."
고고로는 갑자기 얼굴을 들어 말을 이었다.
"실은 거기엔 좀 사정이 있소. 그 이상은 안 물어 줬으면 좋겠군. 당신은 조슈 진지를 아는 것만으로 족하지 않소."
"그야 그렇소만."
그림 지도를 다시 살펴보다가 금방 소리를 질렀다.
"과연 조슈 번이야. 어느 진지에나 두 문씩의 대포가 있군. 도사 번에 스무 냥들이 대포가 두 문뿐인데."
"뭘 그러오. 그 대포는 태반은 쓰지 못하는 거요. 멀리서 보면 대포지만 실물은 절의 청동등롱(青銅燈籠)을 옆으로 눕혀 놓은 거요."

료마는 어이가 없었다.
"이 그림 지도의 대포가 등롱이란 말이오?"
"그렇지. 미국 배에서 망원경으로만 봐도 그들은 대포인 줄 알고 가까이 오지 못하오. 이건 구스노키류(楠本流)의 군학이오."
"하긴, 그러고 보니 다이헤이키(太平記)에 구스노키 마사시게(楠正成)가 성벽에 갑옷 입힌 짚인형을 늘어놓고 반도오(坂東) 무사를 속인 이야기가 있지. 그러나 그런 것쯤으로 미국 배들이 쉽게 속기야 할라구요?"
"다른 도리가 없어요."
"어째서요?"
"일본은 너무 오래 잠을 잤소. 대포도 변변치 않고 군함도 없소. 페리는 지금 막부 각료들을 위협하고 있지만, 아무리 모욕을 당해도 막부 각료들은 두 손을 비비며 떨 수밖에 없는 형편이오. 우리 조슈가 지키고 있는 소슈 연안은 에도를 지키는 목통줄기인 데도 제대로 된 대포 하나 없어. 하다못해 빛나는 청동등롱이라도 넘어뜨려 놓고 대포로 위장해 놓지 않는 한 흑선 놈들은 더욱 일본을 경멸하게 될 거요.”
“나는 그런 잔재주는 반대요.”
“당신에겐 큰 재주가 있단 말인가요?”
“꼴사나운 것이지. 만일 미국인이 해안에 밀어닥쳐 그 등롱을 본다면 얼마나 비웃겠소. 등롱에 불을 밝히고 미국식 염불 춤이라도 출게 아니겠소. 하긴 춤을 추고 있을 때 당신들이 쳐들어갈 계략인지는 모르지만.”
“당신은 바보요?”
“바보라니?”
“실례지만 당신 말을 듣고 있자니까 내 머리가 이상하게 되겠소. 미국인이 염불 춤을 출 턱이 있겠소.”
“뭘 그러오. 바로 그때 당신네 조슈인들이 쳐들어 갈 작정이 아니오?”
“안 되겠는걸. 어쩐지 머리가 이상해져.”
고고로는 젓가락을 내려놓고 말했다.
“말하지 않을 셈이었지만 말해 드리리다.”
준재다운 용모에 긴장의 빛을 띠었다.
고고로는 양학자로 이름 높은 니라야마 민정관 에가와 다로자에몬(江川太郎左衛門)과는 사이토 야쿠로 도장의 동문이라고 한다. 앞서 막부가 에가와에게 시나가와 포대를 구축하도록 지시했을 때, 에가와는 우선 무사시(武藏), 사가미(相模), 이즈(伊豆) 해안을 측량하게 되었다. 그때 검술 스승인 사이토 야쿠로와 나이 젊은 동문인 가쓰라 고고로에게 해양 방위의 시급한 실정을 이해시키기 위해 에가와의 가신이라는 명목으로 동행하게 했다.

가쓰라 고고로가 그 이전의 고고로와 완전히 달라진 것은 그때였다. 도중 에가와는 가쓰라 고고로에게 양식 포술의 정묘함을 설명하고 다시 서양 사람의 육전법(陸戰法), 보병, 기병, 포병의 기능과 사용법, 또 인도와 중국에 대한 영불(英佛)의 식민지 정책, 러시아의 남하에 대한 야망, 미국의 산업 현황과 국가 조직 같은 것을 자세히 알려 주었다. 에가와는 말이 끝날 때마다 힘주어 말했다.

"이대로 간다면 일본은 박살이 나게 돼. 가쓰라군, 자네들 젊은 사람들이 분기할 때야."

"어떻게 하면 되겠습니까?"

"내 입으로 말할 수는 없네. 그러나 해외에서 지금 번영하고 있는 나라들은 실로 국가 체제가 잘되어 있네. 일본처럼 3백 제후(諸侯)가 할거하여 도쿠가와에게 신례(臣禮)를 드리며 무비(武備)나 정치에 힘을 쓰기보다 도쿠가와의 눈치를 살피는 데만 골몰하는 따위의 나라는 없네."

가쓰라 고고로는 영주인 모리 집안과 같은 핏줄인 의가(醫家) 와다(和田) 집안에서 덴포(天保) 4년 6월 26일, 조슈 하기(萩)의 고후쿠 거리(吳服町) 골목집에서 태어났다. 료마보다 두 살 위이다.

이웃집에 가쓰라 구로베에(柱九郎兵衞)라는 녹봉 이백 석의 무사가 있었는데, 고고로의 아버지 와다 마사카게(和田昌景)와 친숙한 사이였다.

가쓰라 구로베에는 병든 몸인 데다가 자식이 없었기 때문에 평소 마사카게에게 부탁했다.

"당신 둘째 놈 고고로는 영리한 것 같아. 내 양자로 주게."

부탁을 해왔다.

그런데 말로만 약속을 한 지 채 스무 날도 못 되어 구로베에가 죽었다.

 고고로를 양자로 삼는다는 것은 아직 번에 계출하지 못했다. 따라서 가쓰라 가문은 후사가 없어 폐가가 되게 되었으나, 친척들이 모여 의논한 결과 겉으로는 '구로베에 병중'이라고 해놓고 급히 수속을 서둘러 여덟 살인 고고로를 입양시킨 다음, 그 이튿날 '구로베에 급서'라고 계출했던 것이다.

 이렇게 하는 상속법을 '임종양자(臨終養子)'라고 한다. 말하자면 일종의 사기지만, 이 무렵 어느 번에서나 이런 변칙적인 상속이 많았다. 번에서도 물론 실정을 알고 있으면서 적당히 눈감아 주었다.

 그 대신 임종양자는 봉록을 줄이기로 되어 있었다. 따라서 가쓰라 가문도 2백석 봉록을 구십 석으로 깎이고, 고고로는 8살에 구십 석의 가장이 되었다.

 그러나 새로 어머니가 된 구로베에의 미망인도 곧 죽었기 때문에 고고로는 가쓰라 성을 지닌 채 이웃인 생가에서 자랐다.

 어릴 때 감기에 걸려 몇 번인가 죽을 고비를 넘겼을 만큼 약했으나 자라남에 따라 건강하게 되었다.

 학문은 번교(藩校)인 메이린 관에서 배웠고, 검술은 번의 사범인 나이토 사쿠베에(內藤作兵衛)에게 배웠다.

 두 가지 다 뛰어난 준재였으나 소년 때부터 시를 좋아하여 14살 때 영주로부터 상을 받았을 만큼 뛰어났던 모양이다. 고고로는 얼핏 보기에 수재다운 차가움을 지니고 있었으나, 그 밑바닥에는 격하기 쉬운 시인의 기질을 간직하고 있었다. 그 시인적인 기질이 고고로로 하여금 뒷날 거친 풍설 속으로 뛰어들게 한 것인지도 모른다.

 고고로의 나이 열일곱 살 때인 가에이 2년, 당시 성 밖에서 쇼카 서원(松下書院)을 경영하고 있던 번의 군학자 다마키 분노신(玉木文之進)의 생질이라는 스무 살의 청년을 알게 되었다.

알게 되자 곧 스승으로 섬겼다.

이 청년이 요시다 쇼인(吉田松陰)이다. 고고로의 시인적인 정열에 불을 붙인 것은 이 쇼인이었다.

"학분도 중요하지만 학문을 알고 또 이를 실행하는 것이 남자의 길이다. 시도 좋겠지만 서재에서 시를 짓고 있는 것만으로는 뜻을 펼 수 없다. 사나이라는 것은 자기의 일생을 한 편의 시로 이룩하는 것이 중요하다. 구스노키 마사시게는 한 줄의 시도 쓰지 않았으나 그의 일생은 그대로 비길 데 없는 크나큰 시가 아니었는가?"

쇼인이라는 사람은 고고로에게 오로지 이것만을 가르친 데 지나지 않았다. 그러나 이 말이 가쓰라 고고로의 일생을 결정지어 버렸다.

그리고 오 년이 지났다.

사제(師弟) 모두 아직 젊었다. 그동안 쇼인은 학문과 견문을 넓히기 위해서, 고고로는 검술을 배우기 위해 각각 에도로 올라왔다.

고고로와 료마가 이 소슈 산중에서 만났을 때는 그가 스물두 살, 료마가 스무 살이었다.

료마는 원래 감격을 잘하는 사나이지만 가쓰라 고고로에게는 진심으로 감복하고 말았다.

아무튼 대단한 사나이였다. 한낱 검술 서생이면서 이 사나이는 니라야마 민정관인 에가와 다로자에몬에 사사하여 양식 측량법을 배웠고 또 배우면서 사가미, 무사시, 이즈의 해안을 샅샅이 답사하여 해양 지도까지 만들었던 것이다.

"당신은 훌륭한 사나이요."

료마의 감반은 그것뿐이 아니다.

고고로는 측량 결과에서 얻은 감상을 자기 주군인 모리 공에게 편지로 써 보냈던 것이다. 고고로의 취지는 현재의 번 조직을 서양식 군대로 개조하지 않는 한, 양이(洋夷)의 침략으로부터 일본을 지킬 길이 없다는 것이었다.

료마는 그 대담성에 감탄했다.

불과 구십 석의 신분으로 번의 조직을 근본적으로 개조해야 한다는 말을 영주에게 직접 건의 한다는 대담성은 당시에는 생각할 수도 없는 일이었다. 물론 고고로는 처벌을 각오하고 있었다.

"대단하오."

묵직한 목소리로 료마는 칭찬했다.

"그렇지도 않소."

"아니, 당신은 정말 대단하오."

입에 침이 마르도록 칭찬해 대므로 고고로는 멋쩍은 표정을 지었으나 료마는 그야말로 진지한 표정이었다. 뱃속을 마구 뒤흔들어 놓는 것 같은 크나큰 감동으로 하나하나 말할 때마다 고개를 끄덕이고 있었다.

료마가 감탄하는 것도 당연한 일이었다. 이 두 사람이 소슈 산중에서 만났을 때, 세상은 흑선 소동으로 들끓기는 했으나 아직 우국(憂國) 논의가 그렇게 대단하지 않았고, 존왕양이(尊王攘夷)를 부르짖는 지사들이 떨치고 일어선 시기도 아니었다. 그런데 천하의 정치와 군사에 관한 일을, 일개 신도무넨류의 젊은 검객이 혼자 근심하고, 혼자 생각하고 있다는 사실에 놀랐던 것이다.

"가쓰라 형, 당신 번에는 당신 같은 분이 많이 있나요?"

"없소. 조슈는 잠자고 있어요."

"내 고향 도사에도 잔소리꾼은 하나 있소."

"잔소리꾼?"

"이를테면 논객이오."

"어떤 분인가요?"

"다케치 한페이타라는 하급 무사지요. 검술은 교신아케치류의 명인이지만 원래 학문을 좋아하는 사나이오. 미도학(水戶學)에 심취해서 고향에선 다케치의 천황주의라면 유명하지요."

"천황주의라니, 그렇게 부르는 건 불경이 아니오?"

"내가 그러는 게 아니오. 고향에서들 그런다는 말이오."

"그 천황주의 때문에 다케치님은 기인(奇人) 취급을 받고 있단 말이지요? 실례지만 도사도 잠자고 있군요."

"잠자지 않소."

"허어……."

"이 사카모토 료마만은 방금 잠에서 깨어났소. 물론 눈은 떴지만 아무것도 보이지 않소. 그러나 내 눈도, 언젠가는 보일 거요."

"사카모토 형!"

가쓰라 고고로는 료마의 손을 와락 잡았다. 고고로는 젊디젊은 청년이었다. 가슴 속에서 뭉클뭉클 치밀어 오르는 격정을 주체하지 못해 연신 손이 떨렸다.

"해 봅시다."

소슈 산중의 한 농가에서 료마와 고고로가 손을 맞잡고 "해 봅시다" 굳게 맹세한 것은 달리 무엇을 하겠다는 목적이 있어서가 아니었다. 뭔가 하기에는 시기가 아직 무르익지 않았고 게다가 두 사람은 너무나 젊었다.

감동의 순간이 지난 다음 고고로가 말했다.

"아무튼 일본에는 더욱 어려운 일이 닥쳐올 거요. 그때 서로 생사를 무릅쓰고 힘을 합쳐 일어섭시다. 서로 불만이 있더라도 배신

하면 안 되오. 친구 사이에는 오직 믿을 신(信) 하나가 있음으로써 천하의 큰일을 해 낼 수 있는 거요."
"그렇고 말고."
큰 소리로 수긍은 했으나, 솔직히 말해 료마는 이때 고고로가 대체 무엇을 하자는 것인지 전혀 알 수 없었다. 학문도 모자랐고 견문도 좁았다. 이를테면 시국에 대해서 갓난아이처럼 무지했던 것이다.
그러나 가쓰라 고고로는 료마가 자기를 매혹시킬 만한 의견이나 사상을 가지고 있지 않다고 해서 경멸하지는 않았다.
"당신에겐 영웅의 풍모가 있구려."
오히려 고고로는 이렇게 말했다.
"일을 이룩하게 하는 것은 그 사람의 구변이나 재능이 아니라 인간의 매력이오. 내게는 그게 부족하오. 그러나 당신에게는 그것이 분명히 있소. 사람만이 아니라 산이라도 당신의 한 마디에 움직일 것 같은 생각이 든단 말이오."
"산은 움직이지 않을 걸."
"이를테면 그렇다는 비유지요."
"그렇다면 안심이오만."
"도사 친구들은 농담이 심해서 곤란합니다."
"도사 건달이라고 에도에서도 그러지 않소?"
"그렇죠. 에도에서는 조슈의 영리, 사쓰마의 중후(重厚), 도사의 건달……."
"아무튼 도사는 늘 손해야."
"아니, 그 건달이 오히려 사람의 경계심을 늦추게 하니까 큰일을 할 수 있겠지요. 그러나 조슈의 영리는 사람들이 경계하게 되니 손발을 맘대로 움직이지 못하고 또 영리란 원래 사람들이 좋아하는 것도 아니오. 한데 사쓰마의 중후는 더욱 안 좋지요. 때로는 중후가 둔중(鈍重)이 돼 버리지요."

"가쓰라 형은 사쓰마가 싫소?"

"싫다"고는 않았다.

"사나이란 좋고 싫은 것을 입 밖에 내서는 안 된다고 생각하오."

짐짓 자신을 경계하는 것을 보니 가쓰라는 인간에 대한 호오(好惡)의 정이 강한 모양이었다.

"아무튼."

가쓰라는 말을 이었다.

"조슈의 영리, 사쓰마의 중후, 도사의 건달이란 참 재미있는 말이오. 만약 사나이로서 이 세 가지 특질을 겸해 가진 자가 있다면 그자는 반드시 큰일을 하고 말 거요."

'나는 어떨까?'

료마는 어린아이처럼 무심한 마음으로 자신을 돌이켜본다.

'안 되겠는데. 건달 기질은 충분히 있지만 별반 영리하지도 중후하지도 못한 것 같군.'

그러나 가쓰라 고고로는 그 료마의 천성적인 건달 기질을 썩 소중한 것이라고 생각했다. 더욱이 이 사나이는 학문은 별로 없으나, 타고난 영리성과 중후성을 겸하고 있는 보기 드문 인물이라고 생각했다.

음탕

　료마는 도사 번의 시나가와 진지로 돌아와 가쓰라 고고로에게서 들은 조슈 진지의 모양을 자세하게 보고했다.
　"아, 그런가?"
　그 말뿐이었다.
　중신 야마다 하치에몬은 놀라지도 않았고 감탄하지도 않았고, 위로의 말도 없었다.
　하치에몬뿐 아니라, 그것이 조상 대대로 높은 녹을 먹고 있는 상급 무사들의 폐단이었다.
　백 수십 년 동안이나 귀족 계급에 계속 눌러 앉아 있으면 끝내는 그 자손들의 피가 썩어 버리는 모양이었다.
　이번 경우에도 다른 번의 진지를 정찰하는 일이 얼마나 어려운 것인지를 태어날 때부터 번 귀족인 야마다 하치에몬으로서는 잘 알지 못하는 모양이었다. 알고 있다고 해도 그런 일을 하는 것이 하급 무사의 의무라고 생각하고 있는 것 같다.

"조슈 진지에 있는 대포의 상당수는 청동제 등롱입니다."

료마는 이렇게도 보고했다. 그러나 하치에몬은 벙긋도 하지 않았다. 웃음의 감정은 인간의 비평 정신에서 우러나오는 것이다. 하치에몬에게는 그런 능력마저 없는 것 같았다.

"그렇다면 만일 적군이 상륙해 왔을 때 어떻게 하느냐?"

그런 질문도 없었다. 근심을 못하는 것은 혈기가 없고 날카로운 기백이 없기 때문이다.

아주 진지한 얼굴로 말했다.

"그렇게 해도 막부의 꾸지람을 듣지 않는다면 우리 번도 등롱이나 사들여 볼까?"

웃지도 않고 근심하지도 않는 대신 하치에몬은 꾸중을 듣는다, 듣지 않는다는 것만이 이 무렵 무사들의 판단 기준이었다.

"아니, 등롱을 사들이기보다 대포를 갖추는 것이 시급한 일입니다."

그러나 료마도 이렇게 나오는 데는 그만 놀라서 이렇게 말했으나 하치에몬은 흘끔 료마를 쳐다보았을 뿐 얼굴을 돌리고 말았다.

그리고 며칠 후 료마는 놀라운 소문을 들었다.

지난번 가쓰라 고고로가 말했던 고고로의 스승인 요시다 쇼인이라는 청년이 몰래 출국(出國)을 하려다가 막부 관리에게 잡혀 버렸다는 것이다.

쇼인은 원래 한학과 군학만 배운 교양이었으나 일본을 재건하기 위해서는 외국을 알아야 한다는 생각으로 남몰래 밀항을 결심하여, 이 소심성 많은 사나이로서는 참으로 엄청난 행동을 생각해 냈다.

시모다에 정박 중인 흑선에 접근해서 승선을 청하려고 했던 것이다. 그는 제자인 가네코 주스케(金子重輔)와 함께 그것을 단행했다. 그러나 흑선측은 이 사건이 막부와의 외교 문제를 일으킬 것을 꺼려 거절하고 말았다.

쇼인은 시모다 관리에게 체포되어 에도의 기타마치(北町) 행정청에 죄인용 가마로 호송되었다고 한다.

시모다 앞바다에서 이루어진 요시다 쇼인의 장거와 그 실태는 료마가 그 이름을 가쓰라 고고로로부터 바로 며칠 전에 들었기 때문에 몹시 충격을 받았다.

'마침내 풍운이 일어나기 시작하는군.'

료마는 그렇게 생각했다.

그러나 나도 우물쭈물할 때가 아니다라는 생각은 없었다. 료마는 아직 스무 살이었다. 자기가 무엇을 해야 좋을지 방향도 모르고 있었던 때이다. 그때 가쓰라 고고로의 자극을 받고 장차 무엇인가를 이룩하겠다는 생각은 했으나 그렇다고 기름종이에 불이 붙은 것처럼 무턱대고 뛰어다닐 생각은 없었다.

'가쓰라는 가쓰라, 나는 나다. 가쓰라와는 달리 원래 늦되는 축에 드는 나는 아직도 배워야 할 일이 너무도 많다. 우선 검술부터다.'

그리고 또 강해져야 되겠다는 생각도 했다. 우선 자기를 강하게 단련하여 남에게 지지 않게 만들어 놓은 다음이 아니면 천하 대사는 이룰 수 없으리라.

그런데 료마에게도 평화스러운 생활이 되돌아왔다.

그 후 곧 에도 만 주변에서 흑선이 물러갔기 때문이다. 도사 번의 시나가와 진지 임전 태세가 해제되어 료마에게도 에도 오케 거리의 지바 도장에 돌아가도록 허락이 내렸다. 도장에 돌아온 료마는 이전의 어수선한 머리꼴이 아니라 머리가 충분히 자라 상투를 넉넉히 틀 만큼 되었기 때문에 더욱 어른스럽게 보였다.

"훌륭하게 됐군."

가장 기뻐한 것은 노스승인 지바 데이키치였다. 데이키치는 여전히 몸이 불편해 누웠다 앉았다 하는 형편이었다.

"무사는 사흘 동안 보지 않거든 눈을 비비고 다시 쳐다보라고 하는데, 정말 사나이라는 것은 하루하루 성장하고 볼 일이야."

노스승은 그렇게 말했으나 젊은 스승 주타로는 이내 술 이야기를 꺼냈다.

"료마 형, 오늘 밤에는 내가 술을 내지."

료마는 해가 질 때까지 열심히 연습한 다음 목욕을 하고 옷을 갈아입은 뒤 도장 대기실로 들어갔다.

거기에 술자리가 마련되어 있었다.

사나코가 와 있었다. 그녀는 하녀들을 재치 있게 지휘하면서 자리를 보살피고 있었다.

"오래간만이군요."

료마가 말을 걸자 사나코는 힐끔 료마를 보고는 화가 난 표정을 지었다. 사나코는 에도 여자답게 좀 검은 살갗에 얼굴이 작기 때문에 화를 내면 오히려 귀엽게 보인다.

그래도 자리에서 물러나 다스키를 푼 다음 다소곳이 세 손가락을 집고 인사를 했다.

"이번 출진으로 사카모토님께서는 퍽 수고가 많으셨습니다. 무사히 돌아오셔서 축하드립니다."

료마도 대범하게 머리를 숙이고 곧 사나코가 차려 놓은 음식을 들여다보며 물었다.

"뭡니까, 그것은?"

"오라버님이 이걸로 하라고 해서 할 수 없이 준비했습니다만 저는 보기도 싫습니다."
"그러니까 그 뭡니까, 식보(멧돼지요리)인가요?"
"아니, 돼지예요."
당시 돼지고기가 에도의 푸줏간에서도 팔리고 있었다. 신기한 것을 먹기 좋아하는 주타로가 사나코에게 그걸 준비하라고 시킨 모양이다.

그때까지 일본에서는 돼지를 기르거나 먹거나 하는 습관이 없었는데, 이 무렵 류큐(琉球)에서 퍼져 들어와 에도의 푸줏간에도 멧돼지, 사슴, 그밖에 돼지고기도 팔게 되어 있었다.
"사나코도 먹어 봐."
주타로는 돼지고기 냄비 앞에 풀썩 앉아 명령을 내렸다.
"죽어도 싫어요."
"어째서야, 이렇게 맛있는 것을. 히도쓰바시경(一橋卿 : 십오 대 장군 요시노부)도 좋아하신다는데. 너, 전에 멧돼지 고기를 먹었잖아."
"그때에도 한 조각만 가까스로 삼킨걸요."
"원래 돼지는 그 옛날 멧돼지를 길들여 기른 것이거든. 같은 거니까 이번에도 먹어 봐."
"네 발 짐승은 싫어요."
사나코는 무서운 듯이 끓는 냄비 속의 고깃점을 들여다보았다.
"사카모토님도 이런 것 싫어하시죠?"
동의를 얻고 싶었던 것인데 료마는 사나코의 기대와는 반대로 싱글벙글하면서 말했다.
"굉장히 좋아합니다."
"어머나!"

사나코는 기분이 나빴다.
"전에 어디선가 잡수어 보셨어요?"
"없는데요."
"처음이셔요?"
"예, 처음입니다."
"처음인데 굉장히 좋아한다고 하셨나요?"
"저는 싫고 좋은 것이 없어요."
"그렇군요."
잠시 입술을 깨물더니 빈정대면서 말을 이었다.
"사카모토님은 음식이나 사람이나 상대를 가리지 않으시니까."
"아이쿠, 한 대 맞았군!"
료마는 머리를 긁었다.
"그렇지 않아요? 후카가와 창녀의 원수 갚는 일은 도우려고 하셨으니까."
"창녀도 사람입니다."
"네, 사람이고말고요."
"그러니까 조금도 나쁘지 않아요."
"그럼요, 상대방 여자야 나쁘지 않습니다."
사나코는 수긍하면서 심술이 난 표정으로 다시 말했다.
"나쁜 것은 사카모토님입니다. 아직 수업 중인 몸이면서도 그런 홍등가 여자와 친하게 지내셨으니 참 추해요."
"그렇게 친한 건 아닌데요."
"사내답지 않군요. 거짓말을 하시고."
"큰일났는걸."
료마는 머리를 긁었다.
수타로가 보다못해 참견했다.

"사나코, 실례다. 널더러 돼지 먹으라고 하지 않을 테니 저리 가 있어라."

"싫어요. 두 분께서나 실컷 잡수셔요. 저는 여기 앉아서 실컷 심술이나 부리기로 하겠어요."

사나코는 입으로는 그렇게 미움받을 말을 했으나 동석한 스승인 주타로는 벌써 속셈을 알고 있었다.

거동이 수상쩍었다.

이 아가씨답지 않게 물 주전자를 옷자락으로 쓰러뜨리는가 하면 빈 술병을 들고서는 "오라버님" 하면서 술을 따르려고 들었다.

"사나코, 좀 침착해라."

주타로는 보다 못해 꾸짖었다. 그러나 사나코는 입술을 쑥 내밀고 말대답을 했다.

"침착하고 있습니다."

눈빛이 유난스레 파랗다. 큰소리치고 있으면서도 때때로 료마 쪽으로 시선을 돌리고는 곧장 눈을 내리까는 것이다.

'사나코는 료마에게 반해 있군.'

주타로는 성격이 강한 누이동생인 만큼 그런 모습이 측은했다.

화제는 사가미 앞바다의 흑선 이야기, 여러 번 수비진의 허술한 상태, 묵이(墨夷 : 미국)의 위협에 굴복한 막부 각료의 소극적인 자세 등 그 모두가 비분(悲憤) 거리였으나, 이런 화제가 거의 끝나자 주타로는 갑자기 화제를 바꾸었다.

"료마 형, 혼인 문제인데…… 역시 도사 고향에 정해 놓은 여성이라도 있는가?"

"정해 놓은 사람?"

언뜻 다즈 아가씨의 얼굴이 떠올랐으나 상대는 중신의 누이로서

음탕 219

어림없는 상대였다.
"없어."
료마는 무표정한 얼굴로 대답했다.
"그거 잘됐군. 료마 형, 어떤 여성을 좋아하나?"
"몰라."
"사람이니까 싫고 좋고가 있겠지. 성깔이 강한 여자냐 부드러운 여자냐, 아니면 학문이 있는 여자라든가 곰살궂게 구는 여자라든가."
"모르겠는걸."
"딴은, 결혼에 대해서는 고향의 아버님이나 형님께서 정하시겠군."
"아니, 내가 고르겠어."
"허허, 이건 아주 확실하군."
"그러나 지금은 안 해."
"어떻게 할 건데?"
"평생 혼자서 살고 싶어."
"그건 안 되지."
주타로는 당황했다. 사나코를 보니 다소곳이 고개를 숙이고 있다.
"아내가 없는 사내는 못써. 때때로 나는 우에노(上野)의 강에이사(寬永寺)에 가는데 그런 곳에 가면 잘 알게 되지. 젊은 중들은 별나게 기름이 올라 천박스럽고, 노승은 살갗이 번들거리는 것이 보통 남자들보다 더 지저분하게 보인단 말일세. 사내는 역시 아내가 있어야 피가 맑아지는 것 같더군."
"그럴까?"
반대는 하지 않고 그저 빙긋이 웃으며 고개를 끄덕였다.
결심이랄 것까지도 없지만 미우라 반도 숲 속에서 가쓰라 고고로와 만난 이래 료마는 자기 내부에서 타오르는 피를 주체하지 못한 채 나날을 보내고 있었다. 무엇을 해야 할지를 알 수 없었으나 적어도 자신의 피를 들끓게 할 수 있는 무엇인가가 자기 장래에 기다리고 있는 것만 같았다.

'장가 같은 걸 생각할 수가 있나?'

료마는 단순히 그렇게 생각하고 있었다.

세상이 시끄러워졌다.

흑선들은 안세이 원년 6월 1일에 홍콩(香港)으로 떠났으나 소동은 그것으로 수습된 것이 아니었다.

양이론이 시끄럽게 고개를 쳐들었다. 무사들 사이에는 막부를 비판하는 소리가 높아져 갔다. 그때까지 일본에서는 장군의 정치를 이러쿵저러쿵하는 일은 있을 수 없었다.

에도의 평민들은 그런 것까지는 알 수 없었으나 그들은 그들대로 안정을 잃고 있었다.

'지진'이 일어난다는 소문이 돌았다. 날씨가 유난스럽게 무더운 데다가 날이면 날마다 미진이 계속된다.

"이윽고 쾅, 하고 올 것이 아닌가?"

하고 모이기만 하면 그런 말들을 쑥덕거렸다. 그러나 료마는 여전히 검술에 몰두하고 있었다. 그동안 강해지기도 했다.

도장에서 료마와 맞겨룰 수 있는 자는 젊은 사범 지바 주타로 뿐으로 나머지는 세 번 맞서서 한 번도 이기지 못했다.

특히 지금까지 면치기의 능수라고 하던 료마는 손목치기를 연구하여 금세 주타로도 못 따를 만큼 숙달했다.

'료마의 손목치기' 하면 간다 오다마가이케의 지바 도장에까지 소문나 있었다. 료마의 죽도로 상당에서 탕, 하고 손목을 맞으면 누구든지 펄쩍 뛰는 것이었다. 두꺼운 호신구에 가려진 손목의 뼈가 으스러질 것 같이 아팠다.

더운 여름이 지나고 에도 골목에도 여기저기 귀뚜라미 소리가 들릴 무렵, 오래간만에 도둑 도베가 도장으로 찾아왔다.

"도베냐, 오랜만이군."

료마는 주타로의 방을 빌려 도베를 불러들였다.

"어떻게 지냈나?"

사에의 복수 사건 이후 처음이다.

"조금 멀리 갔다 왔습니다."

"일 때문인가?"

도베는 다른 지방의 전문 도둑이다. 에도에 있을 때는 오히려 도둑질을 잘 안하는 셈이다.

"서쪽으로 갔었나?"

"아뇨, 데와(山羽)에서 아이즈 쪽으로 잠시……."

도베는 그렇게 말한 다음 생각난 듯이 말했다.

"참, 아이즈 와카마쓰(若松) 성 아랫거리에서 그 시노부 사마노스케를 보았지요."

"시노부 사마노스케가 아이즈 와카마쓰에?"

료마는 놀랐다. 사에의 원수였다. 지난 가을 다키기 강변에서 료마에게 혼이 났을 때가 생각났다.

―말해 두지만 나는 집념이 강해. 좀더 수련을 한 다음 나중 다시 만나자. 잘 기억해 둬.

사마노스케는 그런 악다구니를 남기고 어둠 속으로 사라져 갔다.

아마 사마노스케는 그길로 혼조 가네노시타의 조그만 도장을 집어치우고 에도를 떠난 모양이었다.

"그자가 아이즈에 있단 말이지?"

"뜻밖이지요?"

"뭘 하고 있던가?"

"청지기, 하인, 농사꾼, 장사꾼, 깡패 상대의 검술 도장을 열고 있더군요. 아무튼 녀석의 유파인 무겐류는 요즘엔 시세가 없는 유파여서 버젓한 가신들은 들어오지 않지만 오히려 그런 시시한 치들을 상대하는 도장이 요즘에는 수입이 좋은 모양이데요."

"에도도 그렇지."

지난해에 흑선 소동이 일어난 이후 무사, 낭인, 서민을 막론하고 검술을 배우는 자들이 갑자기 불어나 에도에는 사설 도장이 다달이 몇 군데씩 늘어나고 있었다. 약삭빠른 낭인은 지바, 사이토, 모모이 등 큰 도장에서는 손쉽게 목록 면허나 인가를 얻을 수 없기 때문에, 조그만 유파에서 배워 인가를 따면 곧 도장을 차렸다. 물론 무사 상대가 아니고 서민 상대이므로 사범이라고 해 봐야 그다지 세지 않아도 모여드는 것이다.

"그런 종류겠군."

"그러나 시노부는 변두리 판자집 같은 도장이나마 어떻든 에도에서 도장을 했던 선생이라고 해서 아이즈에선 대단한 인기가 있어요. 시골이라고는 해도 아이즈 와카마쓰는 무도로 유명한 마쓰다이라 23만 석의 거성이 있는 도시가 아닙니까. 농사꾼들까지 칼놀음을 좋아해서 시노부의 도장은 대단한 인기랍니다."

"잘 됐지 뭘. 그래 사마노스케를 만났나?"

"만나지는 않았어요. 힐끗힐끗 도장의 꼬락서니도 보고 소문을 듣기도 한 거죠."

"그렇다면 아직도 사에의 원수 갚는 일에 관계하고 있구나."

"기왕 탄 배인 걸 어쩔 수 없잖아요?"

음탕 223

"인정 많은 사나이로군."
"평소 나쁜 짓만 해대니까요, 때로 인정이라도 베풀고 싶어지면 속든 말든 끝까지 베풀고 마는 거죠. 이건 우리들 사회의 기질이지요."
"훌륭한 일이야."
"놀리지 마십쇼."
"칭찬하는 거다. 그런데 사에는 어떻게 지내나?"
사례로 남녀의 도를 가르쳐 주겠다고 사에는 진심으로 말하고 있었으나 료마가 그 일에서 손을 뗐기 때문에 연락이 끊어진 채였다.
"잘 있어요."
도베가 말했다.
"역시 후카가와 나카마치에 있나?"
"아니죠, 흑선 소동으로 떠들썩하던 올해 2월, 동생인 야마자와 이치타로는 폐병으로 죽었습니다."
"흠."
"저도 좀 번 돈이 있었기 때문에 사에를 거기서 빼냈습죠."
"정말 놀랍군. 그래 네 첩으로 삼았나?"
"천만에요!"
도베는 금방 볼이 부었다.
"그게 아닙니다."

"그런데 오늘은 무슨 일이냐?"
료마가 묻자 도베는 아무일도 아니라는 듯이 말했다.
"뭘요, 근처까지 온 김에 오랜만에 얼굴이나 뵈올려구요."
이야기는 그것으로 끝나고 돌아가 버렸다. 나중에 차그릇을 치우려고 늘어온 사나코가 물었다.

"저 장사꾼 같은 사람은 아는 사이인가요?"
"예, 친구지요."
료마는 태연하게 미소를 짓는다.
"어떤?"
사나코는 료마의 신변을 모조리 알고 싶은 모양이다.
"'어떤'이라니?"
"말하자면 무슨 장사를 하고 있는가요?"
"도둑놈이지요."
"네엣?"
"놀랄 것은 없어요. 도둑이라고 저만큼 오래 묵으면 인간 자체에 묘한 깊은 맛이 우러나서 사서삼경이나 되는 대로 씨부렁거리는 유생(儒生)보다야 훨씬 인간미가 있고 이야기도 유익한 게 많아요. 더구나 저 친구는 원정 도둑이라서 거의 일년 내내 여행만을 하기 때문에 여러 지방의 일들을 환히 알고 있지요. 나는 저 친구한테서 뜻하지 않은 지리, 풍속, 인정을 많이 배운 걸요."
"사카모토님."
사나코는 어처구니없다는 듯이 눈을 크게 떴으나 곧 귀여운 입술을 꼭 깨물면서 말했다.
"에도로 수업하러 오셔서 그렇게 도둑놈과 사귀고 계신 줄 아신다면 고향의 아버님이나 형님께서는 무척 슬퍼하실 텐데요."
"딴은."
료마도 새삼 깨달은 것처럼 놀라 보인다.
"잘했다고는 하지 않겠지요. 그러나 누님은 재미있어 할 걸요."
"누님이 본 분은 어떤 분?"
"일본 제일의 여성이지요. 오토메라고 하는데 아름답고 크고……"

"크고……."
사나코는 몸집이 작았다.
"학문이 있으며……."
"사나코보다도?"
"글쎄 어떨지요. 그리고 검술에 능하지요."
"사나코보다 셉니까?"
"물론 오토메 누나가 아무리 잘해도 도사의 시골 검술이니까요. 그러나 마술과 수영은 사나코 아가씨보다 잘할는지도 모르지요."
"사나코는 헤엄을 칠 줄 모릅니다."
"에도의 강에서는 무리겠지요. 묘령의 미인이 헤엄치고 있다면 금방 사람들이 몰려들 테니까요."
"한번쯤 사카모토님의 누님이라는 분 만나보고 싶군요."
"틀림없이 기분이 맞을 거요. 닮았어."
"닮았다니 생김새가요?"
"아니요. 소리개라는 거죠."
"모르겠네요. 소리개라니?"
"새 애기가 아니라 아가씨들 얘깁니다. 우리 고향에선 사내처럼 검술이니 마술을 하고 싶어 하는 아가씨를 소리개 처녀라고 합니다."
"제가 그렇게 말괄량인가요?"
"글쎄요."
히죽히죽 웃고 있더니 그 다음날 료마는 가지바시 번저에 볼일이 있다고 아침부터 나간 채 밤이 되어도 돌아오지 않았다.

료마는 그날 저녁 때 도베의 단골인 듯한 호리에 거리(堀江町)의 놀잇배 집에서 술을 마시고 있었다.

어떻게 여기까지 왔는지, 료마 자신도 알 수 없었다.

실은 이날 가지바시의 번저를 나와 지바 도장으로 돌아가려고 하는데 허리를 굽신하고 다가오는 자가 있었다.

"나리."

"나리는 사카모토님이시죠?"

"그렇긴 한데."

"도베님이 급한 볼일이 있다면서 꼭 모시고 오라는뎁쇼."

"너는 누구냐?"

"뱃사공 고키치(小吉)라고 합니다."

"어디로 가자는 거냐?"

"호리에 강가에 있는 '만(卍)도라지'라는 놀잇배 집인데, 나리댁 문장과도 인연이 있습죠."

"그런가?"

만일을 생각해서 번저 문지기에게 행선을 일러두고 료마는 배를 탔다. 배라고 해 봐야 도사 바다의 어선과는 달리 조키(猪牙 : 좁고 긴 배)다. 에도의 유객들은 이 배로 물놀이를 한다고 들었으나 료마가 타 보기는 처음이었다.

물 위에서 보는 에도 거리는 전혀 정취가 다르다. 고키치는 노를 저으면서 강가의 영주들 저택이나 직속 무사 저택에 대한 얘기를 늘어놓았다. 이윽고 시안 다리(思案橋)를 지나 만도라지로 올라갔으나 도베가 보이지 않았다.

"야, 도베는 어떻게 되었나?"

안주인에게 물어도 주안상이 나올 뿐 본인은 나타나지 않았다.

그동안에 강 건너 원목장 거리가 어두워지고 집집마다 등불이 커졌다.

그 무렵이 되어서야 겨우 장지문이 열렸다.

"도베냐?"
료마는 난간에 기대어 강물을 내려다보고 있는데 꽤 취해 있었다.
"사에예요."
"……"
료마가 뒤돌아보자, 사에는 고개를 숙여 절을 하고 있었다.
"사에였군."
"도베님이 곧 이리로 오라고 해서 서둘러 오는 길입니다."
"그 도베는 어떻게 됐는데?"
"모르겠습니다."
"그래?"
료마는 손뼉을 쳐서 안주인을 불렀다. 안주인은 술장사 하는 여자치고는 정직하게 보이는 중년 부인으로 이마의 땀을 훔치면서 말했다.
"지금 막 도베님이……."
"왔단 말이냐?"
"아니, 사람을 보냈는데 오늘 저녁 모처럼 모셨습니다만 자기는 여기 올 수가 없을 것 같으니 천천히 술이나 드시도록 하라는 전달이었습니다."
'도베 녀석, 뻔하게 속이 들여다뵈는 장난을 쳤군. 나하고 사에를 가까이 하게 해서 원수 갚음에 끌어넣으려는 수작이겠지.'
료마는 곧 눈치를 챘으나 원래 그런 내색을 싫어하는 사나이였다.
"난처한걸."

일부러 멍청한 얼굴을 지어 보였다.
이날 밤은 료마가 세상 구경하는 날인 것 같았다.
대체로 놀잇배 집이라면 후시미의 데라다야나 오사카 덴마의 핫켄야 부두에 있는 놀잇배 집들처럼 요도 강(淀川)을 오르내리는 선객을 위한 주막집으로 알고 있었으나 에도의 놀잇배 집은 그게 아니었다.

몹시 세련되고 멋이 있었다.

예기(藝妓)를 데리고 물놀이하는 사람들이 놀이 준비를 하는 집인데 실상은 그것만이 아닌 모양이다. 후카가와 기생들과 이런 주막집에서 몰래 만나 자기도 하는 것이다.

"과연."

료마는 감탄했다.

사에는 여러 가지 선생 구실을 했다.

"놀이는 역시 에도라야 합니다."

"그럴까?"

"교토 오사카에도 그런대로 풍류가 있습니다만 에도 사람들은 놀이의 멋을 잘 알고 있답니다. 고향인 도사는 어떻습니까?"

"도사 땅 고치는 24만 석의 거성이 있는 도시인 데도 색시집이 없지."

"어머, 그럼 혈기 있는 젊은 무사들은 어떻게 혈기를 진정시키십니까?"

"바닷가에서 마구 씨름이나 검술을 하거나 헤엄치기가 고작이지. 더구나 도사는 옛날부터 씨름을 좋아하는 고장이어서 대대로 젊은 무사들에게 씨름을 장려하여 정기를 씨름판에 파묻게 하는 거야."

"청루에서 여자들과 노는 대신 씨름을 하시다니 참 거칠기도 하군요. 에도의 직속 무사들은 그렇게 멋없는 짓은 하지 않습니다."

"사에는 교토 사람인데 에도 편만 드는군."

"에도 무사들은 멋이 있거든요."

"도사 놈은 멋이 없나?"

"호호, 멋없기로는 첫째가 사쓰마."

"둘째는 도사야?"

"호호, 도사의 장도(長刀)라는 말이 있을 정도죠, 뭐."

도사의 기풍으로 키에 걸맞지도 않는 긴 칼을 좋아했다. 에도 거리에서도 도사 사람은 그 모습만 보아도 금방 알 수 있었다.

"그러나 직속 무사 8만 명은 철분이 적은 에도물로 몸을 씻는 탓인지 얼굴이 뽀얗고 상냥한 무사가 많은 모양이지만, 아무리 멋있고 놀이의 명수라도 막상 흑선이 왔다니까 한 놈도 연안 경비에 나서는 놈이 없었어. 씨름밖에 모르는 도사 무사가 국난이 닥치면 오히려 도움이 되는 거야."

"놀잇배 집에서 그런 자랑은 어울리지 않습니다."

"이런 게 에도 놈들이 말하는 촌티란 말인가."

"그렇습니다."

"그렇다면 촌뜨기 아닌 사에가 여자답지 않게 복수 따위의 촌티 나는 짓을 하는 까닭을 알 수 없군."

"그럴까요?"

그런 화제가 나오면 사에는 일부러 말꼬리를 흐리고 말을 거두었다.

"그보다도 사카모토님과의 약속은요."

곁눈질로 보았다.

"무슨 일인데?"

"벌써 잊으셨나요? 남녀의 도를 가르쳐 드린다는 것."

"아 그거? 언젠가는 배워야지."

"오늘밤은 어때요?"

농담처럼 말했으나 사에의 얼굴에는 미소가 사라지고 가라앉은 눈길이 지그시 료마를 지켜보았다.

그러는 동안에 보름달이 솟았다.
물에 비친 달빛 속에 건너편 원목장 거리의 집들이 흐릿하게 어려서 꿈처럼 아름답다.
료마는 만취가 되었다.
사에의 권주 솜씨가 능란했기 때문인지도 모른다.
"너무 마셨군."
료마가 술잔을 놓았다.
"좋지 않습니까?"
"아니 돌아가야 해."
일어나서 벽장문을 열었다.
"허어, 이부자리가 다 있군. 사에는 여기서 자나?"
"사카모토님도 주무세요."
"난 돌아가야 해."
"그렇게 취하셔선 가실 수가 없습니다."
"괜찮아."
말은 했으나 다리가 휘청거려 기둥을 붙잡았다.
"보세요. 제 말대로죠."
사에는 료마의 팔을 잡아 보면서 은근히 말을 이었다.
"사카모토님은 사에의 복수 얘기만 나오면 슬쩍 피하려고 하시는데 좀 더 들어 주실 수는 없을까요?"
"그건 그만둬. 질렸어."
"그만둘래야 둘 수가 없어요. 시노부 사마노스케 때문에 하마터면 죽을 뻔한 걸요."
"그런 일이 있었나?"

"아직 후카가와 나카마치에 있을 때였는데 어떤 단골손님이 오카와(大川)에 뱃놀이를 가자고 해서 따라갔더니 밤에 갑자기 저를 물속에 밀어 던지더군요."

"밀어 던진 것은 그 단골손님인가?"

"네."

"그래서 사에는?"

"다행히 하류에서 밤낚시하던 배에 구원을 받아 간신히 목숨을 건졌습니다. 그 단골이라는 것이 사마노스케의 제자였어요."

얘기가 너무 그럴듯하군, 싶었으나 시치미를 떼고 물었다.

"그래서?"

사뭇 진지한 태도로 들어 주었다.

"도베님에게 그런 말을 했더니 나카마치에 있는 한 사마노스케가 노릴 것이라고 하면서 저를 빼내 주셨어요."

"지금 무얼 해서 살림을 꾸려 가고 있지?"

"글씨를 가르치고 있습니다."

"여자가 습자를 가르치다니 보통이 아니군. 그런데 당신은 끝까지 아버지의 원수를 갚을 셈인가?"

"죽이지 않으면 죽습니다. 사카모토님, 제발 도와주세요."

"거절이야. 당신도 복수 같은 건 짚어치워."

"그만둘 수 없습니다."

도베가 오늘밤 두 사람을 만나게 한 것은 도베다운 잔재주였다. 사에와 자기만 하면 료마도 정에 얽혀 복수하는 데 힘을 쓸 것이라는 생각이었을 것이다.

'성가신 도둑놈이군.'

료마는 어이가 없었으나 갑자기 기둥을 안고 있던 두 손이 스르르 미끄러지더니 기둥뿌리에 털썩 엉덩방아를 찧고 말았다.

'흠, 취했구나.'

새벽이 되자 료마는 몹시 목이 말라 눈을 떴다.
놀랍게도 여태껏 보지 못했던 비단 이불 속에 자기가 누워 있었다.
'아뿔사!'
벌떡 일어났다.
그런데 이불 위에 책상다리를 하고 앉은 다음 더욱 당황한 것은 어느 새 잠옷까지 입혀져 있는 것이었다.
그때 어둠 속에서 무엇인가 움직이는 기색이 났다. 료마는 재빨리 머리맡에 있는 칼로 손을 뻗쳤다. 눈여겨보니 옆에도 이불 한 채가 깔려 있는 모양이었다. 그 이불 안에서 여자의 킥킥 거리는 웃음소리가 들려와 그것이 간밤의 사에라는 것을 기억해 낼 때까지 료마는 약간 시간이 걸렸다.
"깨셨나요?"
"큰일났군."
료마답지 않게 당황하고 있었다.
"내가 어쩌다가 그 정도의 술에 정신을 잃었을까 도무지 기억이 없구먼."
"호호……."
사에는 입속 웃음을 웃었다.
거기에는 까닭이 있었으나 사에는 료마에게 밝히지 않았다. 전날 밤 료마가 마신 술에는 도베가 만들어 준 약이 들어 있었던 것이다.
―도베가 사전에 사에에게 사카모토 서방님과 꼭 자도록 하라.
하며 술책을 꾸며 준 것이었다.
―남자란 자기 여자가 아니면 진심으로 돌봐 주지 않아. 그런데

그분은 보기보다 아직 순진하고 여자도 접촉한 일이 없으니까 동침하는 데 힘이 들 거야. 형편을 보아 어려울 것 같으면 이걸 먹여 보지.

그러면서 조그마한 종이 봉지를 주었다.

―이게 뭔데요?

―뭘, 나가사키 외국인한테서 산 흥분제야. 그러나 실은 마취약이었다.

도베는 가끔 이 약을 뿌리고 남의 집을 덮치기 때문에 패거리들로부터 '재우기'라는 별명을 듣고 있을 정도지만, 물론 사에는 도베가 그런 사람인 줄은 꿈에도 모르는 것이다.

"등불 좀 켜 줘."

료마가 말했다.

"네."

사에는 일어났으나 등이 있는 곳으로는 가지 않고 대뜸 료마의 오른팔을 잡고 무릎 위에 쓰러졌다.

"무, 무슨 짓이냐?"

"사카모토님, 어젯밤에 사에가 약속대로 남녀의 도를 가르쳐 드렸는데 기억하고 계세요?"

"뭐라고?"

알게 뭐야, 하고 료마는 어둠 속에서 울부짖듯이 말했다.

"거짓말."

사에는 료마의 무릎에 손을 얹고 말했다.

"어젯밤엔 그렇게 귀여워해 주셨으면서."

"거짓말이야, 통 기억에 없어."

"사에는 똑똑히 기억하고 있는걸요."

"사에, 그건 뭣인가 착각한 거야. 남녀의 도란 것은 여자는 기억하는데 남자가 기억하지 못한다는 그런 것은 아닐 거야. 그만한 건 나도 알고 있어."

료마는 이날 아침 일찍 지바 도장에 돌아왔으나 꼭 무엇에 홀린 것만 같아서 몹시 불쾌했다.
'사에, 그 여우 같은 계집이······'
우물가에 발가벗고 선 채, 덜거덕덜거덕 두레박으로 물을 퍼 올려 스무 번이나 물을 뒤집어쓰고서야 수건으로 몸을 닦기 시작했다.
"어떻게 된 거야?"
뒤에서 주타로가 놀란 표정을 짓고 있는데 사나코도 뜰 저편 별채에서 이쪽을 보고 있다.
"어떻게고 뭐고, 나는 아무것도 안했는데 뭔가 했어, 도를 가르쳤다, 틀림없이 가르쳤다, 우겨대는 여자가 있어서 곤란하단 말이야. 그런 별난 여자가 딴 일도 아닌 복수까지 하겠다고 설치는 거야. 도무지 에도라는 곳은 도깨비만 모여 사는 곳인가, 주타로 형."
"에도 욕하는 것도 좋지만 말씨만은 에도 말로 하자구. 무슨 소릴 하는지 알 수가 있어야지."
"그것도 그렇군."
료마는 에도 말로 돌아가서 다시 말을 시작했다.
"참, 그렇군. 주타로 형은 어떨까? 자네라면 이런 일에 환할 테지, 안 그런가?"
"안 그런가, 라니?"
"말하자면 저어, 그것 말이야."
"료마 형, 좀더 침착해지면 어떤가?"
주타로는 오늘 아침의 료마의 여느 때와는 달리 묘하게 들떠 있는 것을 이상스럽게 여겼다.

"나는 침착해."

료마는 발가벗고 선 채이다.

"우선 훈도시부터 걸치는 게 좋겠군."

"흠."

그제서야 새 무명 훈도시를 둘러매면서 물었다.

"수타로 형, 여자하고 잔 적이 있나?"

"무슨 소리야, 난데없이."

주타로는 황급히 사방을 휘둘러보았다. 사나코는 벌써 저편 방 장지문 그늘에 숨어 버렸다. 료마의 목소리가 크니까 물론 거기까지 들렸을 것이다.

"정직하게 말해 줘."

"그야 뭐……."

말소리를 죽였다. 물론 주타로는 아버지 데이키치와는 달리 노는 것을 좋아하기 때문에 제자들과 몰래 요시하라 사창가에 간 적이 있었다.

"있지."

"그럼 묻겠는데 여자하고 정을 나눴을 때 완전히 얼이 빠져 새벽녘에는 전혀 그런 기억마저 못하는 건가?"

"그렇게까지 정신을 잃지 않아."

"그럴 테지."

"료마 형!"

주타로는 어이가 없었다.

"소리가 너무 커서 별채에서 사나코가 듣고 있단 말이야."

"그러나 이상하잖아. 나는 어제 술을 마신 뒤 정신을 잃고 어떤 여사와 샀어. 그동안에 여자는 분명히 남녀의 도를 가르쳐 줬다는 거야."
"이봐, 소리가 커."
"이건 태생이야. 나는 남녀의 도란 좀더 신비한 것인 줄로 기대하고 있었어. 지금도 그렇게 믿고 있지. 그런데 그 따위 여자하고 그렇게 됐다니 불쾌해 죽겠어."
"료마 형, 이야기 내용은 잘 모르겠으나 당신은 무사로서 부끄러운 짓을 했구려. 그럴 때 목이라도 베어 갔다면 어쩔 뻔했나? 얼이 빠졌다는 건 남녀 문제보다 바로 그 점이야."

얼마 뒤 주타로의 방으로 사나코가 창백한 얼굴로 들어왔다.
"오라버니, 아까 사카모토님의 그 추태는 어떻게 된 일일까요? 저는 정말 질려 버렸어요. 그렇게 더러운 사람인 줄은 정말 몰랐어요."
"그렇군."
"똑똑히 대답해 주세요. 오라버니는 어떻게 생각하십니까?"
"무사로서 별반 칭찬할 만한 일은 아니지."
주타로는 주타로대로, 이 사나이만은, 하고 어느 정도 존경하고 있던 료마가 유녀가 주는 대로 술을 마시고 정신을 잃었을 뿐 아니라, 사내라는 녀석이 오히려 계집의 뜻대로 당하고서, 그 기억마저 없다니 그 멍청함도 멍청함이려니와 무사치고는 형편없는 쓰레기라고도 생각했다.
"좋은 사나이지만 시골의 돈깨나 있는 향사의 막내아들이니까 어딘가 어리광스러워서 어디 나사 못 하나쯤 빠져 있는지도 모르지. 어디 오늘은 도장에서 실컷 혼이나 내 줄까?"
"찬성!"
사나코는 손뼉을 쳤다. 물론 공연한 허세겠지만. 그 증거로 눈만은 웃고 있지 않았다. 그러나 어째서 사나코가 이상할 만큼 수선을 떨어 대는지 주타로는 잘 알 수 없었다.

그때 병석에서 일어나 다시 운동을 하느라고 뜰을 거닐고 있던 노스승 데이키치가 기척 없이 툇마루에 걸터앉았다.

"아, 아버님."

툇마루로 달려 나가려고 하자 데이키치는 손으로 말리면서 말했다.

"거기 앉아 있거라. 안 됐지만 지금 그 이야기 모두 들었다. 료마를 도장에서 두들겨 징계한다는데 네가 능히 그 일을 할 수 있냐?"

"할 수 있고말고요."

"요즘 료마와 겨뤄 본 적이 있느냐?"

"글쎄요, 꽤 오래 됐군요."

"그럴 테지. 그런데 그 녀석이 요즘에는 더욱 높은 경지에 들어선 것 같더군."

"저에겐 그렇게 보이지 않는데요."

"글쎄 맞겨루어 보아라. 나도 오래간만에 심판을 보지. 승부는 서른 판이 좋겠지."

"서른 판……."

이건 사력을 다해야 되는 시합이 되겠다고 주타로는 생각했다.

데이키치는 이어 말했다.

"아까 우물가에서 그 녀석이 벌거벗고 어젯밤에 같이 잔 여자 이야기를 큰 소리로 떠들고 있더군."

"예, 죄송합니다."

"네가 죄송할 건 없어. 그걸 멀리서 보고 들으면서 이건 만만찮은 녀석이구나, 하고 생각했지. 그 녀석은 겉으로만 볼 녀석이 아냐.

그 속의 또 더 깊은 속에 조용히 도사리고 있는 또 하나의 그 녀석이 있어. 네 눈에는 그것이 보이지 않겠지?"

"예, 보이지 않습니다."

겸연쩍어했지만 물론 거짓말이었다. 주타로는 료마의 내면 깊숙이 도사리고 있는 또 하나의 료마를 알고 있었기 때문에 그 사나이가 그렇게도 좋은 것이다.

"마침 잘됐군. 병법 이야기를 해 주지. 이건 지금 료마의 그 일과는 별로 관련이 없을 것 같지만 저 우물가에서 있던 천진하기 이를 데 없는 료마를 보고 있는 동안에 문득 옛날 형님(지바 슈사쿠)에게 들은 이야기가 생각나더군. ─어느 나라 깊은 산속의 일이었는데 나무꾼이 있었다고 생각해라."

깊은 산에서 어떤 나무꾼이 도끼를 휘둘러 큰 나무를 베고 있는데, 어느 새 나타났는지 사도리(깨달음)라는 괴수(怪獸)가 등 뒤에서 그것을 바라보고 있었다.

"어떤 놈이야?"

나무꾼이 묻자 대답했다.

"사도리라는 짐승이오"

너무나 신기해서 나무꾼은 문득 사로잡아야 되겠다는 생각을 했는데 사도리는 시뻘건 입을 벌리고 웃으며 말했다.

"너 지금 나를 사로잡으려고 생각했지."

금방 알아 맞추었다. 나무꾼은 깜짝 놀라 이 짐승은 쉽게 사로잡을 수 없겠구나 싶어 도끼로 쳐 죽이자는 생각을 했는데 이번에도 대뜸 사도리는 말했다.

"너 도끼로 나를 쳐 죽이려고 생각했지."

나무꾼은 어처구니가 없었다.

'생각하는 것을 모조리 척척 알아 맞추니 할 도리가 없군. 상대를 말고 나무나 베자.'

그러고 도끼를 다시 쳐들고 말했다.

"너 지금 이젠 할 수 없구나, 나무나 베자고 생각했지?"

사도리는 그렇게 조롱했으나 나무꾼은 다시는 상대를 않고 열심히 나무를 베어 나갔다.

그러는 동안에 어쩌다 도끼가 자루에서 빠져 무심하게 날아가더니 그만 괴수의 머리에 떨어져 버렸다. 머리가 무참하게 부서진 괴수는 끽소리도 못하고 죽어 버렸다고 한다.

검술에서 말하는 무상검(無想劍)의 비결은 바로 거기 있다.

이 우화는 아마 창작 솜씨가 능한 선종승(禪宗僧)이 지어 낸 이야기겠지만, 지바 슈사쿠는 이 이야기를 좋아해서 제자들에게 어느 수준의 면허나 인가를 줄 때에는 반드시 빼놓지 않았다.

"검에는 심묘검(心妙劍)과 무상검이 있다."

슈사쿠는 말한다.

"심묘검이란 무엇인가?"

별명을 실묘검(實妙劍)이라고 하여 자기가 상대에 가하려는 겨냥이 모조리 들어맞은 명수를 두고 말하는 것인데, 검술도 이런 경지에 이르면 신검(神劍)이라 할 수 있다. 그러나 이 검도 사도리 괴수처럼 그 이상의 능수를 만나면 패하고 만다.

무상검이란 '도끼머리'인 것이다. 도끼머리에는 마음이 없다. 오로지 무념상으로 움직이는 것이다.

괴수 사도리는 심묘검이라고 할 수 있고 무상검은 도끼머리인 것이다. 이것은 검술의 최고 경지이며 여기까지 도달하면 백전백승이 가능하다고 지바 슈사쿠는 말하는 것이다.

"그럼 아버님!"

주타로는 데이키치의 말에 불만이었다.

"료마가 무상검에 도달해 있다고 하시는 겁니까?"

"도달한 건 아니야. 도달해 있다면 료마 녀석에게 나도 벌써 격파되었을 거야. 그러나 무상검이란 상당한 연마가 없으면 도달할 수 없는 경지이긴 하지만 거기엔 소질이 있어야 해. 심묘검은 범인이 도달할 수 있는 최고의 자리이고 무상검은 천재가 도달할 수 있는 최고의 자리야."

"저는 어떻습니까?"

"너는, 글쎄……."

데이키치는 말끝을 흐리고 말했다.

"서른 판 승부는 내일 아침 일곱 시가 좋겠다. 제자들을 모두 모이게 해라."

료마와 주타로는 도장의 동서에서 각각 죽도를 들고 중앙으로 나왔다.

지바 주타로는, 료마가 주타로 형 따위로 허물없이 부르고 있지만 큰집의 사촌들과 함께 지바의 젊은 사범으로 에도 천지에 이름을 떨치고 있는 인물이다.

이윽고 주타로와 료마는 칼 끝을 맞대고 서더니 곧 펄쩍 뒤로 날아 여섯 칸 거리를 잡았다. 승부는 연속 서른 판이었다. 도중에 쉬는 것은 허락되지 않는다.

'이 시합, 단 한 판도 료마에게 양보할 수 없어.'

주타로는 칼을 하단으로 잡았다.

칼끝이 할미새 꼬리처럼 소리 없이 움직이고 있었다. 이것이 일도류의 특징이었다.

이 할미새 꼬리처럼 하늘거리는 것은 우선 칼끝이 죽는 것을 막는 것이다. 다음에는 행동으로 옮겨 가는 동작이 빠르고, 또 이쪽의 속셈을 상대에게 알리지 않는다는 이점이 있었다.

료마는 높이 상단으로 겨냥했다.

주타로는 과연 료마의 겨냥에는 어딘지 웅대하고 기품도 있으나, 그렇다고 아버지 데이키치가 칭찬한 것만큼 실력이 있다고는 생각하지 않았다.

'뭐, 두려워할 것 없다.'

정면에 아버지 데이키치가 앉아 있었다.

그 옆에 오타마가이케 지바 도장에서 견학 온 지바 에이지로, 그리고 사범 대리 가이호 한페이(海保帆平)가 손님으로 나와 앉았다.

그 다음 제자들이 줄지어 늘어앉았고, 그 말석에서 좀 떨어져 사나코가 나들이옷 차림으로 앉아 있었다.

"오라버니, 사카모토님 따윈 실컷 혼내 주세요."

어제 사나코가 거의 질투 비슷한 감정으로 한 말이 뜻밖에 큰 시합이 되고 만 것이었다.

이윽고 주타로가 유인하는 기합 소리를 질렀다.

"야앗—"

료마는 동요도 않고 서 있었다.

두 사람은 꼼짝도 않았다.

끝자리에 앉아 있는 사나코는 긴장이 되어 몸이 오들오들 떨려 왔다.

무엇 때문에 긴장하는 것일까?

맞선 두 사람의 기백이 물결처럼 도장 바닥을 타고 흐르는 탓도 있겠으나 그것만은 아니었다. 그녀는 이 시합에 검객으로서의 료마의 운명이 걸려 있는 사실을 알고 있었다.

큰 도장에서 참관인으로 지바 에이지로와 사범 대리인 가이호 한페이가 와 있기 때문에 뜻밖에 공식 시합이 되어 버린 것이다.

'만일 사카모토님이 이긴다면……'

지바 문하 삼천 제자 가운데서 그는 몇 사람 밖에 없는 준예(俊銳)의 자리에 올라앉게 된다.

'진다면?'

물론 료마의 존재는 일시에 땅에 떨어진다. 뿐만 아니다. 검술의 길에서는 대시합에 졌기 때문에, 자신을 잃고 끝내 빛을 보지 못하게 된 검사가 많다는 것을 사나코는 알고 있었다. 료마도 또한 그렇게 될 것인가?

'그러나 어떨까?'

아버지 데이키치는 요즘의 료마의 진보를 크게 평가하고 있었지만 사나코는 그다지 대단한 것으로는 생각되지 않았다.

료마의 솜씨는 과연 그가 에도로 갓 나왔을 때와는 다른 사람처럼 발전했지만, 그러나 오라버니인 주타로는 지바 일문에서는 본가의 에이지로와 어깨를 겨룰 만한 솜씨인 것이다.

'하지만'

아버지 데이키치는 주타로의 소질에 대해서는 별말이 없었으나 료마에게는 무상검의 소질이 있다고 했다. 수재 아닌 천재라는 뜻이리라.

'어떨는지?'

사나코는 대관절 자기가 지금 어느 편을 응원하고 있는지 알 수가 없었다.

―사카모토님, 까짓것 져 버리라지!

소리를 질러 버리고 싶은 심정이었으나 그러면서도 시선은 필사적으로 료마의 몸짓만을 쏘아보고 있었다. 맘속으로는 입술을 깨물고 이겨 달라고 축원하고 있는 것이다.

이 기묘한 모순은 사나코 자신도 잘 모른다.

물론 료마를 주목하고 있는 사람은 사나코 뿐만 아니다. 지바 에이지로나 가이호 한페이도 마찬가지였다. 그들이 임석한 것은 이 시합 결과에 따라 료마를 지바 가문의 최고 검위(最高劍位)인 대목록개전(大目錄皆傳)으로 승진시키는 예비 검사가 목적이었다.

"야앗!"

주타로가 유인했다.

이 유인에 말려든 것처럼 료마는 적의 눈 높이로 검을 바꿨는데 주타로는 그 기회를 놓치지 않고 뛰어들어 료마의 칼을 내리치고, 다시 감아 올려 자세를 허물어뜨리며 드디어 눈에 보이지 않는 잽싼 동작으로 맹렬한 찌름 동작을 가했다.

"야앗!"

"몸통 받아!"

소리를 질렀을 때 뜻밖에도 지바 주타로는 세 칸이나 저쪽으로 허공을 날아 나가 떨어져 있었다. 료마의 찌르기가 일순 빨랐던 것이다.

만장에 함성이 올랐다.

이만큼 멋진 승리는 검술 시합에서도 그렇게 흔치 않은 것이기 때문이었다.

그런데 그 뒤가 좋지 않았다. 료마가 연이어 열 판을 주타로에게 빼앗겨 버렸다.

이처럼 기묘한 시합은 없었다.

아니 그보다도 료마처럼 기묘한 검객이 없다고 해도 좋을 것이다. 최초의 시합에서 호쾌한 찌르기로 주타로를 찔러 넘겼을 때는 누

구의 눈에도

—료마는 지바 주타로보다 훨씬 뛰어났구나.

이렇게 보였는데 그 다음부터는 연이어 열 판이나 지고 있는 것이다.

'그토록 뛰어난 솜씨를 보인 사나이가?'

지바 에이지로는 그런 생각을 하면서 데이키치에게 말했다.

"숙부님, 이건 이상한데요. 무슨 까닭이 있는 것 같습니다. 이 시합을 중지시키는 것이 좋지 않겠습니까?"

"아니 괜찮아. 마지막까지 시켜 보자."

시합은 계속 진행되었다.

놀랍게도 료마는 계속 패해 마침내 서른 판째가 되었다.

쌍방의 누빈 도복이 물에 적신 듯이 땀투성이가 되었다. 두 사람은 조금도 호흡에 혼란이 없었다.

주타로가 하단으로 잡자 료마는 칼끝을 재빨리 상단으로 쳐들었다. 그 모습은 여유 만만하고 천의무봉(天衣無縫)이라고 할 만한 자세였다.

그때 료마는 반걸음 다가들며

"자앗!"

위압하듯 포효(咆哮) 했다.

주타로는 순간 료마의 장기인 손목치기로 올 줄 알았다. 그것을 막기 위해 얼른 칼끝을 오른편으로 기울인 순간 료마의 기색이 돌변했기 때문이다.

'면상인가'

주타로는 그렇게 생각했다.

그러나 주타로가 주먹을 쳐든 순간 료마의 몸이 뛰어들며 손목치기도 면상도 아닌 거포(巨砲)와도 같은 찌르기가 쇄도하여 주타로의 몸뚱이는 다시금 벌렁 뒤로 나가 떨어졌다.
"그만—"
데이키치는 손을 들었다.
에이지로와 한페이는 일어섰으나 어쩐지 석연치 않은 얼굴이었다.
료마는 서른 판 가운데 처음과 마지막 판을 통쾌한 찌르기로 상대를 나가떨어지게 했으면서, 그 중간의 28판은 어처구니없이 지고만 것이다.
나중에 별실에서 휴식을 취하게 된 에이지로 등은 숙부에게 물었다.
"숙부님, 그 시합을 어떻게 생각하십니까?"
"글쎄다."
데이키치도 어지간히 낭패스런 표정이었다.
가이호 한페이는 놀랍다는 듯이 말했다.
"아무튼 전후 두 번의 공격은 굉장한 솜씨였어요. 그만한 찌르기 솜씨는 정말 본 적이 없습니다."
"그러나 그만한 솜씨가 있는 료마가 왜 스물여덟 판이나 내리 졌는가? 설마 스승의 아들이라고 승리를 양보한 것은 아니겠지. 양보했다고 하면 병법자(兵法者) 취급도 해 줄 수 없지."
"아무튼."
가이호가 말했다.
"정체를 알 수 없는 사나이군요. 설사 승리를 주타로님에게 양보했다고 하더라도, 스물여덟 번이나 형태를 바꾸고 동작을 달리하고 모습을 변해 가면서 승리를 자연스럽게 양보한다는 것은 예사 솜씨로는 어림도 없는 노릇이오."

이 시합이 끝나고 한 달쯤 지난 11월 초의 어느 저녁나절, 도사 번의 가지바시 번저에 불이 났다. 료마는 마침 도장에 있었는데, 급히 몸단속을 하고 달려가 보니 벌써 불은 꺼져 있었다.
"대체 어떻게 된 거냐?"
료마는 문지기를 잡아 물었다.
"다행이었습니다. 목공실 대패밥에 불이 붙어 헛간을 하나 태웠을 뿐입니다."
"그것 참 잘됐군."
불이 꺼졌으니 료마 따위는 번저에서 어슬렁거릴 것도 없다.
그때 후둑후둑 비가 떨어졌다.
"이건 안 되겠군. 낮부터 흐리는 품이 이상타고 생각했더니 기어이 비가 오는구나."
"우산을 드십시오."
문지기가 말했다.
"그 대신 곧 돌려주시지 않으면 요즘은 회계에서 시끄럽습니다. 사카모토님은 태평이시라 위태롭군요."
"아니 꼭 돌려준다."
이 도사 번 번지는 영주(이해에는 영지에 있었다)가 활달하고 토론을 좋아했기 때문에 각 번의 무사, 시중의 학자, 검객들이 자주 드나들어 에도에서는 유명했다.
자연 돌아갈 때 비가 오면 번저에 비치된 백 푼짜리 우산을 빌려가는데, 한 번 빌려 가면 좀처럼 돌려주지 않았다.
드디어 회계 담당인 노무라 료헤이(野村良平)라는 사람이 의견을 내놓았다.
"이렇게 하다간 우리가 우산으로 궁해지겠다. 고급 우산이면 돌려주겠지."
그런 의견을 내어 고급 우산을 마련하고 하나하나에 '鍛治橋山內

(가지바시 야마노우치)'하고 검은 옻칠로 쓴 것을 준비했던 것인데, 각 번의 젊은 무사들이 이를 즐겨 가지고 다니는 통에 오히려 회수가 더 어려워졌다는 우스운 이야기가 있었다.

료마가 그 가지바시 야마노우치 우산을 들고 도장으로 돌아가기 위해 번저를 나섰을 때였다.

문득 료마 곁에 여인이 하나 타나났다.

"참 큰일 날 뻔했군요."

"아니."

깜짝 놀랐다.

"사에 아닌가, 이 근처에 무슨 볼일이라도 있었던가?"

"마침 근처까지 볼일이 있어 왔더니, 그 소동이 벌어졌기에 혹시 사카모토님이 계시면 문안이라도 드릴까 해서 왔습니다."

"그것 참 고맙게도……."

"저어."

사에는 대담하게 몸을 바싹 갖다 대면서 말했다.

"우산 밑에 넣어 주셔요."

"아, 넣어 드리지. 어디까지 가는데?"

"바로 저기까지요."

"그럼 저기 미나미 다이쿠 거리 근처인가?"

"네, 그곳까지."

말끝을 흐리고 힐끗 료마를 쳐다보았다. 전보다도 훨씬 친근하게 굴었다.

걷는 동안에 갑자기 비가 개었다. 금방 비구름이 개고 지는 해가 서쪽 하늘을 붉게 물들였다.

'어쩐지 묘하게 되었군.'

료마는 하늘을 우러러보았다.

이날이 안세이 원년 11월 3일이었다.

그 다음 날 새벽에 이른바 안세이 대지진이 일어나게 되는데 료마는 물론 알지 못했다.

그 대지진 전날 밤, 료마는 사에와 헤어져 일단 오케 거리의 도장에 돌아와 있었다.

물론 료마가 가지바시에서 오케 거리까지 번명이 쓰인 우산을 사에와 같이 받고 걸어간 사실이 도장에 있는 주타로나 사나코에게 이미 알려져 있었다.

주타로의 지시로 화재 형편을 살피러 갔던 지바 댁의 하인이 두 사람의 거동을 오누이에게 보고해 버린 것이었다.

료마가 들어서자 대뜸 사나코가 말했다.

"굉장한 불소동이었다죠?"

비꼬기 시작했다.

"네, 큰 소동이었어요."

시치미를 떼었으나 사실 료마의 심중에는 큰 파동이 일고 있었다.

―그때 사에가 어떤 관계인지는 모르나 도장에서 한 마장쯤 남쪽으로 떨어져 있는 하치만 신사(八幡神社)의 신관(神官)과 친하다고 하면서, 오늘밤 거기서 묵겠으니 밤 열시께 그 집에서 몰래 만나자는 것이었다.

"그건 안 돼!"

료마는 황급히 거절을 했었다. 그러나 그때에는 이미 사에는 재빨리 우산 밑에서 빠져나가 옷자락을 걷어잡고 진창길을 달리고 있었다.

그때의 그 뒷모습이, 도장에 돌아온 뒤에도 료마의 눈에 아른거리고 있었다.

'드디어 남녀의 도가 트는 모양인가.'

사에를 별로 좋아하지 않았으나 료마의 지금 나이로서는 사에의 유혹은 이성이고 뭣이고 완전히 마비시켜 버리는 자극을 가지고 있었다.

'오늘 밤 숨어 들어갈까?'

그런 생각을 하니 미처 결심을 못했는데도 온몸이 불타오르는 것만 같았다.

그러나 사나코의 눈앞에 앉아 있는 료마는 그저 어린아이 같은 표정으로 천진스럽게 웃고 있을 뿐이었다.

사나코는 료마가 설마 마음속에서 부지런히 그런 생각을 하고 있는 줄은 모르고 말했다.

"그건 그렇고, 묻는다고 하면서 기회가 없어 못 물었는데 지난번 시합은 어째서 그렇게 지셨던가요?"

"내가 약하니까 그렇지."

"큰댁의 에이지로 오라버니가 나중에 말씀하시기를 료마의 칼을 보고 있자니까 그 승부에는 거짓이 있었다고 하셨는데, 만일 검을 가지고 일부러 지시는 사카모토님이라면 사나코는 경멸합니다."

"내가 약한걸 뭐."

"정말?"

"약하니까 졌지, 다른 이유는 없어."

그리고 료마는 입을 다물었다.

사실을 말하면 료마는 주타로와 맞서 보고 상대가 갑자기 약해져 버린 데에 깜짝 놀랐다. 물론 그것은 상대가 약해지기보다 료마가 너무 강해진 것이었다.

'이건 져 주어야 되겠구나.'

그런 감각을 지닌 사나이였다. 료마는 외곬으로 치닫는 그런 점이 없었다.
 그런 점에서 료마는 결국 검객으로는 적합하지 못한 사나이였는지도 모른다. 한자리의 승부를 다투기보다도 장차 오케 거리 지바 가문을 계승해야 할 주타로의 입장을 생각해 주는 것과 같은, 정치적인 배려를 곧잘 하는 사나이였다.

 사에와의 약속 시간인 열시가 되었다. 오후 열시라고 하면 거리는 밀물처럼 조용해진다.
 료마는 뒤편 담을 넘어 집 뒤 빈터의 풀밭으로 뛰어내렸다. 얼굴을 검은 헝겊으로 감싸고 있었다.
 쪼그리고 앉아 초롱에 불을 붙였다.
 '나는 유혹에 약해.'
 료마는 이미 그런 생각은 하지 않았다.
 이미 담을 넘어 버린 것이다. 썩어 빠진 잘난 선비들처럼 구질구질하게 자기를 꾸짖어도 도리가 없는 일이었다.
 '한다고 하면 단호히 하는 거다.'
 그것이 좀 나쁜 일이더라도, 천한 욕정을 만족시키는 일일지라도, 단호히 하는 거다. 무사란 그런 것이 아니냐고, 료마는 제멋대로의 무사도이기는 했으나 자기 나름의 무사도를 지니고 있었다.
 료마는 천성적으로 기성도덕을 받아들이기 어려운 성격이어서 뒷날 그 내면에 굳게 형성되어진 료마식 무사도를 자신의 행동 규범으로 삼았다. 물론 그러한 자기식의 도덕으로 움직이지 않으면 난세를 살아갈 수가 없었을 것이다. 겉으로 이 사나이는 언제나 순진한 체 싱글벙글하고 있으나, 그가 그 몇 해 뒤에 천하의 풍운 속으로 뛰어들었을 때 내세우는 생활 신조가 있었다.
 ―사람을 만날 때 만일 두려움을 느끼게 되면 이 상대가 여인과

희롱하는 모양이 어떨까를 생각하라. 대개의 경우 하찮게 보이게 될 것이다.
　—의리 같은 것은 꿈에도 생각하지 말라. 스스로 구속을 자초하는 것이니라.
　—수치라는 것을 버려야 비로소 세상일은 이뤄지느니라.
료마 어록(龍馬語錄)

　료마는 이렇게 자기나름대로의 지침서를 만들어 놓고 큰소리를 쳤다.
　하기는 복잡한 성격의 사나이인지라 이것도 진심으로 이렇게 생각한 것이 아니고 속셈은 퍽 상냥한 사나이였다. 자기의 부드러운 성격을 이런 자기 식의 도덕을 만듦으로써 질타(叱咤)한 것일는지도 모른다.
　아무튼 이날 밤의 료마는 초롱불을 들고 더벅더벅 걷기 시작했다.
　서부 집회소(集會所) 뒤로 돌아가면 거리의 초소를 지나지 않아도 된다는 것을 잘 알고 있었다. 돌아가면 바로 하치만 신사였다.
　작은 신사 건물 동편이 바로 신관 사택이었는데 닫혀 있었다.
　'어떻게 한다지?'
　잠시 망설이고 있는데 사에게 돈푼이나 얻어먹은 듯한 노파가 나타나 이상한 사투리로 안내를 하였다.
　"나리, 이쪽이오."
　사립문을 열고 뜰로 돌아가자 과연 본채와 떨어진 곳에 두 칸 정도의 별채가 있었다.
　사에가 말없이 문을 열어 주었다.
　"이 시각에 불을 켜서는 이웃 눈도 있고 하여 일부러 불을 껐습니다. 어두우니까 손을 잡아 드리지요."

"아아."
료마는 왼손을 내밀었다.

그런데 가관이었다. 료마는 별채 방으로 들어서자마자 용케도 술병을 찾아내어 그 자리에서 사에를 앞에 놓고 무작정 술을 퍼마셨다.
사에는 처음 몇 잔은 손을 더듬어 가며 술을 따라 주었으나 그 뒤에는 시큰둥해졌다.
그럴 것이 밀회하러 온, 연인이어야 할 이 사나이가 손도 잡지 않고 품속에 술병만 끼고 앉아 있으니 말이다.
"대관절 어떻게 되신 거예요?"
사에는 질려 버린 눈치였다.
"뭐가?"
"여기 술 마시러 오셨어요?"
"글쎄 술병이 있는 걸 어떡하나?"
"캄캄한 데서 술이나 마시면 맛이 있습니까?"
"우리 고향에는 야미지루(闇汁)라는 젊은 패들의 놀이가 있지. 그것하고 비슷하군. 그건 멋이 있는 걸."
"어떤 것인데요?"
"젊은 패들이 둘러앉은 한가운데 큰 냄비를 걸어놓고 여러 가지를 넣어 끓이는 거야. 호박도 넣고 가지도 넣고 생선도 넣는데 헌 짚신이니 쥐새끼니 고양이 같은 것도 들어갈 때가 있어. 불을 끄고 그것을 먹는 거지. 사내라면 젓가락에 걸린 것이 비록 지푸라기라도 먹어야 하는 거지."
"아이, 기분 나빠. 어째서 그런 짓을 할까요?"
"담력을 기르기 위해서지. 무사로서 어떤 일을 당해도 놀라지 않는 무쇠 창자를 만들기 위한 것이야."
"그러나 아무리 도사의 시골 무사라도 지푸라기는 싫겠죠?"
"싫지. 그러니까 하는 거야. 캄캄한 것을 요행삼아 처음에는 허겁지겁 술부터 퍼마시는 거야. 실컷 취해서 자기를 잊어버리면 냄비 속에 든 것이 쥐새끼든 지푸라기든 상관없지."
"그럼 한 말씀 여쭈어 보겠습니다."
"뭔데?"
"그럼 사카모토님은 저라는 큰 냄비를 앞에 놓고 자신을 잊기 위해 술을 많이 드시는 겁니까?"
"아니, 아니."
"저는 지푸라기나 쥐새끼 찌꺼기가 아닙니다."
'비슷하지 뭘.'
그렇게 생각했으나 겉으로는 태연히 말했다.
"그건 예를 들어 말한 것뿐이야."
"더 나빠요. 저를 지푸라기에 비유한다는 말씀입니까?"
"아니 지금 어둠 속에서 술을 마시다 보니, 문득 고향의 야미지루가 생각난다고 했을 뿐이지."
"그럼 눈앞에 있는 것은 큰 냄비가 아니고 뭣인가요?"
"사에라곤 안 그랬어."
료마는 정색을 했다.
사에도 할 수 없이 픽 웃어 버렸다.
"좋아요. 용서해 드리지요."
"고맙군."
"딴은 생각해 보면 사카모토님이 정체 모를 여자에게 걸려든 것도 그런 야미지루 비슷한 것이니까요. 그 안에서 지푸라기가 나올는지 쥐새끼가 나올는지 알 수 없지요."

"각오는 하고 있어."
"어머나, 이분이."

사에는 어이가 없어 화도 나지 않았다.
불을 끄고 술을 마시면 취기가 빨리 도는 법인데 료마는 꽤 취했으면서도 마음속은 왠지 맑아지기만 했다.
'먹어야 할 것인가?'
료마는 그런 생각을 했다.
눈앞의 큰 냄비를 말이다. 말하자면 사에를 말이다.
뒷날 료마는 자유분방하고 간담이 웅대하며 지략이 샘솟듯 한다고 동지들 사이에서 일컬어졌으나, 이 어둠 속에 있는 료마는 아직 스무 살이었다. 여자도 몰랐다.
그것을 알고 싶은 나머지 생각도 없이 그만 사에가 쳐놓은 함정에 일부러 걸려든 것이었으나, 사실 료마는 어둠 속에서
'남자의 쇠창자도 떨리는 것 같군'
하면서 필사적으로 떨리는 것을 참고 있는 것이다.
남자의 첫날밤이란 그런 것이다.
도사에는 이런 말이 있다.
—처음으로 여자를 접할 때, 장부일수록 정신이 흔들리는 법이야. 탕아 놈들은 여유가 있어서 태연하지.
그래서 료마는 자기의 정신적인 혼란을 수치라고는 생각하지 않았으나 의외로 탕아일는지 모를 정도라는 생각도 있다.
마음 어느 한구석에서는 침착하게 사에의 몸짓이나 마음의 움직임을 훤히 들여다보고 있는 것이었다.
'나도 만만찮은 바람둥이일는지 모르겠는걸.'
그런데도 그런 것과는 달리 아직 천진한 점도 있었다.

아버지 핫페이나 형 곤페이가 무서운 것이다. 여색을 삼가라는 당부를 받고서도, 더구나 부적까지 가지고 있으면서도 그것을 지금 깨뜨리려는 것이다.
'자, 이걸 어떻게 한다?'
료마는 혼자 머리를 싸맸다.

"사카모토님, 무엇을 생각하고 계십니까?"
사에가 무릎에 손을 얹었다.
"사람이란 것을."
료마는 잔을 쭉 비우고 말했다.
"이런 말을 하면 불쾌하게 들릴는지 모르지만 나라는 사람을 생각하고 있어."
"이상한 분이군요."
정말 이상한 사나이다.
"그런 쓸데없는 생각은 두었다 하시고 사카모토님답게 눈앞의 큰 냄비를 마구 퍼 잡수세요."
"그렇군, 그런 수도 있겠지."
"정말 이상한 분이로군요. 그밖에 달리 무슨 수가 있나요?"
"참는다는 한 가지 수가 있지."
"이 자리를 참을 셈인가요? 속담에도 차려 놓은 밥상을 마다하고 먹지 않는 건 사나이의 수치라는 말이 있지 않아요."
"그거야 평민들의 이야기지. 사카모토 료마는 무사야."
"네, 네, 그럼 무사님."
사에는 놀려 대듯이 말했다.
"씨름판 구석까지 밀려나 거기서 참고 버티어 칭찬받는 건 씨름꾼뿐인데, 무사님께서는 뭘 바라시고 그렇게 참으시나요?"

"나는 게으름뱅이이고 형편없는 놈이지만 제일 소중한 단 한 가지만은 굶어죽는 한이 있어도 참고 견디는 수업을 쌓아 왔어. 그것이 없으면 나는 뼈 없는 해파리 같은 놈이 되어 아무도 상대해 주지 않을 거야. 그리고 더욱 두려운 것은 내가 내 자신에게 싫증을 느끼게 되는 일이지. 나는 원래 그런 위험성이 있는 사나이야."
"그 사카모토님의 소중한 한 가지란 무엇입니까?"
"말하자면 떳떳한 중심이 있어야 한다는 거지."
"그것이 무엇이냐고 저는 물었습니다."
"장차 내가 놓여질 조건에 따라 달라지기야 하겠지만 지금은 다만 한 가지뿐이야. 그걸 들으면 사에는 당장 배를 싸잡고 웃을 테지만."
"그 부적 말씀이군요?"
"그렇지."
"어머, 정말 고지식하고 효자시군요."
"별로 그렇지도 않지만 아직 미숙한 나로서는 수업 중에 색정은 삼가라는 계율 정도밖에는 참을 건덕지가 없지. 아버지나 형님도 내 에도(江戶) 유학을 위해 많은 돈을 썼어. 그러나 내가 참아야 하겠다는 동기는 별로 그런 고지식한 의리나 효심에서가 아냐. 지금 열풍처럼 내 마음을 휘몰아치는 것이 있어."
"무서워요. 그게 무엇인데요?"
"일본 국난에 이 사카모토 료마가 어딘가에 동원이 될 수는 없을까 하는 거야. 세상에 떳떳하게 나설 만한 사나이가 되려면 료마식 해파리가 되어서는 안 되겠다는 거지."
"참 끔찍한 말씀을……."
"사카모토님은 유이 쇼세쓰(由比正雪) 같은 대역적이 되고 싶으신가요?"

"좋은 것을 보여 주지."

료마는 무슨 생각을 했는지 어둠 속에서 느닷없이 사에의 손을 쥐었다.

사에답지도 않게, 료마에게 손을 잡힌 그녀는 마치 어린 처녀 시절로 돌아간 것처럼 가슴이 두근거리기 시작했다.

'―내가 왜 이럴까?'

어떻게 된 영문일까? 몸까지 굳어져 버렸다.

일년도 못되었으나 그런 세상에 몸을 내던졌던 일들을 이 순간 완전히 잊어버리고 몸도 마음도 숫처녀처럼 되고 말았다.

당연히 사에는 료마가 자기를 끌어당겨 포옹하기 위해서 손을 잡은 것으로 생각했다.

그러나 뜻밖에도 료마는

"사에!"

부르면서 그 손을 료마 자신의 목덜미로 가져가지 않는가.

사에는 깜짝 놀라 물었다.

"어떻게 하시려고?"

"거기에서 내 등에 손을 얹어 봐. 뭐 사양할 것 없어."

"사양은 않습니다만 등이라도 긁으란 말씀인가요?"

"긁어 주고 싶은가?"

"별로 사카모토님의 등 같은 거 긁고 싶진 않아요."

"빨리 하라구."

사에는 손을 밀어 넣어 온 등판을 덮고 있는 억센 털을 만져 보았다.

"앗!"

사에는 깜짝 놀라 손을 잡아 빼려고 했다.

"어때, 료마란 이름의 유래를 알겠나?"
"야릇한 곳에 털이……."
사에는 기분 나쁜 듯이 그 부분의 털을 몇 번이나 어루만졌다.
"천만 명에 한 사람밖에 없다는 털이야. 태어날 때부터 나 있었기 때문에 아버지가 료마라는 이름을 붙여 주셨지. 그러나 돌아가신 어머니는 이걸 몹시 걱정하신 모양이야. 어머니 해산달에 집에서 기르고 있던 수코양이가 자꾸 잠자리에 기어들어 와서 줄곧 배 위에 올라탔기 때문에, 그 검은 고양이의 정기라도 탄 것이 아닌가 해서 말이지. 그래서 우리집에는 내게 대한 두 가지 주장이 있지. 형님 곤페이는 나를 고양이라고 했고 누님인 오토메는 천리를 달리는 준마라고 했어. 어느 쪽이 되는지는 나 자신도 모르지만."
"차라리."
사에는 등을 쓰다듬으면서 말했다.
"고양이가 되어 먹고 싶을 때 먹고, 잠자고 싶을 때 자는 사람이 되면 어떨까요? 어쩐지 사카모토님에게는 그런 소질이 있는 것 같은데요."
"있으니까 탈이지. 나는 태평세월이라면 분명 그러고 있을 사나이겠지. 그러나 지금과 같은 세상에 태어나서 고양이가 되고 싶지는 않아. 역시 이름 그대로 천리를 달리는 용마가 되고 싶어. 내가 천리 용마가 되지 않으면 일본 나라가 어떻게 되겠나."
문득 조슈의 가쓰라 고고로의 얼굴이 료마의 뇌리에 떠올랐다.
"그래서 지금 이렇게 술만 마시고 있는 거야."
"이상한 이치로군요."
사에는 갑자기 료마의 목덜미에 두 팔을 휘감아 벌렁 쓰러뜨리고는 료마의 얼굴에 자기 입술을 포갰다.
"그런 이치나 용기나 허세도 여자와 한 몸이 돼 버리면 아침 이

슬처럼 사라지는 법이에요."

"잠깐 기다려."
산란한 중에도 료마는 말했다.
"지금 새삼스럽게 무슨 소리예요."
사에의 입술이 료마의 입술과 겹쳐져 버렸다. 그런 다음 사에는 말이 없었다.
말없이 왼팔로 료마의 목을 감고 오른손으로 옷 띠를 풀기 시작했다.
사에의 머리 기름 냄새가 료마의 피를 야릇하게 끓게 했다.
그 맘속에서 두 개의 료마가 서로 견제하고 충동하며 뒤얽힌 가운데 아버지 핫페이의 큼직한 얼굴과 형 곤페이의 길쭉한 얼굴이 번갈아 떠올랐고, 그 얼굴들 너머로 갸름하고 시원스런 눈매가 지그시 료마를 바라보고 있었다.
누이 오토메의 눈이었다.
그런가 하면 그 눈은 후쿠오카(福岡) 저택의 다즈 아가씨의 눈 같기도 했다.
'쳇, 쳇……'
까닭도 없이 혀를 차면서 료마의 머릿속은 정말 바쁘게 돌아갔다. 그러나 묘하게도 료마의 팔만은 별개의 생물처럼 사에의 몸을 힘차게 껴안고 있었다.
'허어, 이것 참 내가 제법……'
스스로 생각할 사이도 없이 사에를 유도의 누워치기처럼 비단 이불 위에 쓰러뜨리고 있었다.
"그렇게 함부로 하시면 머리가 망가져 버립니다."
"어떻게 하면 좋은가?"

"사에가 가르쳐 드리죠."
"가르쳐 다오."
료마가 부끄러운 듯이 말했다.
"그러니까 그 손을 좀 놓으시고……."
"자, 놓았어."
"영리하시군요."
"그리고 어떻게 하면 되나?"
"지금 사에가 띠를 풀 테니까요……."
"아, 그래?"
"그 전에 사카모토님의 띠를 끌러 드리지요."
"내가 하지."
"아뇨, 선생님이 하라는 대로 가만히 있는 거예요."
료마는 일어섰다.
바로 그때였다.
안세이 원년 11월 3일의 지진이 에도, 사가미, 이즈 등 서쪽 일본 땅을 급습한 것은.
"안 되겠군."
료마는 순간 큰 칼을 집어 들고 소리쳤다.
"사에, 중지야!"
서 있을 수가 없었던 것이다.
처음에는 털썩, 하고 방바닥이 내려앉는 것 같은 느낌이었으나 곧 옆으로 흔들리기 시작했다.
벽흙이 좌르르 떨어질 때 그렇게 생각했다.
'이건 큰 거로군.'
료마가 사에의 손을 잡고 밖으로 튀어나가자, 바로 등 뒤에서 지금까지 사에와 함께 있던 별채 건물이 요란한 소리와 함께 쓰러져 버렸다.
"앗!"
사에가 료마에게 달라붙었다.
'하늘이 부르짖고 있다.'
료마가 바라보니 검은 하늘이 멀리 서녘으로 귤 빛깔도 붉은 빛깔도 아닌 무시무시한 빛깔로 물들여지고 있었다.
'내가 잘못했다. 하늘이 나를 향해 꾸짖고 있다.'
료마는 몸속 한가운데서 치솟는 전율을 어금니로 깨물며 생각하는 것이었다.

료마는 시문(詩文)을 별로 다루지는 않았으나 시인이라고 해도 좋았다.
시인만이 느낄 수 있는 마음을 지니고 있었다.
이 지진이 자기에 대한 하늘의 의사라고 느꼈다. 자기의 나약성에 대한 하늘의 노여움이 떨어진 것으로 보았다.
'고양이가 되지 말고 천리 용마가 되라고 하늘이 나를 향해 부르짖었음이 틀림없다.'
"사에!"
바싹 달라붙은 사에에게 날카롭게 말한 것은 여자를 여기서 떼쳐내고 싶어서였다.
하나 살아 있는 육신인 용마가 다음 순간 한 말은 전혀 다른 말이었다.
"업어 주지!"
엉거주춤 등을 꾸부렸다.
사에는 료마의 등에 업혔다.
아직도 땅은 흔들리고 있었다.

이 지진 소동 속에서 사에를 떨쳐내 버리는 것은 료마로서 할 수 있는 노릇이 아니었다.

사에를 업고 어둠 속을 날 듯이 도장에 돌아오니 벌써 대문에는 달과 별의 가문을 찍은 큰 초롱이 빛났고 제자들이 몇 사람 파수를 보고 있었다.

"사카모토님, 어떻게 된 노릇입니까?"

모두 료마를 보고 놀랐다.

이 지진 소동 가운데 여자를 업고 있는 것이다.

"다친 사람이라도 데려 왔습니까?"

"이 사람은 후카가와까지 돌아가야 하는데 이 소동 속에 돌려보낼 수가 없군. 새벽녘까지 좀 맡아 주게."

"어디 가시려고요?"

"번저의 형편을 보고 오겠어."

사에를 내던지고 달리기 시작했다.

그때 확 하늘이 빨갛게 물들었다.

"불은 어딘가?"

거리 사람들을 붙들고 다급하게 물었다.

"오가와 거리(小川町) 근처에서 번저들이 불타고 있어요."

가지바시 번저에 당도하여 형편을 물으니 대문 기왓장이 떨어진 정도일 뿐 큰 피해는 없다는 말이었다.

"그런가. 또 오지."

또다시 서둘러 도장으로 되돌아왔다.

도중에 들은 소문으로는 쓰마고이 고개(妻戀坂) 아래편인 시모데다이 거리(下手代町) 부근이 크게 불타고 있다는 것이었다.

이제 큰 진동(震動)은 끝났으나 그래도 땅은 가끔 생각난 듯이 흔들리고 있었다.

도장으로 돌아가자 사나코가 나와 말했다.

"사카모토님이 메고 오신 짐은, 이제 지진도 끝난 모양이라고 하면서 금방 후카가와 쪽으로 돌아갔어요. 지난밤부터 그 예쁜 짐하고 같이 있었나요?"

"글쎄 그렇게 된 셈이지요."

"어디에 계셨던가요?"

"바로 이 근처에……."

"그랬었군요. 하지만 이 근처에는 그런 수상한 자는 없었을 텐데요."

사나코는 더 괴롭혀 주려고 생각했던 모양이었으나 그때 또다시 여진(餘震)이 밀어 닥쳤다. 료마는 다시 달리기 시작했다.

여진은 5월까지 계속되었으나 에도의 피해는 그 다음해인 안세이 2년의 대지진 정도만큼 크진 않았다.

그러나 이 지진은 10일쯤 지나서 료마의 간담을 서늘하게 하는 결과가 되었다.

도사 지방이 결단나 버렸다는 것이었다.

대지진

도사 땅 궤멸의 소식이 에도에 전해진 것은 에도 당일편 파발이라는 소임을 맡아보는 하급 무사에 의해서였다.

당시 멀리 떨어져 있는 번은 이와 같은 직무 담당자를 조련해 두고 에도와의 통신을 꾀했던 모양이다.

료마는 가지바시의 번저에서 이 소식을 들었다.

파발꾼이 담당관에게 본국 중신의 보고서를 제출하고 물러나오자 당번 가신들이 붙들고 서로 다투어 묻는다.

"성은 어찌 되었나?"

물론 성보다도 자기집이나 처자의 소식이 더 궁금했지만 차마 그 말을 못했다.

무사란 그런 것이다.

"지금도 소상히 어른님들께 말씀드렸지만 성은 대포 창고가 둘 무너지고 큰 망루의 기왓장이 조금 떨어지긴 했으나, 그밖에는 군신(軍神) 마리시덴(摩利支天)의 보살피심인지 무사했습니다."

"그럼 성 아래는?"

이것이 모두가 묻고 싶은 점이었다.

파발꾼은 성 아래의 그림 지도를 꺼내어 거리의 피해 상황을 설명했다.

"지진도 지진이지만 해일(海溢)의 피해가 커서 에이코쿠 사(永國寺) 거리는 한 동네가 몽땅 바닷물에 쓸려가 버리고, 상급 무사님들의 가솔들도 대숲에서 지내는 형편입니다."

이 지진을 그 후 도사에서는 인년 대변(寅年大變)이라고 불렀다. 호에이(寶永) 연간에 한 번 큰 지진이 있었으나, 이번에는 그보다도 커서 피해는 야마노우치 집안이 도사에 든 뒤로 가장 큰 천재였다고 했다.

료마는 그를 붙들고 물었다.

"나는 혼초 거리의 사카모토 본가인데 우리집 쪽은 어떻게 됐나?"

"집들이 모조리 무너져 사람들도 꽤 많이 죽은 것 같습니다."

"사카모토 저택은?"

"글쎄요?"

불시에 본국을 출발했으나 향사(鄕士) 따위의 집 사정까지는 알아 볼 틈이 없었다.

"그러나 그 근처라면 거의 무사하지는 않을 것입니다."

'이 녀석이 놀라게 하는구먼.'

료마는 그 길로 번저의 관리관에게 귀국 신고를 해놓고 행장을 꾸린 다음 오케 거리로 돌아갔다.

스승 데이키치와 주타로에게 인사를 하니 자기 일처럼 걱정하면서 말했다.
"그야 당장 돌아가야지."
"그러나 다행히 무사하다면 오랫동안 머물지 말고 곧장 에도로 돌아왔으면 좋겠다."
노스승 데이키치가 말했다.
"번에도 그렇게 신고해 두었습니다."
"잘했다. 에도에 돌아오면 대목록 면허를 권할 작정이야."
"아니, 지난날의 시합은 주타로 형에게 완전히 지지 않았습니까?"
"내 눈까지 속일 셈인가?"
"별말씀을."
곧 물러나와 대문께까지 왔는데 사나코가 나무 그늘에서 뛰어나왔다.
료마의 얼굴을 대하자마자 쏘듯이 말했다.
"벌이지 뭘."
이렇게 나오는 데는 료마도 놀랐다.
"뭐가 벌인가요?"
"이상한 여자한테 속아서 수업을 게을리 하시니까."
"되게 꼬집는군."
그길로 주타로에게 시나가와까지 배웅을 받고, 그 다음은 달리듯이 도카이도를 올라갔다.

료마는 오사카 덴포산(天保山) 앞바다에서 바닷길로 도사를 향했다. 배에서 며칠 밤을 자고 겨우 배가 우라도 만(浦戶灣)에 들어갔을 때는 시코쿠 산맥의 아침 안개가 걷힐 무렵이었다.

'돌아왔구나.'

일 년 팔 개월 만에 돌아오는 고향이었다.

그러나 상상하고 있던 것보다 지진과 해일의 피해가 커서 시오에 강(潮江川) 어구의 어촌은 거의 부서져 있었다.

'목재상, 목수가 수지맞겠구나.'

무사라고는 해도 료마는 상인의 피가 반은 섞여 있으므로 피해를 보아도 그런 것부터 생각하는 청년이다.

성내로 들어가니 천수각(天守閣)이 겨울 하늘에 우뚝 솟아 있었다.

'성은 무사했었구나.'

가볍게 생각했으나 향사의 아들인 료마에게는 대단한 감동은 없었다.

에도에 나가 있는 동안 어느새 료마에게는

'같은 도사의 무사라도 상급 무사는 야마노우치 집안의 무사이며 향사는 일본의 무사다.'

그런 생각이 어렴풋이 생겨나고 있었다. 도사 향사들은 원래 고치 성에 대한 충성심이 적었다.

성 쪽을 향해 걸어가는 동안 마음이 놓인 것은 거리가 성에 가까울수록 피해가 적다는 점이다.

역시 성 근처는 지반이 단단했다.

이윽고 료마의 집 거리로 들어섰는데, 이 혼초 일가 일대는 고지대인지라 대부분의 집들이 끄덕도 없었다.

'뭐야 이런 줄 알았으면 돌아오지 않아도 괜찮았는데.'

대문을 들어서면 정원수의 숲이 있다.

거기서 일을 하고 있던 겐 할아범이 허리를 추스르며 뛰어나왔다.

"어이쿠! 도련님 돌아오셨네!"

"음, 돌아왔어!"

료마가 끄덕였다.

"제가 소릴 지르지요. 동네방네 고함칠랍니다."

"우선 집안에서 고함쳐 봐요."

"치고말고요—어르신네, 나리, 도련님이 돌아오셨습니다!"

집안은 큰 소동이 벌어졌다.

마침 시골에서 놀러 와 있던 료마의 유모 오야베는 옷자락을 붙들고 엉엉 울었다.

료마는 발을 씻고 행장의 먼지를 턴 다음 아버지 핫페이의 방으로 갔다.

핫페이는 정면, 곤페이가 옆에 앉아 있었다.

료마는 격식대로 두 손을 짚고 말했다.

"큰 변이 일어났다고 들어서 지금 도착했습니다. 무사하심을 그저 기뻐할 따름입니다."

"다행히 무사했었지."

핫페이는 커다란 얼굴로 고개를 끄덕였다.

형 곤페이도 아버지와 똑같이 커다란 얼굴로 싱글벙글 웃으며 같은 소리를 했다.

"다행히도 무사했지."

인사가 끝나자 료마는 목욕을 마친 다음 겐 할아범이 불러 모은 친구들과 이웃 사람들, 히네야 도장의 옛 동료들과 술을 마셨다.

모두 료마가 몰라볼 만큼 훌륭해진 데에 대해 경탄했으나 료마의 마음이 허전한 것까지는 헤아리지 못했다.

누이 오토메가 없었던 것이다.

이튿날 아침 아직 어둑할 무렵에 료마는 고치 성을 떠나 큰길을 동쪽으로 향했다.

도중 만나는 사람은 모두 초롱의 문장(紋章)으로 료마인 줄 알아보고는 한마디씩 했다.

"사카모토 도련님, 어딜 가시오?"

"야마기타(山北)에 간다우."

그렇게 대답하자 누구나가 료마의 자랄 때를 알고 있었다.

"그것 참 잘 생각하셨습니다. 야마기타에서는 얼마나 좋아하시겠소."

그렇게 말해 주었다.

가미 군(香美郡) 야마기타 마을은 성 아랫거리에서 오십 리 가량이나 떨어진 산기슭에 있었다.

오토메는 이 마을의 향사 오카노우에 신스케에게 시집간 것이다.

신스케는 형 곤페이의 친구인데 일찍부터 나가사키에 나가 서양의학을 배우느라고 결혼이 늦었다.

그런데 오토메도 혼기가 늦었다. 오토메는 미인이었고 재주도 심덕도 훌륭했으나 성내에서는 워낙 '사카모토의 수문장'으로 알려진 말괄량이였기 때문에 두려워서인지 좀처럼 혼담이 들어오지 않았다.

형 곤페이가 걱정하여 마침내 오카노우에 신스케에게 청을 한 것이다.

"자네 오토메를 맡아 주지 않겠나?"

그러자 뜻밖에도 신스케는 낯을 붉히며 말했다.

"나 같은 땅꼬마, 오토메 아가씨가 싫어할걸."

딴은 신스케는 오 척이 될까말까한 사나이였으니 오토메와 나란히 서면 기이한 꼴이 될 것이었다.

그런 다음 곤페이는 오토메를 설득하는 데 꽤 애를 먹었다.

"의사나 학자는 싫어요."

이런 대답이었다. 오토메는 씩씩한 무사를 좋아했던 것이다.

"이 철없는 것아, 잘 생각을 해 봐."

곤페이는 꾸짖었다.

"씩씩한 남자들은 너 같이 억척스런 여자를 좋아하지 않는 법이야. 얌전한 여자를 좋아하는 게야."

"그럼 시집가지 않으면 되죠."

"시집 안 가고 어떻게 산단 말이냐?"

"료마가 돌아오면 료마를 돌보며 평생을 지낼 거예요. 그 애는 내가 키웠으니까."

"바보 같은 소릴. 료마도 나이가 들면 장가를 가지 않나. 아이가 생기면 네가 앉을 자리도 없다."

"료마는 오토메 누님이 있으니까 일평생 색시는 필요 없다고 하던걸요."

"철없는 소리 마라. 그건 어릴 적 이야기다. 지금은 그놈도 딴 생각을 하고 있어. 거기다 누이와 동생이 아무리 사이가 좋아도 자손은 생기지 않아. 생긴다면 큰일이지."

큭, 하고 곤페이는 웃었다. 야릇한 상상이라도 한 모양인가.

"시집가라."

이렇게 되어 마침내 오카노우에 신스케에게 시집온 것이 일 년이 되었다.

이날 때마침 오토메가 뒤뜰에서 하인을 시켜 장작을 패고 있으려니까 료마가 불쑥 나타났다.

"어머, 료마가!"

오토메는 갑자기 소녀처럼 소리를 질렀다. 눈썹을 밀고 이빨에 물을 들여 완연한 새색시 모습이 되었다.

"이번 지진 때문에 돌아왔구먼?"

"네, 누님도 이젠 완전히 새댁이 되셨군요."

"어쭙잖은 남편이나마."

"훌륭한 자형입니다. 지금 계시지요?"

"아니, 그 야마다 마을의 나카야마(中山) 댁 할아버지가 건강이 나쁘다고 해서 아침부터 나가셨어. 곧 돌아오실 거야. 우선 올라와."

"멋쩍은데."

"뭐가?"

"누님과 둘이만 있는 건."

"료마가 여자를 알았구먼."

오토메의 눈은 날카로웠다.

"나이가 차면 사내애들은 곧잘 식구들과 이야기하는 걸 멋쩍어하거든."

"이젠 나도 어른인데요."

"나 보기엔 아직도 아이 같다. 뭣하면 자형이 오실 때까지 옛날처럼 발씨름이나 해 볼까?"

"그건 싫어요."

"왜?"

"집을 떠나던 날, 누님의 이상한 델 봐 버렸으니까."

"이상한 데라니?"

그러고 나서 오토메는 금세 얼굴이 새빨개지며 말했다.

"료마, 에도에선 다른 여자의 이상한 데를 안 보았겠지?"

"어쩌다."

"뭐?"

"보게 될 판이었는데, 아직 똑똑히는 못 봤어요."

"수업은 어떻게 됐는데?"

"중간 목록 면허까진 가 있어요. 이번에 에도에 돌아가면 대목록 면허를 얻을 수 있을 거예요."

유파에 따라서 다르지만 예를 들면 오토메가 다니던 히네야 도장에서는 소도(小刀)부터 시작해서 여섯 단계를 거치게 되어 있다.

"일도류에선 전수 과정이 삼단계 밖에 없지요. 첫 목록, 중간 목록, 대목록 면허뿐이니까 만약에 대목로만 받게 된다면 그것이 최고지요."

"그렇담."

오토메는 집안으로 들어가더니 무쇠로 벼린 육중한 칼을 들고 나왔다.

"이걸로 저기 있는 다섯 치 지름 장작을 베어봐."

"여전히 극성이로군, 누님은. 그 칼은 오카노우에 가문의 가보 아니오?"

"가보지만 지금 신스케님은 의사가 된 분이니까 이런 가보는 장작 패기에나 쓰는 거야."

"하지만 의사라도 굉장한 사람이 있어요. 조슈 번의(藩醫)의 아들인 가쓰라 고고로라는 사람을 만난 일이 있는데, 이건 신도무넨류의 달인이었어."

료마는 투덜대면서도 이 세 살 위인 누이에게는 거역할 수가 없었다. 육중한 칼집을 쑥 뽑아 그 다섯 치 장작을 노려보더니 이윽고 가볍게 두 토막을 내었다.

그러고 있는데 자형인 오카노우에 신스케가 돌아와 곡간 저편에서 올빼미 울음소리 같은 탄성을 질러 료마 쪽에서 깜짝 놀랐다.

"허이, 허이, 허이."

"아, 형님."
쑥스러웠으나 그렇게 불렀다.
"왔구면."
"예, 왔습니다."
야마기타의 신스케라는 이 사람의 통칭을 료마는 어릴 때부터 듣고 있었으나 그 인물을 실제로 보는 것은 처음이었다.
나이는 마흔 두세 살로 오토메와는 스무 살이나 차이가 있었다.
머리가 크다. 그러나 키는 오 척도 될까 말까 했다.
상투는 한 고을을 지배하는 향사이므로 의원 머리로는 틀지 않았으나 귀밑머리가 적기 때문에, 이제 마흔 고개를 겨우 넘었는데도 앞이마가 훌렁 벗겨져 있었다.
그 머리가 곡간 옆의 나뭇가지 사이로 빠져 촘촘히 달려왔다. 그 모양이 어쩐지 선량한 느낌이었고 선량한 만큼 꽤 익살기가 있는 인물이었다.
료마는 무쇠 칼을 칼집에 거두고 말했다.
"가보인 칼로 장작을 베었습니다."
"좋아, 좋아."
신스케는 료마의 몸을 어루만지듯이 하며 말했다.
"아주 컸군 그래. 료마가 어렸을 때 내가 죽마(竹馬)를 만들어 주었는데 기억하고 있을까?"
"기억에 없습니다."
"좋아, 좋아. 금방 에도에 돌아가진 않겠지. 이삼 일 묵고 가라구."
방으로 들어가자 곧 술자리가 벌어졌다.
"오토메 잘 대접해요. 뭘 대접할 건가?"
"사치."

오토메는 신스케에 대해 어쩐지 퉁명스럽게 대한다.

"사치라, 좋겠지."

사치는 효발(肴鉢)이라고 쓴다. 도사에서는 각기 자기집 격식에 따라 자랑으로 삼는 큰 접시에 생선과 산채 등을 수북이 담아놓고 그것을 중국 사람처럼 여럿이 둘러앉아 먹는다.

"에도의 흑선 소동은 어떤가?"

이윽고 신스케는 꼬치꼬치 캐물었다.

과연 젊었을 때 나가사키에 유학하여 양학을 배운 만큼 이런 시골에 살면서도 신스케는 해외의 동향에 민감한 신경을 지니고 있었다.

료마에게는 그런 지식이나 신경은 없었다. 다만 세상에 흔한 양이당(攘夷黨)처럼 미국인의 횡포를 분개하기도 하고 거기에 벌벌 떨기만 하는 막부의 나약한 자세를 욕하는 것이 고작이었다.

"그러면 료마, 자네는 양이당이로군."

"물론 그렇지요."

"미국을 오랑캐라고 생각해서 깔보고 있나?"

"그렇습니다."

"그건 안 돼!"

신스케는 갑자기 엄한 얼굴이 되었다.

"그네들은 굉장한 문물(文物)을 가지고 있어. 의술만이 아냐. 흑선이나 대포도 잔뜩 갖고 있다. 그것을 어떻게 할 텐가?"

신스케는 다시 말을 이었다.

"나는 도사 시골의 의사에 지나지 않지만 그래도 외국이 무섭다는 것은 알고 있어. 지금 지사라는 사람들이 양이론을 주장하며 천하를 횡행하고 다니는 것은 무학무식 때문이야."

"아아."

료마는 대답에 궁했다.
"여보, 수문장."
신스케는 기분이 좋아서 자기 아내를 불렀다.
"안 그래?"
"그럴까요?"
오토메는 상대하려 들지 않고 물었다.
"료마는 어떻게 생각하니?"
"역시 무사니까요."
료마는 술을 들이켠 다음 천천히 말한다.
"모욕을 당하면 곧 칼을 뽑아 치욕을 씻는 것이 무사의 무사다운 도리입니다. 무학무식을 논하기 이전의 근본적인 일입니다."
"그렇지요, 료마의 말이 옳아요."
오토메는 료마의 편이었다.
"의사들은 몰라요."
"여보, 마누라!"
신스케는 착한 사람이었고 오토메에게는 화를 내지 않는다.
"당신까지 양이당인가?"
"무사당이에요. 의사당(醫師黨)이 아닙니다."
"그렇지만 내 아내 아닌가."
"아내지만 그것과 이것은 다르지요."
"흑선이 도사 땅에 오면 어떻게 할 테요?"
"싸우지요."
"흑선 한 척에는 대포가 대체로 이십 문 있어. 거기서 튀어나오는 포탄이 불을 뿜으며 폭발하는 거야. 해상에서 한꺼번에 쏘아 대면 전날의 지진 정도의 소동이 아니라 온 성 아랫거리가 성과 함께 다 타 버리는 거야."

"상륙해 오는 적을 일본도로 베어 버리겠어요."
"저 편은 정교한 총을 가지고 있어. 칼을 겨누는 동안에 총알을 맞고 쓰러진단 말이야."
"그게 무서우신가요?"
오토메가 비웃었다.
"그때는 당신을 뒷산 굴방 속에 넣어 놓고 제가 저 보검을 들고 지켜드릴 테니까 안심하세요."
"내 한 몸을 두고 말하는 게 아냐. 여자의 이론은 언제나 공(公)과 사(私)가 엇갈려. 나는 나라를 근심하고 말하는 거야."
"그래도."
오토메가 입술을 삐죽 내밀었을 때 료마가 보다못해 말했다.
"우선 술이나 드십시오."
신스케가 오토메에게 술을 따르려고 했는데 신스케는 벌써 말이 많아질 만큼 취해 있었다.
"난 이젠 안 되겠어. 생각해 보면 시골 의사가 아무리 이론을 세워 떠들어 보았자 소용없어. 다만 료마가 사나이라면 이 나라를 혼자서 지켜라 그 말이다. 여럿이 몰려 와글와글 떠들어 대지 말고 다만 혼자서라도 지켜낼 만한 기개를 가져라 그 말이다. 안 그래, 오토메?"
"그렇고 말고요."
오토메도 새색시라 그렇게 나오는 데는 어쩔 수 없는 모양이다.
"자형 말씀대로야. 청사(靑史)에 사카모토 료마의 이름을 새길 만한 사나이가 되어야지."
"오토메, 그만 자자. 잠자리 보아줘."
"네."
일어선 거동이나 호흡은 아까까지도 그토록 험악했는데 역시 부부 사이라 어쩐지 정겨워 보인다. 료마로서는 알 도리 없는 기미(機微)였다.

이틀 후, 료마는 고치의 집으로 돌아갔다. 날마다 사람들이 찾아왔다.

시골이라는 곳은 도시 사람들이 상상할 수 없을 정도로 호기심이 큰 곳이다.

'료마의 얼굴이 얼마나 변했을까?'

그것이 그들의 흥밋거리였다.

'에도의 형편은 어떤가?'

다음에 묻고 싶은 것이다.

흑선이 온 이래, 에도의 중앙 정계나 교토의 논단(論壇)이 어떻게 움직여가고 있는가 하는 것이 멀리 떨어져 있는 도사 사람들의 강렬한 관심이었다.

그러니까 에도나 교토를 다녀 온 사람이 있기만 하면 이야기를 듣기 위해 몰려든다. 물론 료마가 모르는 사람도 있었다. 심한 경우는 하타 군(幡多郡)의 스쿠모(宿毛)나 나카무라 등, 고치 성에서 사나흘씩 걸리는 산골에서 행장을 차리고 오는 사람도 있었다.

이건 도사의 경우만도 아니다. 멀리 떨어져 있는 사쓰마나 조슈도 마찬가지였다.

이 세 지방은 그들이 멀리 떨어졌기 때문에 오히려 중앙에 대한 동경심이 강하고 중앙의 움직임에 대해서는 에도나 교토 시민보다도 훨씬 민감했다. 이 세 지방 무사들이 메이지(明治) 유신의 원동력이 된 것은 당연한 일이다.

료마의 집에서는 아버지 핫페이가 늘 입버릇처럼 하는 말이 있다.

"모르는 사람이라도 상관없다. 젊은이들이 오거든 꼭 들어오도록 하여 술을 마시게 해 주어라."

집안사람들에게 이렇게 말했기 때문에 정말 찾아가기 좋은 집이 되었다.

그러므로 심한 경우에는 술이 먹고 싶어 찾아오는 사람도 있었다.

'오늘도 흑선 이야기를 들으러 왔습니다.'

자연 료마의 인기는 대단한 것이었다. 료마가 뒷날 근왕 운동의 거물이 된 것은 이러한 젊은이들에게 떠받들려졌기 때문이기도 했다.

찾아오는 젊은이는 무사뿐 아니라 촌장의 아들, 땜장이 아들, 과자 가게 주인 등도 있었다. 이들 중 몇 사람인가는 뒷날 료마의 해원대(海援隊 : 사설해군)에 참가하여 유신의 풍운 속에서 죽기도 한다.

그 해도 저물었다.

료마는 당장이라도 에도에 돌아가고 싶었으나 몹시 마음이 약해진 아버지 핫페이때문에 나설 수가 없었다.

"좀 더 있어라. 이번에 네가 에도로 가 버리면 그것이 나와는 영이별이 될는지 모른다."

핫페이가 이런 말을 했기 때문에 그만 체류 기간이 길어진 것이다.

료마도 추위를 싫어하는 편이라 겨울 길은 피하고 봄이 오면 떠나리라 생각하고 있었다.

―안세이 2년이 되었다.

정월의 사흘은 집에서 보내고 다음은 친구를 찾아다녔다.

친구라고 해도 가장 마음이 맞는 다케치가 이 무렵 다시 에도로 돌아가 있었기 때문에 그 외에는 그다지 마음이 맞는 자도 없었다.

정월 대보름이 되었다.

이날은 여자들의 날이라서 성 아랫거리의 여자들은 누구나 할 것 없이 옷을 차려입고 절이나 신사를 참배하든가 친척 친지의 집에 놀러가든가 하며 하루 종일 놀며 지낸다.

그날 오후 느닷없이 중신 후쿠오카 집안의 다즈 아가씨가 나타나 사카모토 댁은 온 집안이 난리가 났다.

사카모토 댁은 후쿠오카 집안의 지배를 받고 있는 향사이므로 일년에 한 번 중신인 후쿠오카 구나이가 몸소 연시 답례를 오는 관습은 있지만, 아무리 정월 대보름이라고 해도 그 누이 다즈 아가씨가 오는 전례란 없었다.
"어떻게 된 영문일까?"
아버지 핫페이는 너무나 황공하여 이것저것 접대하도록 했다.
다즈 아가씨는 서원으로 안내되었다. 핫페이이와 곤페이가 서로 닮은 커다란 머리통을 나란히 하고 다음 칸까지 나아가서 두 자 떨어진 데서 머리를 조아렸다.
"이 댁 주인 곤페이님과 아버님 핫페이님이십니까. 예고도 없이 이렇게 찾아 와 폐가 많으리라 생각합니다. 오라버님에게는 부디 비밀에 붙여 주시기 바랍니다."
아름다운 목소리다. 과연 도사 제일의 미인이라고 일컫는 만큼 늙은 핫페이 조차 가슴이 설레는 것 같았다.
"그런데 아가씨께서는 무슨 일로 오셨지요?"
핫페이가 송구해하면서 물었다.
"료마님을 만나러 왔어요."
"옛!"
"에도에서 돌아오셨다는 말씀을 들었지요. 흑선 소동의 이야기를 듣고 싶군요. 료마님은 댁에 계신가요."
"물론 있습니다. 곧 두들겨 깨워 뵙도록 하겠습니다."
"낮잠을 주무시나요?"
"변변치 못한 놈이죠. 낮잠도 무사의 수양이니 뭐니 헛수작을 떨며 이따금 된장 창고 같은 데서 자고 있는 모양입니다. 곧 깨워 볍도록."
"아닙니다. 기다려 주서요. 제가 료마님에게 묻기 위해 왔으니까 스승의 예를 다해야지요. 제가 된장 창고로 가겠어요."
"그건……."
"염려하시지 마셔요. 오늘은 여자의 실례는 눈감아 주는 날 아닙니까. 격식이니 뭐니 하는 것도 필요 없지 않습니까?"
"그러나 된장 창고에는 너무 황송해서 료마의 방에 자리를 마련하지요."
이리하여 다즈 아가씨는 료마와 서향 팔조방에서 대면하게 되었다. 지난해 오사카로 가는 배 안에서 만난 이래 일년 십개월 만의 대면이다.
이 방까지 오자 아까까지는 그렇게도 꼿꼿하던 다즈가 어쩐지 침착성을 잃고 방안을 두리번거리면서 말했다.
"남자분 방이란 옛날 어렸을 때 오라버님 방을 들여다본 것 말고는 이게 처음이에요."
료마는 멍청한 표정이다. 그는 그 나름으로 수줍어하고 있는 모양이었다.
다즈는 화제를 찾지 못하고 허둥대다가 다시 말을 꺼냈다.
"지저분하군요."
"아침부터 세수도 안했습니다."
"아, 아뇨."
다즈는 당황하고 말았다.
"방 말씀이에요."

그런 다음 후쿠오카의 다즈 아가씨는 에도에서의 여러 가지 일에 대해 물었다.

료마는 이상하게도 이 다즈 아가씨와 이야기를 하고 있으면 그만 말이 많아진다.

다즈는 이야기의 맞장구 솜씨가 절묘했던 것이다.

무서운 이야기가 나오면

"어머!"

정말 무서워해 주었고 걱정스런 이야기가 나오면

"어머 그래요……."

표정까지 어두워졌다. 즐거운 이야기면 료마의 마음속까지 씻기는 듯한 웃는 얼굴로 호호 웃어 주는 것이었다. 다즈 아가씨의 경우 벌써 마주 앉아만 있어도 그것이 신비로운 운치에 넘친 예술이라고 할 수 있을 것 같았다.

'뭐라고 말해야 좋을 여인일까.'

게다가 말할 수 없이 아름답다.

아름답다는 것은 그만큼 신비에 가깝다는 뜻이다.

료마는 다즈 아가씨의 분위기에 싸여 있으면 어쩐지 인간 세상에서 다섯 자쯤 허공에 떠올라 앉아 있는 것 같은 마음이 든다.

"그래서 그 사에님은요?"

다즈 아가씨는 용케 화제를 이끌어 간다. 료마는 스스로 자기 입을 주체할 수 없게 된 것을 깨달았다. 어느새 에도에서의 그런 비밀 이야기까지 지껄이고 있었던 것이다.

한 가지 이야기 대목이 끝나면 다즈는 따끔한 촌평(寸評)을 가한다. 그것이 그야말로 능숙했기 때문에 그 촌평을 듣고 싶어 또 쓸데없는 소리를 하게 되는 것이었다.

촌평은 그러한 비속한 화제인 경우뿐만 아니라 흑선 소동이라든가, 에도에서의 지사의 횡행이라든가, 막부의 서두른 정치라든가,

혹은 외국인의 횡포 같은 그런 이야기가 되어도 마찬가지로 다즈는 한 마디씩 한다.

영리한 분이라고 하기보다 다즈 아가씨에게 유도되어 지껄이고 있으면 료마는 자기 자신 지금까지 생각지도 않았던 생각이 연이어 떠올라 와서 놀랐다.

'아니, 나는 이런 생각까지 하고 있었나?'

'정말 묘한 사람이야.'

생각해 보면 다즈 아가씨 자신에게는 그다지 깊은 의견이나 사상도 없는 것 같다.

그러나 교묘하게 상대방의 머리 속에 잠들고 있는 것을 끌어내 주는 천부의 재능이 이 여성에게는 숨어 있는 모양이었다.

'사나이는 이런 여자를 아내나 애인으로 가져야 한다.'

료마는 눈을 휘둥그렇게 뜨고 다즈를 지켜보고 있었으나, 이윽고 이편에서 질문을 해 주자는 마음으로 말을 이었다.

"다즈 아가씨, 지금 이대로 나가면 일본은 망하고 맙니다. 무엇을 해야 좋을 것 같습니까?"

"어려운 토론보다도 양식 대포와 군함을 많이 만들면 나머지는 길이 절로 열릴 것 같아요. 다만 그 군함과 대포를 막부의 용기 없는 관리들이 가지는 것이 곤란하겠죠. 지금의 막부로서는 일본을 지탱하지 못해요. 사카모토님, 여러분들이 쓰러뜨려 보신다면?"

이 말에는 료마도 놀랐다.

다즈 아가씨는 하필이면 "막부를 쓰러뜨려라"고 한다. 아니 확실히 말한 것은 아니지만 그런 뜻으로 받아들일 수 있는 말을 안부 인사라도 하듯이 수월하게 말하지 않는가.

막부!

이것은 하늘보다도 존귀한 존재로 믿고 있었다. 하물며 야마노우치 집안의 24만 석은 외양은 영주이면서도, 이에야스(家康) 이래 도쿠가와 가문의 은고를 입어 번사라는 번사는 모두 직속 무사보다도 더 막부를 지지하고 있었다.

그 야마노우치 집안의 중신인 후쿠오카 댁의 누이동생이 세상 이야기 끝에 미소를 띠며 이렇게 말하는 것이었다.

"여러분들이 쓰러뜨려 버린다면……."

제정신일까 하고 료마조차 생각했다.

료마조차라고 말했지만 료마 자신은 막부를 쓰러뜨린다고는 꿈에도 생각한 일이 없었다.

당연한 일이었다.

막부 그 자체가 일본인 것이다. 막부가 있고서 도사 번이 있었다. 그 도사 번이 있고서야 료마도 검술 수업을 할 수가 있다. 할 생각도 든다. 먼 훗날에는 우리 료마도 고치로 돌아와 도장을 열고 결혼을 하고, 번사들을 크게 가르치고 자식을 낳고 때로는 술을 마시고 때로는 큰소리치면서 즐겁게 일생을 보낼 수 있다. 그것도 현재의 질서가 있음으로써 가능하지 않은가?

당시 천하의 어떠한 급진 사상가라 할지라도 제정신으로 막부를 쓰러뜨려야 한다고 생각한 자는 한 사람도 없었으리라. 그러나 그 뒤 몇 년이 지나면 사정은 크게 달라지게 된다.

"놀랬는 걸, 다즈 아가씨라는 분에겐—"

"무얼요?"

"지금 말씀하신 것 말이지요."

"무슨 말을 했을까."

다즈는 개운한 얼굴이다. 지금 당장 그렇게나 숭대한 말을 했다는 것을 생각지도 않는 표정이었다.
"대관절 막부를 쓰러뜨리고, 그리고 어떻게 한다는 말입니까?"
"몰라요, 그렇게 어려운 일은. 다즈는 여자인걸요 뭐. 사카모토 님, 제가 말씀드리는 것을 일일이 진정으로 생각해서는 안 돼요. 오하쓰의 말을 빌면 무당처럼 엉뚱한 소리를 곧잘 지껄인다니까요."
"그래요?"
그 둘러대는 솜씨에 놀라고 말았다.
"아직 어려서 그렇겠죠 뭐."
"네에……."
"지금 말씀드린 것은 '애들아 심심하니까 사방치기라도 하고 놀자' 하는 것과 같은 뜻이죠."

하긴 다즈는 금방 그렇게 어려운 말을 하는가 하면 별안간 료마 쪽에 손을 내민다.
"이것을."
새하얀 것을 내밀었다.
"뭡니까, 이것이."
"드리겠어요."
"주시는 겁니까?"
종이 공작이었다. 어느 틈에 만들었는지 다즈 아가씨는 이야기를 하며 무릎 위에서 작은 종이를 접고 있었던 모양이다.
료마가 손에 들고 보니 손바닥 반도 안 되는 귀여운 배였다.
"어때요, 잘 만들지요?"
"……."
료마는 멍청히 그 배를 바라보고 있다. 이것은 아무래도 보통 종이 공작에서 흔히 만드는 돛배가 아니다. 흑선인 모양이었다. 흑선을 접다니 이것은 다즈 아가씨의 신발명일 것이 틀림없다.

그것도 신발명인 흑선을 료마와 이야기하면서 시선을 무릎에 보내지도 않고 살짝 만들어낸 것이었다.

"보기보다 솜씨가 좋지요?"

"다즈 아가씨에게는 놀랄 뿐이군."

"어째서죠?"

"성 아랫거리에서 소문난 다즈 아가씨란 좀더 신비롭고 선녀 같은 사람인 줄 알았지요."

사실 다즈 아가씨는 전설에 나오는 가구야 공주(일본 민화의 미녀)처럼 아름답다는 소문이 성 아랫거리에 나돌았지만, 그렇다곤 해도 그 모습을 본 사람은 극히 적었기 때문에 소문은 신비스럽게 퍼져, 기름진 것은 전혀 먹지 않고 야채를 조금 먹을 뿐이며 매일 아침 저택 안의 대나무 잎에 고이는 이슬을 손수 모아 마신다느니, 책을 읽는 외에는 아무것도 하지 않고 다만 보름달이 뜨는 밤이면 달을 쳐다보고 혼잣말을 하고 있다는 둥 꿈같은 이야기가 나돌고 있을 뿐이었다.

막부를 쓰러뜨리라던 사람이 얘기 중에 손바닥 속에서 남몰래 종이 공작을 만든다든가 하는, 함부로 보아 넘길 수 없는 점이 다즈 아가씨에게 있을 줄이야 료마는 꿈에도 몰랐었다. 물론 성 아랫거리 사람들도 아무도 모르고 있으리라.

"이제 병환은?"

료마가 물었다. 병 때문에 혼기가 늦어지고 있다는 말을 들었기 때문이다.

"괜찮습니까?"

"네, 어지간히."

"그럼 슬슬 출가하셔야 되겠군요."
"그렇군요."
다즈는 잠깐 생각하고 나서 말했다.
"하지만 시집을 가 버리면 좋아하는 책도 읽을 수 없고 이렇게 멋대로 살아 갈 수도 없으니까, 다즈는 평생 병이 들어있다는 핑계를 댈 작정이죠. 오라버님에겐 죄송하지만."
"그건 좋지 않은데요. 나는 젊어서 잘 모르지만 여자는 시집을 가야 비로소 완전한 사람이라더군요."
"다즈가 이분을 위해서라면, 할 만한 사람이 없어요. 그런 분이 있으면 다즈는 집에서 알몸으로 도망쳐 나오는 한이 있더라도 가겠습니다."
"그런 분이 넓은 도사 땅에 한 사람도 없습니까?"
"단 한 사람 있지만, 그 사람은 너무 어린애 같아서 다즈 같은 건 아무렇지도 않게 생각하고 있을 거예요."

"누굽니까, 그 사람이?"
료마는 몹시 신경이 쓰였다. 아니, 다즈 아가씨에게 사랑하는 사람이 있다는 사실을 안 것만 해도 가슴이 미어질 것 같았다.
이런 기묘한 기분이 든 것은 난생 처음이라고 해도 좋았다.
"누구인 것 같아요?"
'알 게 뭐야.'
혼담에는 가문의 격이라는 것이 첫째 조건이 된다.
후쿠오카 집안에서 혼인을 한다고 하면 영주의 일가거나 동격의 중신, 훨씬 떨어져도 칠팔백 석 이상 되는 가문이 아니면 아무리 당사자끼리 좋아해도 성사가 될 수 없다.
"네, 알아 맞혀 보세요."

다즈 아가씨는 시선을 살며시 안뜰의 아지랑이로 옮겼다. 옆얼굴이 제대로 피가 통하고 있을까 싶을 만큼 희었다.

"모르겠는 걸요."

"그렇게 말씀하시지 말고 이 사람 저 사람 물어 보세요. 오늘은 여자 설날이거든요. 남자들은 여자를 위해서 얌전히 놀아 주어야 하는 거죠."

"나는 바쁩니다."

"다즈와 이야기를 하는 것이 그렇게 귀찮으신 가요?"

"그렇진 않지만. 그럼 이누이(乾)입니까?"

료마는 무턱대고 말했다. 이누이 다이스케(乾退助)라는 것은 삼백 석인 영주 측근 무사로, 뒷날 백작 이다가키 다이스케(板垣退助)가 된 인물이다. 가문의 격은 후쿠오카 집안보다 낮으나 다즈 아가씨가 눈여겨본대도 이상할 인물은 아니다.

"틀립니다."

"고토(後藤)입니까?"

이누이 다이스케의 옆집을 얻어 살고 있는 고토 쇼지로(後藤象二郎 : 후에 백작)는 바보가 많은 상급 무사 자제 중에서는 뛰어난 인물이라고 알려져 있었다. 나중에 집정(執政)이 되어 풍운 시대의 도사 번을 짊어진 사람이다.

"틀려요."

"설마 다른 번 사람은 아니겠지요?"

"아, 아뇨, 우리 번이지요."

"있을까, 다즈 아가씨께서 이렇다고 할 만한 인물이……."

"그야 24만 석의 거성이 있는 거리인데요. 상급 무사 중에 없더라도 향사라는 게 있지 않아요?"

"향사?"

료마는 놀랐다.

"그건 말도 안 돼요. 아무리 다즈 아가씨께서 사모하시더라도 후쿠오카 집안에서 향사에게 시집을 가실 수 있나요. 번(藩)이 허락하지 않죠. 그런데 향사 중에 그럴 만한 사람이 있나요?"

"글쎄요, 누가 계실까요?"

다즈 아가씨는 아직도 모르겠는가 하는 듯이 장난스럽게 웃기만 했다.

"...... ?"

문득 생각하고 료마는 깜짝 놀랐다. 혹시 자기가 아닐까 하는 생각이 든 것이다. 그렇게 생각해 보니 공연히 무릎이 부들부들 떨려왔다.

"다즈 아가씨."

"왜 그러시죠?"

'접니까?'

말하려 했으나, 아니 그렇게 말하려고는 했지만 두뇌가 앞질러 비약한다.

'이것은 료마의 버릇이지만.'

"난 안 돼."

"무슨 말씀이신가요?"

다즈 아가씨는 얼떨떨한 표정이다.

"무엇이 안 된다는 거죠?"

다즈 아가씨는 료마의 눈을 들여다보며

"말씀하시는 의미를 저로선 잘 모르겠군요."

"안 돼, 안 돼요."

료마는 연방 거북해 하고 있다.

"무엇이 안 된다는 말씀인가요?"

"말씀은 그렇게 하셔도."

료마는 옷소매로 땀을 닦으면서

"다즈 아가씨께서는 제 아내가 되고 싶다고 말씀하시는 거지요?"

"어머, 뻔뻔스럽게도."

다즈는 우스워졌다.

그렇기는 하나 이것은 정통으로 맞힌 것이다.

'그래요. 료마님의 아내가 되고 싶어요.'

다즈는 그렇게 말하고 싶었으나, 사실은 료마의 말대로 천하가 뒤바뀌어 무사의 세상이 끝나지 않는 한 후쿠오카의 딸이 향사 사카모토 집에 출가할 수도 없는 것이다. 혹시 그 사카모토 집안의 장남이라면 그래도 또 모르거니와 녹(祿)도 추수할 땅도 없는 천덕꾼인 작은 아들에게 출가할 수 있을 리가 없다.

그걸 다즈는 너무나 잘 알고 있다.

알고 있을 뿐만 아니라 애당초 시집갈 의사가 전연 없는 것이다. 누구에게도 시집을 안 가려는 것이다. 건강에 자신이 없기 때문이다.

그러나 그렇게 되면 자기의 청춘이 너무나 쓸쓸하다고 그녀는 생각했다.

다즈도 역시 보통 여자들처럼 남자를 사랑하기도 하고 남자에게 사랑을 받고 싶기도 했다. 그런 욕망이 어쩌면 남들보다 더 강한 것이 아닐까, 하고 남몰래 자신을 경멸하기도 했다. 그런 탓인지 때때로 몸 안에서 정체 모를 것이 꿈틀거려 날이 밝을 때까지 잠을 못 이루는 일도 있었다.

그러나 낮 동안의 다즈는 그런 자신을 꿈에도 드러내는 법이 없었다.

보이지 않을 뿐 아니라 시집갈 의사도 없으면서 료마를 놀려 주고 싶은 것이었다. 정말 질이 나쁘다.

어쩌면 다즈는 보살 같은 얼굴을 가진 악녀인지도 모른다.
"뭐야, 내가 아니었군 그래."
솔직하게 말해 료마는 실망하고 말았다.
다즈는 그만 자기 행동이 나빴다고 생각하며 말한다.
"그러나 사카모토님은 참 좋아요."
"음?"
료마는 복잡한 얼굴을 지으며 말한다.
"그러나 다즈 아가씨는 도사의 누군가에게로 시집은 가시겠지요?"
"그건 거짓말. 다즈는 평생 시집을 가지 않겠어요."
그 정도로 그만두었으면 좋았는데 다즈 아가씨는 공연히 헛말을 또한다.
"하지만 가령 시집을 간다면 사카모토님에게 가고 싶었어요. 그래서 잠깐 그런 소리를 해보고 싶었어요."
"예!"
료마는 또 무릎이 떨리기 시작했다.
"정말입니까?"
"정말……."
"그렇다면 도사에는 옛날이나 지금이나 강탈 결혼이라는 것이 엄연히 있습니다."
"그럼 사카모토님은 다즈를 위해서 그런 짓을 하시겠다는 겁니까?"
"합니다. 료마는 사나입니다. 오늘밤이라도 검술 친구들을 불러모아 후쿠오카 저택으로 쳐들어가겠습니다."
"호호호."

다즈는 분명 마녀인지 모른다.

병약하기 때문에 평생 후쿠오카 집안에서 혼자 살 셈으로 있었지만, 그렇다고 해서 목석은 아니니까 말만이라도 료마를 조금 놀려 주고 싶은 모양이었다.

다즈는 고개를 약간 갸우뚱하고 말했다.

"그래도 저는 강탈 결혼은 싫어요."

"어째서입니까?"

"천한 신분의 사람도 아닌데 그런 짓을 하면 다시는 24만 석 영지 안에서 살 수가 없습니다."

"교토 방면이나 차라리 에도로 나가지 않겠습니까? 다즈 아가씨 하나쯤은 제 힘으로도 먹여 살릴 수가 있습니다."

"어딘가 뒷방에서 료마님이 우산이나 만들며?"

"글쎄 그와 비슷한 것이 되겠지요."

"료마님이 우산장이라면 다즈는 무엇을 할까요. 장난감이라도 만들어 팔까."

다즈는 인생의 모험이나 위험을 말로만 즐기고 있는 것 같았다. 하기야 남녀간이므로 이런 아슬아슬한 말을 거듭하고 있는 사이에 농담이 진담이 될지도 모른다.

"하나 역시 다즈는 가난이 제일 싫어요. 그러니까 강탈 결혼만은 그만두세요."

"예?"

"흔히 말하듯 냄비를 차고서라도, 라는 정도가 된다면 지금처럼 태평하게 책을 읽고 있을 수도 없지요. 그리고 가난하면 틀림없이 굴욕을 당하는 일도 많을 것이니 다즈의 성미에 맞질 않아요."

"그렇다면 나도 그만두겠습니다."

료마는 료마대로 지금가지의 정열이 다 식은 표정으로 안뜰의 동백나무로 눈을 옮겼다.
 이쯤되자 다즈는 또다시 무언가 말이 하고 싶어진 모양이었다.
 "하지만 다즈는 료마님이 제일 좋아요."
 "이거야……."
 료마도 다즈의 장난을 알아차렸기 때문에 흥분을 누르고 태연히 웃고 있었다.
 "거짓말이 아니에요."
 "그렇습니까?"
 "료마님을 생각하면 밤에 잠도 이루지 못할 때가 있어요."
 영리한 사람이므로 다즈는 킥킥 웃으면서 농담처럼 그런 중대한 말을 한다.
 '정말일까?'
 료마는 조심하면서도 그만 정색으로 돌아갔다.
 "그렇지 않으면 여자의 몸으로 하인도 거느리지 않고 댁을 찾아올 용기가 없지요."
 하긴 도사는 남국인 탓인지 다른 지방과 비교하면 미혼 남녀의 교제가 자유스러운 땅이라 처녀를 가진 집에는 젊은 남녀가 뻔질나게 모여들었고, 처녀의 부모들도 술상을 내어 환대한다.
 모인 남녀가 저마다 노래며 숨은 장기를 겨루며 첫닭이 우는 새벽녘까지 즐기는 것이었다. 그러한 젊은 방문객을 이 고장에선 조개 낚시꾼이라고 말했다. 지금의 경우 다즈가 조개 낚시꾼이 되어 찾아온 것이 약간 이례적인 일이다.
 게다가 다즈는 심상치 않은 말을 했다.
 "내일 밤 아홉시, 집의 뒷문을 열어 놓을 테니까 찾아와 주시겠어요?"

이튿날 밤 아홉시—.

서릿발 같이 날카로운 열엿새 달이 고다이 산(五臺山) 위에 걸려 있었다.

료마는 집을 나섰다.

사카모토 집에서 동쪽으로 오백 미터쯤 간 곳이므로, 료마는 등불도 없이 흰 무명 하카마에 높은 게다를 신고 장검 하나를 허리춤에 꽂고서 터덜터덜 걷기 시작했다.

당시 도사에선 젊은이의 요바이(夜這: 밤에 긴다는 뜻인데 남자가 애인 또는 목표한 여자를 밤중에 침입하여 간통하는 일)가 보통이었으나, 중신 집에 요바이를 가는 일이란 여간해서 없으리라.

그런데 공교롭게도 성 근처까지 왔을 때 히네야 도장(日根野道場)에서 얼굴을 익힌 젊은이를 만났다. 우마노스케(右馬之助)란 사나이로 무사는 아니고 성 아랫거리에 있는 땜장이의 아들이다. 료마가 귀향한 뒤 그를 몹시 따르고 있는 젊은이다.

"아 사카모토님, 어딜 가십니까?"

등불을 가까이 가져왔다.

"응, 요바이 가는 길이야."

료마가 허리춤에 손을 찌른 채 말했다.

"허허, 상대는 이와모토(岩本)의 오토쿠로군요. 숨기셔도 다 알아요."

지레짐작이 빠른 사나이다. 꼭 료마를 위해 무언가 해 주고 싶어 하는 사나이였다.

"이와모토의 오토쿠라면 나도 요바이를 갔다가 한번 실패한 일이 있지요. 집의 구조를 잘 알고 있으니 덧문을 따는 것쯤 도와 드리지요."

"덧문쯤 나 혼자라도 할 수 있다."

"아니, 요바이란 꽤 어려운 것이죠. 게다가 그 댁에는 개가 있어요. 저는 개를 잘 달래니까 꼭 앞잡이 노릇을 하겠습니다."

"으음, 꽤 익숙한 모양이로군."

그만 한 마디 놀린 것이 땜장이 우마노스케를 우쭐하게 만들고 말았다.

"그럼 이 길을 남쪽으로."

그는 기어이 등불을 갖고 앞장섰다.

이제 와서 목표하는 집이 다르다곤 할 수 없다. 첫째 후쿠오카의 다즈 아가씨를 요바이한다고는 상대의 신분상 말할 수가 없는 것이다.

'에잇, 이렇게 된 바에야 될 대로 돼라.'

료마는 공연히 자포자기하여 게다 소리를 크게 내면서 뒤따랐다.

"사카모토님 조용히, 실수하면 큰일입니다. 요바이의 실수만큼 사내의 수치가 없지요."

이와모토의 오토쿠라면 성 아랫거리에서 소문난 미인이라 료마도 들어서 알고 있었다.

원래는 영내 하카타(博多) 군 나카무라라는 곳에 살고 있던 한의사 이와모토 리진(若本里人)의 딸로 10살에 벌써 나카무라 미인이라는 평이 있었다.

오토쿠가 13살 때 이와모토 집안은 온 식구가 고치로 옮겨 왔는데, 그때부터 이와모토 집안은 오토쿠를 노리는 젊은 무사들의 '조개 낚시꾼' 때문에 밤마다 법석이었다.

그런데 료마는 한 번도 간 일이 없었으나 오토쿠 쪽에서는 잘 알고 있어서 "이번 에도에서 돌아오신 사카모토님이란 분을 한 번 뵙고 싶다"고 곧잘 그런 말을 했다.

료마는 참 묘한 사나이다.

모처럼 다즈와 밀회를 약속한 아홉 시에 알지도 못하는 의원의 딸이 사는 집에 들어가 버렸다.

―왜냐.

어째서 그런 도리에 맞지 않는 행동을 하는가 료마 자신이 자신에게 물어보았다.

―그러나 그런 걸 알 수 있나 하고 소리를 지르거나 웃어젖힐 수밖에는 대답이 없었을 것이다.

료마란 사나이는 자기 행동에 일일이 이론을 갖다 붙여야만 안심할 수 있는 현대의 사람은 아니다.

게다가 여성에 대한 의리를 지킨다고 하는 것은 서양에서 수입된 양심인데 유감스럽게도 료마는 그런 수입품을 지니지 못한 일본식 무사였다.

두 사람이 나무 울타리 사이를 비집고 들어간 다음 땜장이 우마노스케는 기다리라고 했다.

"잠깐 여기서."

"어떻게 하자는 말인가."

"제가 덧문을 떼고 오겠습니다."

우마노스케는 료마를 석등(石燈) 그늘에 기다리게 해 놓고 자기는 달빛 속에서 오토쿠가 거처하는 별채를 향해 펄쩍펄쩍 뜀뛰듯이 달려갔다.

이 우마노스케는 훗날 료마로부터 '붉은 얼굴 우마노스케'라고 불리며 귀여움을 받던 사나이로서, 나중에 신구 우마노스케(新宮馬之助)라고 하여 료마의 해원대 사관이 되었다. 두 볼이 피를 뒤집어쓴 듯이 새빨간 얼굴의 사나이였으나 눈치도 빠르고 사람도 한없이 좋았다.

조금 후 돌아온 우마노스케는 말했다.

"사카모토님, 이리로."

자기집에라도 안내하듯이 말했다. 료마도 그만 덩달아 대꾸했다.
"아, 그래?"
그러나 한 걸음 나가다가 문득 정신을 차리고 다시 물었다.
"상대의 이름은 뭐라고 했나?"
"오토쿠입니다. 잊으시면 안 되니까, 두세 번 오토쿠, 오토쿠라고 입 속에서 불러 보세요."
"그러지."
"잘못해서 상대의 이름이 틀리면 안 됩니다."
우마노스케는 웃음을 머금고 있었다.
"누구하고 틀린단 말인가?"
"후쿠오카의 다즈 아가씨하고 말입니다."
'이 녀석 알고 있었군.'
등 뒤에서 놀라고 있는데 우마노스케는 말했다.
"알고 있지요. 에도와는 다른 좁은 고장이지요. 온 거리에 소문이 나 있습니다. 어제 사카모토 댁에 다즈 아가씨가 혼자 찾아가셨다, 그래서 여러 가지 비밀 이야기를 하셨다, 그걸 장지문 뒤에서 들은 사나이가 있어서 우리 친구들에게 소문을 퍼뜨렸습니다. 그야 무리도 아니지요. 국색(國色)이라고 일컬어진 다즈 아가씨가 누군가를 사모하고 계시다 하는 것만 해도 우리 젊은이들로선 지난번의 지진 이상의 일대 사건이지요. 그 사랑하는 사나이가 사카모토 료마라고 하니 이건 큰 괴변이라고들 오늘은 낮부터 야단이었습니다."
"고치는 과연 좁구나. 안 되겠는데, 하지만 설마 시간 약속까지는 모르겠지."
"알고 있었지요. 그래서 다즈 아가씨를 지키기 위해 이렇게 기다렸다가……."

"내 진로를 엉뚱한 곳으로 꺾었단 말이지. 그러나 여기까지 와서 발을 돌린다는 것도 말이 아니지."

료마는 오토쿠인지 하는 여인을 안고 자리라는 생각으로 걷기 시작했다.

에도에서의 료마와는 어딘지 달랐다.

료마는
―천마(天馬), 하늘을 가다.

이 말을 제일 좋아했고 그런 가능성을 천성적으로 간직하고 있는 사나이지만 일이 여성 문제에 이르자 그렇지 못했다.

정말 천마는커녕 사에와의 경우도 다람쥐 새끼처럼 겁이 많았던 자신에게 화가 날 정도였다. 아무튼 여자가 무섭다. 그러나 여자의 어디가 무서우냐고 한다면 료마는 대답에 궁했다. 여자에 관해서 전혀 무식하기 때문이다. 무지하므로 무거운 압박감이 일었고 공연히 무서운 것이리라.

그 압박감이란 것도 여자의 몸을 알고 나면 안개처럼 사라지고 말겠지, 하는 것은 료마도 알고 있다.

그러나 설마하니 여자의 몸을 아는 데 다즈 아가씨에게 부탁하리라고는 료마도 생각한 일이 없었다. 료마에게 있어서 다즈 아가씨는 신에 가장 가까운 여성인 것이다.

'다행이다. 오늘 밤 얼굴도 모르고 이름만 간신히 알고 있는 오토쿠라는 여성을 내가 하룻밤만 안기로 하자.'

이미 우마노스케는 사라지고 없다. 그런 사나이니까 눈치 빠르게 꺼져 버렸겠지.

료마는 이슬에 젖은 풀을 밟으며 걷기 시작했다.

이 무렵에 이와모토 집의 농쪽 네거리에 있는 지장보살 사당 앞에서 몇 사람의 젊은이가 모여 있었다.

모두 히네야 도장 패들이었다.

"어떻게 됐나, 우마노스케."

"만사가 잘 됐어."

우마노스케는 끄덕였다.

"그래?"

이렇게 말한 것은 오카다 이조(岡田以藏)였다.

뒷날 교토에서 막부파나 온건파 인사들을 마구 베어, 사람 백정 이조라는 별명으로, 신센 조(新選組)에서조차 두려워했던 이 젊은이는, 재작년 오사카에서 노상 강도질을 하다가 우연히 료마를 만나 아버지의 장례비조로 많은 돈을 받았다. 이조는 그 은혜를 느낀 나머지 '사카모토님을 위해서는 목숨도 아깝지 않아' 하는 생각을 하고 있었다.

원래가 단순한 사나이였기 때문에 지장보살 사당 그늘에 웅크리고 앉으면서 기뻐했다.

'이만하면 큰 은혜의 만분의 일이라도 갚았다.'

료마의 요바이는 료마 자신이 멋모르고 우마노스케의 꾀에 넘어갔으나 이것은 모두가 이 젊은 패들의 책략이었다.

사실을 말하면 성 아랫거리의 젊은 패들은 모두 오토쿠와 오토쿠의 아버지인 의사 이와모토 리진에게 화를 내고 있었던 것이다.

"그만한 딸을 도사의 젊은이에게 주지 않고 오사카의 부잣집 첩으로 주는 법이 어디 있어."

땜장이 우마노스케 등은 눈에 쌍심지를 켜들고 날마다 도장에서 논란하고 있었다.

오토쿠가 교토 지방을 구경 갔을 때 도톤보리(道頓堀)에서 연극을 보던 중 호상(豪商) 고노이케 젠에몬(鴻池善右衛門)의 눈에 띈 모양이었다. 젠에몬은 아버지 리진을 불러 말했다.
"준비금으로 이백 냥, 따로 아버지에게는 팔백 냥을 드리겠소."
했던 것이다.
일천 냥이라는 대금이었다.
별로 인기가 있는 의사라고 할 수 없는 이와모토는 이 말에 눈이 어두워졌다. 이 이야기를 료마는 몰랐지만 성 아랫거리에서는 누구나 알고 있는 일이었다.

의사 이와모토에게는 벌써 한 달 전에 고노이케로부터 이백 냥의 준비금이 보내져왔다.
소문이 파다하게 나돈 것은 고치의 모모하는 옷가게, 장롱 가게가 이와모토 집에 불려가 돈을 아끼지 않는 호화로운 주문을 받고 나서부터이다.
"이백 냥의 준비금이라면서."
고치에서는 번의 검약령(儉約令)이 엄격하여 아마 호상(豪商) 하리마야(播磨屋)의 혼사에도 이백 냥의 혼수는 장만할 수 없을 것이었다.
"역시 일본 제일의 부자라 다르군."
사람들은 고노이케의 호기에 놀랐으나 젊은 패들은 오토쿠가 미인이었던 만큼 질투도 곁들여 딸을 팔백 냥에 팔아먹은 이와모토의 근성을 미워했다.
"오토쿠도 좋아하고 있단다."
뿐만 아니라 더 나아가 이런 소문이 퍼졌기 때문에 오토쿠까지 갈보의 표본처럼 되어 버렸다.
어느 고장의 젊은이거나 이쯤 되면 어처구니없는 생각을 하게 된다.
"누구든, 우리 대표가 한 사람 혼내 주기 위해서 오토쿠를 밤에 습격하자.”

이런 말을 하는 자가 있었고 일동 중에서 누구를 대표로 하는가, 라는 의논 끝에 오카다 이조가 료마를 끌어들인 것이다.

“사카모토의 료마님이 좋지 않을까?”

이조로서는 어디까지나 료마에게 은혜를 갚을 셈인 것이다.

“묘안이다, 묘안.”

일동은 크게 기뻐하면서 오늘 밤의 공작을 하게 된 것이었다.

그러나 료마는 전혀 모르고 있다.

땜장이 우마노스케가 떼놓은 덧문 틈으로 들어가 복도에 섰다.

어두웠다.

그러나 손을 더듬어 곧 장지문을 찾아내고 대담하게도 스르르 열었다.

“누구예요.”

젊은 처녀가 일어나는 기척이 있었다. 아직 잠들지 않았던 모양이다.

“오토쿠란 그대인가.”

“당신은 누구시죠?”

침착한 것을 보니 오토쿠는 이런 종류의 침입자에 익숙한 모양이다.

“나는 혼초 일가의 사카모토의 아들이야.”

“료마님?”

가냘픈 목소리다.

“어떻게 알고 있지?”

“요즘 에도에서 돌아오셨다 하면서 성 아랫거리에선 모르는 사람이 없는걸요.”

“놀랐는걸.”

료마는 머리맡에 앉으며 말했다.

“한밤중 무엇 하러 왔는지 대강 짐작은 하고 있을 테지만, 사실은 놀러왔어."

"……."

놀라지도 않는 것을 보니 잔재주가 있는 우마노스케라 앞장을 선 김에 오토쿠에게 일러두었는지도 모른다.

료마는 칼을 끄르고 옷을 벗었다. 오토쿠는 어둠 속에서 숨을 죽이고 눈을 크게 뜨고 있는 모양이었다.

"오토쿠."

"네."

"거기로 가겠어."

료마는 이불자락을 들치고 오토쿠 옆으로 미끄러져 들어가자 그 따뜻한 몸을 힘껏 끌어안았다.

"아파요."

"난폭한 행동을 용서해라. 어쨌든 이쪽은 처음이니까."

오토쿠는 잠자코 료마의 팔에 잘록한 허리 부분이 잔뜩 끌어 안겨진 채, 활처럼 등허리를 젖히고 애써 숨결을 고르고 있다.

어둠 속이어서 잘 알 수 없었지만 어느 정도 작고 여윈 몸매에 비교적 보드라운 살갗을 갖고 있다. 오사카의 부호가 눈독을 들인 것도 이 몸매였던 모양이다.

료마는 이 아가씨가 어떠한 생김생김일까 하고 문득 궁금증이 났다. 보드라운 목덜미에서 귓밥, 볼, 입술, 눈까풀에 걸쳐 살며시 새끼손가락으로 어루만져 갔다.

'귀엽다…….'

물론 어둠 속의 상상이다.

도사 처녀로서는 드물게 쌍까풀을 한 커다란 눈인데, 코는 작고 볼에 살이 적은 대신 턱이 뾰족했다.

'보이지 않는 게 유감이군.'

료마는 스스로도 어처구니없을 만큼 의젓했다. 어쩌면 이 여자를 알고 난 뒤에 굉장한 바람둥이가 될지도 모른다고 생각했다.

'자, 어떻게 해야 한다?'

미래의 탕아는 지금 현재 오토쿠를 끌어안은 채 어쩔 줄을 모르고 있다.

"이봐, 어떻게 하면 되는가?"

"몰라요."

오토쿠는 모기 소리같이 가늘게 말했다.

'난처한걸.'

무심코 오토쿠의 가슴에 손이 스쳤다.

오토쿠는 흠칫 어깨를 움츠렸다. 료마는 그 뜻밖의 반응에 놀랐으나, 그러나 오토쿠의 여체가 지니는 진짜 장소는 그 근처가 아니라는 것을 잘 알고 있었다.

그런데 오토쿠는 부드러운 속옷을 감싸듯이 하고 무릎을 꼭 오므린 채 열지 않는다.

"아가씨."

료마는 그렇게 불렀다.

"나는 지금부터 난봉꾼이 되겠으니 그렇게 알아."

"알고 있어요."

"무릎이야, 이 무릎을 펴 주어야지."

"그건 남자분이 저절로 벌리도록 이끌어 주셔야 해요."

"……"

이 아가씨는 사내를 충분히 알고 있다. 몸뚱이만은 수줍음에 떨고 있었으나 말에는 침착성과 기지가 있었다.

그렇다면 이렇게 말인가, 하고 료마는 오토쿠의 가슴에 놓인 손을 배의 부드러운 기복을 따라 쓰다듬어 내려가 이윽고 작은 언덕에 이르렀다.

그 무렵에는 벌써 오토쿠의 무릎이 열려져 있었다.

작은 언덕은 료마의 손바닥 밑에서 그곳만이 다른 생물로 변하듯이 움직거렸고 이윽고 료마의 손가락이 젖었다.

다음은 신이 사람에게 주신 그대로 따라가면 된다. 아무런 어려움도 없었다.

료마는 오토쿠의 육체를 자기 것으로 삼았고 몸을 료마에게 맡긴 오토쿠는 입술을 깨물며 이따금 작은 신음 소리를 내었다.

"사카모토님."

오토쿠는 정신없이 흰 턱을 들었다.

그 이튿날 새벽.

료마는 동쪽 하늘이 밝아오는 것을 깨닫고 이와모토의 집을 나왔다.

모퉁이 사당에서 나타난 것은 붉은 우마노스케였다.

"뭐냐, 넌 거기서 기다리고 있었나?"

"결과가 궁금해서 말이지요. 어떻습니까?"

친절한 사나이였다.

"좋았어. 그러나 처음부터 끝까지 끝내 오토쿠의 얼굴을 보지 못한 것이 묘한 기분이야."

료마의 고향 체류는 뜻밖에 길어져서 고치를 떠날 준비를 하기 시작했을 때는 벌써 안세이 3년의 늦은 여름이었다.

'싫증이 났다. 역시 에도야.'

료마는 그렇게 생각하는 것이다.

시골은 심심한 편이면서도 사람 교제가 꽤 까다로웠다.

고향을 출발하기 전 한 달은 연줄연줄 친척 지인들을 찾아가 인사하는 일로 눈코 뜰 새 없이 바빴다.

형인 곤페이가 인사를 해야 할 집들의 표를 만들어 주어 료마는 한 군데 끝날 때마다 그것을 지워간다. 한 집이라도 빠뜨리면 곤페이가 마치 난리나 쳐들어 온 것처럼 떠들어 대는 데는 질색이었다.

마지막 집이 후쿠오카 댁이었다.

"후쿠오카님은 말이야. 현관에서 인사만 하면 돼. 청지기에게 그 뜻만 전하면 돼."

"어째서?"

료마는 되묻지 않는다.

이유는 뻔했다.

후쿠오카의 다즈 아가씨하고 료마 사이가 수상하다는 사실은 성 아랫거리에서 이미 소문난 일이었다.

─다즈 아가씨는 굉장히 열을 올리고 있다는군.

─아냐, 료마도 료마야. 대담하게도 후쿠오카 댁에 요바이(夜這 : 옛날에 남자가 밤에 연인의 침소에 가만히 잠입하던 일)를 갔다더군.

그러나 사실은 그렇지 않았다. 료마와 다즈가 만난 것은 그때뿐이었다.

그 후는 성 아랫거리의 소문이 시끄러워 서로 가까운 집에 살면서도 아직 한 번도 볼 기회가 없었다.

곤페이가 현관에서 인사만 해도 된다고 한 것은 그런 소문을 염려해서였다.

그날은 안세이 3년 8월 7일이었다.

료마가 후쿠오카 댁을 찾아가자 청지기인 야스오카 우시조(安岡牛藏)가 나타나 말했다.

"아, 사카모토의 아들인가, 좋지 않을 때 왔군."

주인 후쿠오카 구나이가 번정 개혁(藩政改革)에 반대했기 때문에 어제부터 근신(謹身) 처분을 받았다는 것이었다. 집을 나가지 못할 뿐 아니라 방문을 받아도 안 된다는 것이었다.
"그건 곤란한데."
"아니, 자네가 인사하러 왔더라는 것은 대감께 알려 드리겠다."
"아닙니다, 직접 뵙고 싶습니다."
이 말을 한 것은 속셈이 있어서였다.
"안 된단 말이다."
"그럼 대감님 대신에 다즈 아가씨에게 인사하고 싶습니다."
"다즈 아가씨에게?"
"그렇죠."
재빨리 돈 한 냥을 쥐어 주자 우시조는 당장 허리를 굽신하고 말했다.
"거기서 기다리도록."
안으로 들어가더니 이윽고 나와 말을 전한다.
"다즈 아가씨께서 정원 정자에서 인사를 받으시겠다고 하신다."
"수고했군."
칭찬을 받고 우시조는 탐탁찮은 얼굴이었으나 료마는 싱긋도 않고 현관 옆을 돌아 정원으로 갔다.

정자에서 기다리려니까 다즈가 늙은 하녀 하쓰를 데리고 나타났다.
"안녕하십니까?"
료마는 일어났다.
하쓰는 여전히 무서운 얼굴로 말했다.
"사카모토님, 아가씨께서는 대감님의 대리입니다. 무릎을."
"무릎을 어떻게 하란 말입니까?"

"그곳에 꿇어앉으시도록."
"괜찮아요."
다즈 아가씨는 도기로 만든 걸상을 가리키면서 말했다.
"거기 걸터앉으세요. 다즈도 여기 앉겠어요. 그리고 하쓰는 잠시 자리를 비켜 줘요."
"그건 안 됩니다. 두 분이서 이야기하시면 또 어떤 소문이 날는지 알 수가 없어요."
"하쓰, 물러가요."
"아니, 안됩니다. 사카모토님, 당신께서도 당신이시지. 거리에서 아가씨와 당신 일을 무어라고 말하는지 알고 계시겠지요."
"모르는데요."
"노래까지 생겨났어요."
"어떤?"
"부끄러워서 말도 못하겠어요."
"그럼."
료마는 무릎을 탁 치고 말했다.
"내가 불러 드리지."

   금빛 시마다(島田) 머리의 해자(垓字)가 집에
   허리의 빨간 칼집 보일락 말락
   아, 남녀가 놀아나네요, 놀아나네요

"어때, 오하쓰."
"질렸습니다. 자기가 직접 노래를 부르다니 어찌 그리도 염치를 모르십니까. 금빛 시마다 머리의 해자가 집이라면 다즈 아가씨일 것이고 성 아랫거리에서 빨간 칼집을 쓰고 계신 분은 사카모토님

뿐입니다. 두 분을 부른 노래라는 건 누구라도 알 수 있습니다. 이 댁에서는 퍽 난처합니다."
"그러나 나는 다즈 아가씨와 한 번도 놀아난 적이 없습니다. 아가씨!"
"네?"
"그렇지요? 놀아난 적이 없지요?"
"……."
다즈는 빨갛게 얼굴을 물들이며 고개를 숙였다. 사실 그 후 두 사람은 만난 적이 없는 것이다.
"놀아나지도 않았는데 놀아났다니 도대체가 터무니없는 노래야. 그렇게 생각하지 않아요, 다즈 아가씨?"
"뭘요, 오얏나무 아래에서는 갓끈을 바로잡지 않고 오이밭에서는 신을 고쳐 신지 않는다는 말이 있습니다. 남의 의심을 받을 짓을 한 사카모토님이 나쁜 것입니다."
"나야 원래 조심성이 없어서 참외밭에서 늘 어물거리는 사나이죠. 그래서 소문이 나는 것이라면 할 수가 없지. 행동은 내게 맡기고 소문은 남에게 맡기고, 그런 식으로 나갑니다."
"그런 식도 좋지만 소문은 사람을 죽이기도 하고 살리기도 한답니다."
"뭘, 소문은 방귀 같은 것이라고 생각하고 있으면 죽지도 않고 살지도 않소. 그러나 다즈 아가씨에게는 죄송하다고 깊이 사과드립니다."
"저 다즈도 그런 건 예사예요."

다즈는 그 이상 염문에 대해 다시 언급하려 하지 않고 말했다.
"이번에는 에도로 출발하시면 당분간 고향에는 돌아오시지 않겠군요."
"예."
바보 같은 표정이다.
"사카모토님이 다음 귀국하실 때는 저는 여기 있지 않을는지도 모릅니다."
"흠?"
그냥 들어넘길 이야기가 아니다.
"시집가십니까?"
"아아뇨."
"어딜 가시나요?"
"교토에."
"무얼 하러요?"
"말할 수가 없어요."
"못할 말이면 처음부터 입 밖에 꺼내지 마십시오. 나는 뭐니뭐니 해도 한 자락을 깔아놓고 하는 말만큼 싫은 게 없어요."
"하지만."
다즈는 조금 슬픈 듯이 말했다.
"지금은 말할 수가 없어서 그래요. 다만 제가 야마노우치 집의 큰일로 간다는 것만을 알고 계셔요. 아마도 평생 동안 교토에 살게 될 것이고 어쩌면 생사도 어떻게 될는지 모르겠습니다."
"아니 그건!"
료마는 새삼스럽게 다즈의 표정에서 무엇인가를 더듬어내려고 하면서 말했다.
"걱정스럽게 들립니다만."
"호호."
다즈의 웃는 얼굴은 순진했다.

"다즈는 겉으로 천진하게 보여 득을 보지만 원래 예사롭지 않은 여자예요."

"어쩐지 그런 것 같아요."

"다즈는 태어나서 이제껏 몸이 홀가분하다고 생각한 적이 없어요. 언제나 어딘가가 좋지 않아서 목숨에 대한 애착심이 남보다 적어요. 어차피 짧은 일생이라면 목숨을 불태울 수 있는 일을 하고 싶습니다."

"하하, 사랑이군요."

"틀렸어요. 사랑 같은 것보다도 일이에요."

"일이라니요?"

놀랐다. 여자에게 일이 있을 턱이 없지 않은가.

"그것도 천하, 국가에 관한 일이라고 다즈는 생각하고 있지만……."

"여자인 당신이?"

"바보 취급을 해서는 안 돼요."

"모르겠는걸."

료마는 다즈를 다시 보게 되었다. 어쩐지 학문과 다도(茶道)만을 좋아하는 인형 같은 여성은 아닌 것 같았다.

"하지만 사카모토님, 다즈가 당신과의 소문 때문에 고향땅을 떠난다는 생각은 하지 마셔요."

"아!"

미처 생각을 못했었다. 다즈 아가씨가 교토로 가는 데는 그것도 한 가지 이유가 되겠기 때문이 아닌가.

료마는 후쿠오카 댁을 나왔다.

고치에서 보는 마지막 석양이, 소리를 지르고 싶을 만큼 빨갛게 나면서 본성 솔밭 너머로 벌어져 가고 있었다.

악당 야타로

도사 아키 군(安藝郡)에 이노쿠치(井口)라는 마을이 있다. 마을은 고치(高知)에서 해안을 따라 백 리 가까이 무로도(室戶) 곶 방향으로 들어간 아키 강 중간에 있어 경치가 좋은 곳이지만 사람들의 성품은 몹시 거칠었다.

이 마을에서는 걸핏하면 싸움박질이 일어난다.

특히 이웃 도이(土居) 마을과 물싸움이 벌어지면 촌장 자신이 점잖지도 못하게 농군을 거느리고 아키 강을 건너 와 야간 공격 또는 새벽 공격을 하여 매년 전쟁 같은 큰 싸움을 되풀이하고 있었다. 완력만이 아니었다.

이노쿠치 마을의 사내들은 담력도 있고 누구나가 남의 허를 찌르는 모략의 재간이 있었다. 더구나 이 마을 사람들의 지독한 욕설에

이르러서는

"이노쿠치 사람에게 욕을 먹으면 귀신도 도망친다."

할 정도로 온 도사 땅이 무서워하는 형편이었다.

이 마을에 사는 토박이 낭인 중에

야지로(彌次郞)

야타로(彌太郞)

의 이름을 가진, 소문이 나쁜 부자(父子)가 있었다.

양쪽 모두 지독스러운 성질로 평소에도 사사건건 남에게 욕을 퍼부을 뿐 아니라 일단 욕을 하기 시작하면 상대가 까무러쳐도 그치지 않는다는 소문이었다. 이 고약한 이노쿠치 마을에서도 이들 부자를 독충처럼 싫어하고 무서워했다니 그 무서운 성질은 상상할 수 있을 것이다.

료마는 고치를 떠날 때 형 곤페이에게 말했다.

"저는 아직 무로도 곳을 구경한 일이 없어요. 이번에는 그 경치를 구경하면서 바닷가를 따라 아와(阿波)로 나갈 작정입니다."

그러자 곤페이가 말했다.

"무로도로 가거든 도중 이노쿠치 마을에 들러 이와사키 야지로와 야타로 부자를 찾아보고 위로 좀 해 주어라."

이노쿠치 마을의 토박이 낭인 이와사키 집안과 료마의 집안은 먼 인척간이 되었던 모양이다. 료마는 얼굴을 본 적도 없었으나 소문은 듣고 있었다.

"그 부자는 무척 평이 좋지 않지요?"

"또 몰매를 맞아 거의 반죽음이 됐다는군. 게다가 군 감옥에 들어갔다는 말이 있어."

"아들 야타로가 말입니까?"

"아니야, 나이 값도 못한 아비 야지로 쪽이야."

듣고 보니 이노쿠치 마을 촌장 집에 잔치가 벌어져 마을의 유지들이 초대되었는데 야지로는 술을 마시고 또 마시면서 주정을 부렸던 것이다.

"토박이 낭인 야지로를 모르겠느냐?"

이게 이 노인의 입버릇이었다.

토박이 낭인이란 이 도사에만 있는 무사의 일종인데 향사가 그 자격을 팔고 낭인이 된 것이다. 말하자면 마을에 붙박이로 사는 낭인이니까 토박이 낭인이라고 불렸던 것이다.

오늘날 미쓰비시 왕국(三菱王國)을 쌓아올린 야타로의 집안은 대대로 토박이 낭인이었다.

자연히 어느 마을이나 이 토박이 낭인은 가난한 살림을 했고 그래서 가난 귀신이 칼을 차고 다니는 꼴이라고들 했었다.

야지로 노인은 새장을 만들어 간신히 살고 있었으나 자존심만은 강했다.

아마도 이 촌장네 잔치에서는 자리순서 때문에 화가 난 모양이었다. 취함에 따라 한자리에 앉은 사람들에게 간이 오그라들 듯한 욕설을 하기 시작했다.

모두들 처음에는 참고 견디었으나 거기는 바로 성미가 괄괄한 이노쿠치 마을이었다. 노인이 만취되기를 기다렸다가 머리에 겉옷을 씌워 놓고 이십여 명이 실컷 두들겨 팼다.

야지로 노인은 거의 다 죽은 꼴이 되어 마을의 씨름꾼 하치(八)라는 사나이에게 업혀 간신히 집에 돌아갔으나 물론 그대로 물러설 사나이가 아니다. 살무사라는 별명이 붙어 있는 인물이었다.

이튿날 엉금엉금 기다시피 촌장집 문 앞까지 가서 고개를 뱀처럼 발딱 쳐들고 소리쳤다.

"촌장 이놈아. 내가 왔어!"

"누군가 나와서 이 꼴을 봐라. 온 몸에 스무 군데나 시퍼런 멍이 들었어."

과연 말라서 쭈그러진 노란 살갗에 푸르둥둥하니 얻어맞은 자국이 있다.

"오미와!"

옆에는 마누라 미와(美輪)가 야지로의 지시를 받았는지 관을 안고 고개를 숙이고 있다. 온순한 여자인 만큼 금방이라도 울음이 터질 것 같은 얼굴이었다.

"거기서 우물쭈물하지 말고 관을 잘 닦아 둬. 이렇게 아프니 아무래도 내 창자가 터진 것 같다. 이제 한 시간만 있으면 난 죽는다. 촌장 놈에게 맞아 죽는 거야. 나무아미타불. 내가 죽거든 에도에 있는 야타로에게 파발을 놓아 불러다가 원수를 꼭 갚아다오. 토박이 낭인의 자식이라고는 하지만 무사는 무사야. 촌장을 비롯해서 온 마을의 사내놈을 모조리 죽여 버리라고 전하란 말이다."

"……."

촌장집 대문은 그래도 굳게 닫혀 있었다.

하찮은 술자리 싸움으로 에도에서 아들을 불러와 원수를 갚는다고 떠들어 대는 것은 지나친 허세라고 할까. 요는 돈을 달라는 것이겠지. 촌장 편에서는 배짱을 퉁기고 상대를 하지 않았다.

이윽고 군의 하급 관리가 파수꾼의 안내로 나타났다.

"이와사키 야지로, 거기 앉아라."

이런 경우 조사는 촌장집 마당을 빌려서 하는 것이 이 근처의 관례가 되어 있었다.

곧 그날 밤 술자리에 참례했던 마을 사람들이 모두 마당에 불려 왔으나, 벌써 촌장이 손을 쓴 모양이었다.

"이 자리를 때렸나?"

관리가 물었다.

"천만에요, 지난밤에도 빈속에 술을 먹어 야지로 영감도 굉장히 취하고 있었지요. 아마 꿈이라도 꾼 모양입니다."

모두 입을 모아 대답했다.

마을 의사도 불러 와 진찰을 했으나 이 역시 눈치를 채고 말했다.

"이 상처는 소주를 너무 마셨기 때문에 생긴 것이오."

그렇게 말했다. 관리는 냉큼 소리를 높여 꾸짖었다.

"야지로, 너 고얀 놈이로다. 촌장의 술대접을 받고 고맙다고는 하지 못할망정 협박조로 시비를 걸어 맞았다고 하니 잘못은 네게 있구나."

"당신, 돈푼이나 먹었소?"

이 한 마디가 화근이 되어 군 감옥에 갇혀 버렸다. 감옥에 들어가서도 욕설을 계속하였다.

"이놈들, 어디 두고 보자. 곧 에도에 있는 아들놈이 내려오면 온 동네를 불바다로 만들어 버릴 테다."

료마가 들은 바에 의하면 아들 이와사키 야타로는 그 아비의 갑절이나 지독한 사나이라고 했다.

이 야타로라는 사나이를 한 번 보고 싶었던 것이다.

료마는 고치를 떠나 그날 밤 늦게 아키 군 행정청이 있는 다노우라(田野浦)에 도착했다.

여인숙이 두 집밖에 없었으나 그 중 한 집은 지정 여관을 겸하고 있어서, 그 집 주인 리베에(利兵衛)라는 자가 행정청에 얼굴이 통하고 이를테면 소송대리인 같은 일을 하고 있다.

료마는 그 리베에를 방에 불러 물었다.

"감옥에 이노쿠치 마을에 사는 토박이 낭인 이와사키 야지로라는 노인이 갇혀 있는 모양인데 형편은 어떤가?"

료마가 묻자 '아, 살무사 말씀이군요' 하는 것이 근처까지 악평이 나 있는 모양이다.

그런데 놀라운 것은 아들 야타로까지 같은 옥에 갇혀 있다고 하지 않는가.

"그건 몰랐구먼. 야타로는 에도에 유학 갔다는데 벌써 돌아와 있나?"

"그럼요."

씹어 뱉듯이 말했다. 이 고장에서 이와사키 부자는 별로 호감을 받지 못하고 있다.

"그자는 보통이라면 12, 3일은 걸릴 도카이도를 8일 만에 달려 오사카에서 배편으로 아와에 닿았는데, 그 다음날 노비가 떨어져서 노숙과 걸식으로 글쎄, 에도에서부터 13일 만에 이제사 아키에 당도했다지 않습니까. 마치 아귀 나찰(羅刹) 같은 사람이지요."

"효심이 지극해서 그렇지 않나?"

"글쎄요, 몸이 튼튼해서 그렇겠지요."

"그렇지만 이상하구먼. 그만큼 효도 일념으로 달려온 아들이 어떻게 되어 감옥에 갇혔나?"

"나리, 효도도 경우에 따라서죠."

주인 이야기를 듣고 보니 아들 야타로는 고향으로 돌아오자마자 온 마을을 돌아다니면서 그날 밤의 사정을 조사하고, 군 행정청에 출두하여 부친의 억울함을 호소했다는 것이다.

하지만 행정청에서는 촌장의 콧김이 작용했기 때문에 상대를 하지 않았다.

또 상대할 도리가 없었던 것은 첫째 야타로의 고소장이 지나치게 혹독했다. 아버지를 감옥에서 풀어 주는 한편, 촌장 이하 마을 사람들을 감옥에 넣으라는 것이었다.
—야타로가 할 만한 소리다.
촌장은 크게 당황하여 더욱 관청에 뇌물을 후히 썼기 때문에 야타로의 입장은 나빠질 뿐이었다.
야타로는 지지 않았다. 행정청에서 동쪽으로 이십 리 가량 떨어진 니시노하마(西濱) 근처의 길가 돌에 글을 써서 붙였다.

　　물이 급히 흐르면 고기가 살지 못하고
　　정치가 가혹하면 사람이 붙지 않는다.

이런 글을 먹으로 써서 비방을 하고, 다시 며칠 뒤에는 군 행정청 문기둥을 하얗게 깎아버리고 이렇게 큼직하게 썼다.

　　관은 뇌물로 이루어지고
　　옥사는 감정으로 결정되누나.

돈과 감정으로 재판한다는 뜻인데, 행정관도 이것에는 질겁을 하고 곧 부하에게 글씨를 깎아버리도록 했다. 그러나 야타로는 그래도 굴하지 않았다. 한 번 달라붙으면 거머리같이 떨어지지 않는 기질이어서 이번에는 행정청 흰 벽에 또다시 먹으로 써 놓았다.

　　관이뇌물성(官以賄物成)
　　옥이애증결(獄以愛憎決)

그 후 이노쿠치 마을에 숨어 있다가 체포되어 투옥되었다고 한다.
"과연 살무사의 새끼로구나."

료마는 감탄했다. 아비 살무사는 술주정뱅이지만 새끼 살무사인 야타로는 학문에 열심인 사나이라고 한다.
"주인, 어차피 모든 것이 돈으로 되는 것이지. 만날 수 있도록 해주오."

료마는 형 곤페이에게서 받은 돈을 주인 리베에게 주었다.
이런 것을 공사금(公事金)이라고 해서 물론 대단한 돈은 아니었으나, 얼굴이 통하는 그를 통하여 옥사장에게 쥐어 주면 수감자에 대한 대우가 많이 달라진다.
"주인, 이건 적지만 당신에게 성의를 표하는 거요."
료마는 따로 돈을 주었다.
"이, 이렇게 많은 돈을."
돈은 만병통치라지만 주인이 머리를 다다미에 조아리고 다시 얼굴을 쳐들었을 때는 이미 옛날부터 큰 은고라도 입어 온 가신처럼 충성스러운 눈빛이 돼 있었다.
"그럼 안내하겠습니다."
군 행정청에 이르자 리베에는 료마를 느티나무 아래에서 기다리게 하고, 관청 안을 돌아다니며 팔방으로 공작을 했던 모양인지 다시 나타나 료마를 불러 들였을 때는 옥까지 이르는 길에 사람 그림자란 하나도 보이지 않았다. 이러한 관청에는 서기, 조사관, 열쇠지기, 매질하는 자, 옥지기 등 지옥의 나졸 같은 자들이 들어서 있는 법인데 도무지 그들의 모습들이 보이지 않는다.
옥에는 옥지기 모습도 없었다.
"리베에, 자네 대단한 솜씨로구먼."
"예?"
'인간들을 싹 없애 버렸어.'

료마는 감탄했다.

옥은 건물 하나에 감방 셋으로 나누어져 있었다. 북향인데 창문도 적었고 환기가 되지 않아서인지 건물 안에 들어서자 이상한 냄새가 났다.

"보십시오, 저 구석에 쪼그리고 있는 것이 야지로입니다."

"자고 있구나."

"불러 깨울까요."

리베에는 옥의 창살문에 손을 대었으나 료마는 말했다.

"놔 둬요. 나중에 자네가 사카모토 곤페이에게서 심부름꾼이 문안 왔었다고 전해 주게. 그것보다 아들 야타로는 어디 있나."

"예, 이쪽이지요."

서쪽 끝 감방으로 안내했다. 거기에 비로소 옥지기가 앉아 있는 걸 보았지만 리베에의 뇌물이 효과를 낸 모양으로 옥지기는 돌부처처럼 고개를 외로 꼬고 모른 척했다.

"저것이 야타로입니다. 괜찮으니까 말을 걸어 보십시오."

료마는 안을 기웃거렸다.

딴은 어둠 속에 사나이가 있다.

털썩 주저앉은 채 유별나게 짙은 눈썹 아래에 성깔 있게 보이는 큰 눈이 번뜩이고 있다. 보기에도 만만하지 않다.

"야타로인가."

료마는 말을 붙였다.

"……."

잠자코 있다. 무사라고 하기보다 도둑의 죄수 같은 험상스러움을 느끼는 것은 더부룩한 수염 탓만도 아닌 것 같다.

"나는 고치의 사카모토의 아들인데, 료마라고 해. 무슨 말이고 좀 하게."

"네가 사카모토 료마냐. 그런 허풍장이가 있다는 말은 들었지만 무슨 볼일이지?"

료마는 내심 화가 치밀었으나 얼굴만은 히죽히죽 웃으며 말했다.

"이노쿠치 마을에 이와사키 야타로라는 소문난 악당이 있다고 해서 일부러 이런 시골 감옥까지 구경을 왔지. 과연 배가 고프면 쥐새끼라도 찢어 먹을 것 같은 상판이구나."

"무슨 개수작이야."

야타로는 입이 걸다. 성 아랫거리에서 태어난 료마로서는 도저히 알아듣기 힘든 이노쿠치 마을의 야비한 말이다.

"나야 이렇게 감옥살이를 하지만 뜻이야 만 리를 달리고 있어."

"허허."

료마는 신기한 짐승을 보듯이 들여다보며 말했다.

"재미있는 허풍이로군. 만 리를 달리는 뜻이란 무언가. 좀 잘 가르쳐 주지 않겠나."

"조심해야지."

야타로는 입을 가렸다. 아차, 남에게 말해서는 안 된다는 뜻인 모양이다.

"흥, 어차피 대단한 것은 아닐 테지."

료마가 상대방의 마음을 끌 듯이 말하자, 예상대로 야타로는 지껄이고 싶은 얼굴이 되어 창살 옆까지 뭉그적거리며 왔다. 감옥살이를 하고 있으면 몹시 사람이 그리워지는 모양이다.

"야타로, 네 말 안 듣겠다."

"누가 말한다고 했나?"

"보아하니."

료마는 한구석에 눈길을 보냈다.

"같이 갇힌 사람이 있는 모양인데 어떤 사람인가?"

"저건 내 스승이야."

"허, 스승이라. 스승까지 감옥에 들어왔나?"

"굉장한 분이지."

야타로는 자랑스럽게 웃고 나서 말했다.

"저분은 원래 들어 있던 분인데 내가 감옥 안에서 제자가 되었지, 그렇지 다스케(太助)."

"예, 그렇습니다."

스승이 오히려 굽신거린다.

"무사이신가?"

"아냐, 스승은 나무꾼이야. 야나가세 마을(魚梁瀨村) 분이야. 나도 에도에서 천하에 이름난 학자들을 사방으로 찾아다녔으나 이 감옥 안에서 이분에게 배운 것이 훨씬 커."

야나가세 마을이라면 나하리(奈半利)강 상류에 있는 산골인데 료마도 이 이야기를 들은 적이 있다. 호탕한 도사 나무꾼들이 사는 산골이다.

"그런데 어째서 그 스승이 감옥에 들어와 있지?"

"나무를 남몰래 벌채해서 오사카의 장사꾼들에게 팔아 넘겼단 말이야."

"하하, 그거 큰 죄로구나."

지금이라면 산림법 위반이라는 것이다. 도사 번은 옛날부터 고래, 가다랭이 말린 것, 재목, 종이, 장뇌(樟腦) 등 주요 산물은 모두 번의 전매물이 되어 있으며 번 자체에서 이를 수집하여, 오사카의 니시나가보리(西長堀)의 도사 번저에서 팔게 되어 있다. 장사꾼들은 함부로 이 품목을 매매할 수 없고, 만일 한다면 도둑처럼 체포되는 것이다.

"도둑 선생에게 뭘 배웠다는 거야?"

"산술하고 장사 솜씨야."

그때까지 학문과 무예밖에 몰랐던 이와사키 야타로가 처음으로 장사를 배운 것은 이때였다. 장차 상업으로 크게 나서겠다고 생각한 것도 이때였다.

"세상에는 첫째도 돈, 둘째도 돈이야. 우리 아버지도 나도 약간의 뇌물이 없었기 때문에 촌장의 돈에 춤을 춘 관리들에게 잡힌 거야. 세상은 돈으로 움직이고 있어. 시문이나 칼로 움직이지 않아. 나는 장차 일본 안의 금은을 모조리 긁어모아 보겠어."

"재미있군."

료마는 손뼉을 치면서 통쾌하게 생각했다. 이런 무사를 본 것은 처음이었기 때문이다.

감옥에 있는 야타로는 그냥 몇 달 더 구류된 채 있었다.

이 이와사키와 료마의 재회는 두 사람의 활약 무대가 나가사키로 옮겨질 때까지 아직 몇 년이란 세월이 더 필요하지만, 야타로의 출옥 후의 일에 대해서 다소 언급해 두겠다.

어쨌든 다노우라의 감옥살이가 없었더라면 뒷날 이와사키는 미쓰비시 재벌을 일으킨 사나이는 되지 않았을 것이다.

야타로에게 산술을 가르친 야나가세 마을의 다스케는 그의 기억력이 좋은 데 감탄하며 말했다.

"아무튼 놀랐다. 난 이 산술을 배우는 데 4, 5년이 걸렸는데, 당신은 한 달에 배우셨소. 칼 두 자루를 찬 딱딱한 사람치고는 대단한 짓이오. 당신과 같은 분이 장사를 하신다면 대단할 거요."

"아니, 신세 많았소. 감옥에 들어오지 않았다면 이런 것을 배울 수가 없었지. 이번에 사면을 얻으면 무예고 책이고 다 버리고 장사꾼이 될 테요. 내가 일본 제일 가는 부자가 된다면, 묵직한 돈궤에 금돈을 꽉 차게 넣어 보내지."

"앗하하, 그것 참 고맙소. 그런 기분으로 해보십시오."

다스케는 물론 농담으로 알았다. 그러나 뒤에 나이 든 다스케가 야나가세 마을 산골에서 병을 앓아 몹시 쪼들리고 있을 때, 천하의 미쓰비시 총수가 그때의 야타로라는 것을 듣고 깜짝 놀라 마을 사람들에게 그때의 이야기를 했다. 그러자 사람들은 모두 이구동성으로 말했다.

"봐요, 다스케 노인. 그걸 그냥 들어 넘길 수 있소. 좀 얻으려 가면 어떻소?"

"무슨 소리야. 나를 거지로 만들 셈인가?"

다스케는 그런 말에는 상대조차 하지 않았다 한다.

하기는 다스케가 죽은 뒤에 이와사키 집안에서는 약속대로 그 아들에게 엄청난 돈을 보내어 당시의 은혜를 갚았다.

출옥 후 야타로는 '거촌 추방(居村追放)'이라는 벌로 마을에는 돌아가지 못하고, 고치 성 밖 가모니시 마을(鴨西村)에 오막살이집을 마련하여 마을 아이들을 상대로 읽기, 쓰기, 주산을 가르치면서 간신히 먹고 살았다. 그런데 이 가모니시 마을에서의 생활이 또다시 그에게 큰 행운을 가져다주었다.

이 마을에서 가까운 곳이 나가하마 마을(長濱村) 쓰루다(鶴田)라는 부락이었는데 그곳에 유배(流配) 온 사람이 있었다.

뒷날의 번 독재자 요시다 도요(吉田東洋)이다.

사상적으로 철두철미하게 도쿠가와를 신봉하는 막부론자로 집안에서 손꼽는 학자이며 비범한 정치가이기도 했다. 막부에 발탁되어 에도 중신이 되어 크게 수완을 떨쳤으나 너무 지나쳐서 실각했고, 지금은 칩거 생활을 보내고 있다.

야타로는 도요의 문하생으로 들어갔다. 도요는 그 후 사면되어 다시 번 행정권을 쥐었을 때, 이 나가하마 마을에서 제자로 기른 번사의 제자를 각각 중요한 위치에 앉혔다.

하기는 야타로는 토박이 낭인 출신이었기 때문에 당장 등용되지는 않았으나 후에 재무관이 되어 도사 번의 재정을 쥐게 되는 운이 트인 것은 이때부터였다고 해도 과언이 아니다.

이야기를 다시 되돌리자.

료마가 에도에 도착한 것은 이해 가을이다. 가지바시 번저에서 휴식을 취한 다음 오케 거리의 지바 도장으로 돌아갔다.

에도(江戶)의 저녁놀

오케 거리(桶町)의 지바(千葉) 도장에 돌아오자 스승인 데이키치(貞吉)도, 주타로(重太郎)도 눈물을 글썽이며 기뻐해 주었다.

'고향도 나쁘지는 않으나 인정은 역시 에도로구나.'

잠시 헤어져 있어 보니 그런 것을 깊이 느낄 수 있었다.

주타로는 료마가 없는 동안 몸집이 자그마한 아리따운 아내를 얻었다.

"오야스(八寸)라고 해. 여덟팔자에 한 치, 두 치하는 촌(寸)자를 쓰지. 사양 말고 꾸짖고 일이 있으면 시키게나."

기쁜 듯이 소개시키는 것이었다. 오야스는 문지방 너머 마루에서 손가락을 짚고 머리를 숙였으나 이윽고 고개를 들었다.

"야스예요. 앞으로 많이……."

눈매가 시원하고 균형 잡힌 턱이 영리하게 보이는 여성이었다. 료마가 좋아하는 형에 속한다.

'이거 안 되겠는걸. 내가 반할 만한 부인이야.'

내심 질렸으나 예의 둥실둥실 바람에 날려갈 것 같은 미소로 얼굴을 허물어뜨리면서 말했다.

"사카모토입니다. 제가 오히려 폐를 끼치겠습니다."

"좋아, 좋아."

주타로는 공연히 좋아했다. 오야스는 아사쿠사에 저택이 있는 막부의 천문 관리 아쿠다가와 요소지(芥川與惣次)의 딸이라고 했다. 가문의 격은 낮았으나 아쿠타가와 하면 세키류(關流)의 수학으로 이름이 난 학자이다.

"야스, 술!"

주타로는 좀 위엄을 보이면서 명령을 내렸으나, 아직 남편 티가 자리잡히지 않아 어딘지 어색했다.

"네, 지금 곧."

야스가 물러가자 주타로는 얼굴을 가까이 갖다 대고 은근하게 말했다.

"료마 형, 마누라란 좋은 거야."

"그럴 테지."

료마는 무책임하게 맞장구를 쳤다.

"그러나 료마 형은 모를 거야."

"무엇을?"

"마누라가 좋다는 것을 말이야."

"그야 무리지."

료마는 건성으로 또 말했다.

"그거야 혼자 사는 놈이니까."

"비관할 건 없어."
"별로 비관은 하지 않고 있지만……."
아무래도 밀리는 격이 되었다.
"얻으면 어때?"
"난 자네처럼 장남이 아니야. 우리 같은 차남들이 마누라를 얻는 건 자립할 길이 있고 나서야."
"자네 솜씨라면 앞으로 1, 2년에 도장 주인이 될 수 있어."
"스승격인 자네가 그런 말을 해 주니 좋긴 하지만, 어쩌면 난 그런 편한 일생을 보낼 수 없을 거야."
"료마 형의 일생은 어떤 일생인데?"
"잘 모르겠어."
료마는 잠시 먼 하늘을 바라보고 말했다.
"마누라를 얻을 만한 사내가 못될 거야."
"역시 료마 형에겐 무슨 일을 저지를지 모를 것 같은 점이 있긴 하지만, 그래도 이해를 하고 집을 지켜 줄 만한 여자가 아주 없진 않지."
"잠깐."
사나코의 이름이 나올 것 같았기 때문이었다.
료마의 생각으로는, 남자에게는 농부형과 포수형이 있다.
들 한구석에 살며 곡식을 심고 아내를 사랑하며 자식을 키우는 데서 기쁨을 찾아내는 형과, 산야를 헤치고 산에서 산으로 짐승을 쫓으며 마침내 가정과 고향을 잊는 형의 두 가지이다.
젊은 축에선 주타로도 일류 검객이지만 반면 검으로 개척한 가문에 아내를 맞고 가정의 따뜻함을 즐기는 농부형이다.
료마는 그렇지가 않다.
"마누라 이야기는 그만두세. 나는 괴상한 인간인지 모르지만, 날이면 날마다 잠자리 속에서 소년 시절부터 피를 끓이고 있었지."
"여자를 그리워하면서 말인가?"
"그것과는 좀 달라."
"어떤 것인데?"
"눈앞에 엄청나게 큰 검은 멧돼지가 있지."
"뭐?"
"언제나 눈에 떠올라. 검은 멧돼지란 놈이 나에게서 달아나고 있어. 달아나면서 쫓아오라고 놀리는 거야. 쫓아가려 해도 발이 떨어지질 않아 움직일 수가 있어야지. 검은 멧돼지란 놈은 비웃으면서 료마 바보 놈아, 하고 놀려대고 있지."
"마음속에 그런 검은 멧돼지가 있다는 건가?"
주타로가 어처구니없어 하자 료마는 고개를 끄덕이며 말했다.
"야망이란 거야."
"오라, 야망을 말하고 있었군. 그런 거라면 나에게도 있다. 검을 닦는 길이 그것 아닌가."
"검만으로는 부족해."
"음?"
주타로는 화난 듯한 얼굴을 지었다. 검의 명문에 태어나 검을 모욕받는 것은 견디기 어렵다.
"검도 젊은이의 야망을 걸 만하다. 료마 형은 아직 모를 테지만, 자네 부재중에 막부가 강무소(講武所)라는 엄청나게 큰 관청을 만들었어. 이에야스공이 에도에 막부를 세운 후 처음 있는 성사지. 삼백 년 동안 학예를 중시하고 무를 자칫 가볍게 보아 온 이 나라 정치가 이제 시정되었지. 학문에 유시마(湯島)의 쇼헤이코(昌平黌)가 있듯이 무예에는 강무소가 있게 됐지. 실은 나도 머지않아 강무소 사범으로 나가게 되었네."

"그거 반갑군."
"고마워. 그런데 료마 형, 검을 닦으면 그런 길도 있지 않아!"
"그게 조금 다르거든. 내 멧돼지는."
"어떻게 다른가?"
"나도 몰라. 이렇게 눈을 감으면 그 검은 멧돼지가 나타나. 그러나 그 검은 멧돼지가 무엇인지 나로선 정체를 아직 모르겠어. 알 때까지 우선 열심히 연마할 셈이야."
"알 때까지 마누라를 얻지 않겠다는 건가."
"이를테면 그런 뜻이 되겠지."
귀찮아서 그렇게 대답했지만, 아무리 말해도 남자로서의 품격이 다른 주타로로서는 잘 모를 것이고 게다가 사실은 료마 자신도 잘 모른다.
이윽고 오야스가 술상을 들여왔다.
그 뒤를 따라 역시 상을 들고 들어온 것은 사나코였다.
"여어."
료마는 앉음새를 고쳤다.
'더 예뻐졌는데.'
사나코는 상을 내려놓자 뒤로 물러앉아 다소곳이 절을 했다.
"안녕히 다녀오셨어요. 무사하신 모습을 뵈오니 반갑습니다."

"오랜만입니다."
료마는 사나코에게 답례를 하고 말했다.
"벌써 출가하신 줄 알았습니다만 아직 아닙니까?"
"……."
"너무 고르다 보면 팔리지 않게 됩니다. 그러고 보니 여전히 아름답지만 좀 노티가 나시는걸."

"어머, 싫어요!"
"진심으로 말하는 겁니다. 아니면 누군가 마음에 드시는 분이라도 계십니까?"
능청을 떤다. 사나코는 슬펐으나 눈만은 차분하게 빛내며 성난 표정을 짓고 있다.
'정말 이 사람은 아무것도 모르는 걸까?'
"좋아하는 남자 분은 없지만 싫은 사람이라면 사나코에게도 있어요."
"허, 누굽니까?"
"사카모토님."
"이거 한 대 맞았군요."
"사나코, 지나치다."
사람 좋은 주타로가 조마조마한 듯 화제를 바꾸었다.
"어때 료마 형, 오랜만의 에도는?"
"글쎄."
료마는 쭉 들이켜고 잔을 주타로에게 돌려주며 말했다.
"떠나보고 나서 에도가 좋다는 걸 알았어. 고향도 좋지만 인심이 영 껄껄해."
'본인도 껄껄한 주제에.'
사나코는 한구석에서 흘겨보고 있다.
"그렇게 에도가 좋은가?"
주타로는 에도나기라 칭찬받으면 싫지 않다.
"역시 이백 수십 년의 전통이라고나 할까. 인정이라는 것이 격이 시골과는 다르지. 사람과 사람의 접촉에 모두 비단결 같은 인정이 고루 퍼져 있지. 도쿠가와 가문 대대의 공적은 바로 이런 도시를 만들었다는 거겠지."

"그러나 도사의 고치도 좋았을 테지."

"거긴 촌이야, 촌."

료마는 연거푸 마시고 벌써 이 홉들이 술병을 둘이나 비우고 있다.

"술만 퍼 마시고 젊은이가 셋만 모이면 천하대사를 논하고 있어. 그것도 눈에 쌍심지를 돋우고 자기가 일어나지 않으면 일본이 멸망한다고 진심으로 믿고 있는 거지. 일본을 넘보는 양노에겐 도사 대장장이가 벼린 칼 맛을 보여 줘야 한다고 생각하고 있어."

"딴은 굉장한 녀석들이 있군 그래."

"그러나 무섭지."

"뭐가 말인가?"

"촌이 말이야. 아마 조슈(長州)나 사쓰마(薩摩)의 젊은이도 마찬가지겠지. 껄껄하지만 반골적 기풍이 있어. 그런데 오랜만에 에도에 돌아와 보니 거리에서 보는 사람들 모두 국난(國難)이 언제 있었느냐는 듯 한가로운 얼굴이군. 에도나기가 촌놈에게 보기 좋게 당할 때가 올지도 몰라."

"설마."

주타로는 일소(一笑)에 붙였다.

그 이튿날 료마는 저녁부터 쓰키지 저택에 볼일이 있어 갔다.

밤이 이슥하여 오케 거리로 돌아오는 도중 후미진 옆길에서 느닷없이 칼을 빼들고 덤벼드는 그림자가 있었다.

순간적으로 몸을 날리며 생각했다.

'노상강도냐? 에도도 험악해졌군.'

기마용 초롱을 버리고 불을 밟아 껐다.

캄캄해졌다.

료마는 토담께로 물러나 살며시 칼을 뽑았다. 칼집 소리를 내지 않는 것은 어둠 속 격투의 마음가짐이다.

그러나 난처하게도 료마는 달을 정면으로 받는 위치에 서게 되었다.

상대는—.

달을 등에 지고 있다. 새까만 그림자가 둘 료마의 좌우 세 칸쯤 되는 곳에 서서 움직이는 것 같지도 않게 발을 밀어 거리를 좁히고 있다. 예사 솜씨가 아니다.

'익숙한걸.'

오사카 고라이 다리(高麗橋)에서 오카다 이조(岡田以藏)의 습격을 받았을 때의 일이 생각났다. 그때는 상대편 이조 쪽이 겁을 내고 있었으나, 오늘 밤의 두 사람은 몇 번이나 남의 피를 본 자만이 갖는 침착성이 보였다.

오른편의 키 큰 사나이는 팔상(八相).

왼쪽의 작은 자는 특징 있는 하단(下段)이다.

"이봐, 강도가 목적인가?"

료마는 낮은 목소리로 말하고 곧 위치를 오른쪽으로 바꾸었다. 소리를 목표로 적이 쳐들어오는 것을 막기 위해서다.

"……."

상대는 대답이 없다.

흑선 이래 세상이 소란해짐에 따라 에도에서는 검술 도장이 번창하고 그 수가 대략 이백, 유파는 유명무명을 뒤섞여 오십 개 유파가 넘는다는데, 이에 따라 난폭한 청년들의 솜씨를 가늠하는 노상강도가 유행하기 시작했다.

"그래도 무사를 노리다니 기특하군."

나중의 승거를 남기지 않기 위해서 도사 사투리는 감추고 있었다.

료마는 위치를 바꾸고 말했다.

"한데, 둘이 같이 달려들다니, 썩 좋진 않은데."

"……."

"내일 밤부터는 혼자 나다니는 게 좋을 거야. 그런데, 두 양반."

다시 바로 위치를 바꾸고 말을 이었다.

"오늘 밤 내 손에 목이 달아나면 별 문제지만" 하면서도 연방 발끝으로 땅을 더듬으며 새 발터를 찾아 옮겨 가, 마침내 하단 자세의 작은 사나이의 왼편으로 나섰다.

료마는 이미 오사카에서 한 번, 에도에서 한 번의 진검 대결을 경험하고 있기 때문에 익숙해 있다.

왼편으로 칼을 높이 들어 올리고 발끝을 세워 키를 크게 만들어 보였다.

상대방에게는 그것이 거대한 박쥐라도 보는 듯한 착각을 주었으리라.

성큼 칼끝을 들었다.

이것이 잘못이었다. 오른편 손목이 달빛에 비쳐 허점을 드러냈다.

순간 료마의 칼날이 번개처럼 떨어졌다.

"으악!"

작은 사나이가 펄쩍 뛰었다. 찰나, 사람 아닌 물건짝이기나 한 것처럼 캄캄한 땅 위에 몸뚱이를 넘어뜨렸다.

그 몸에서 오른팔만이 칼을 거머쥔 채 튀어 올랐다. 이윽고 그것도 땅에 떨어졌다.

피 냄새가 사방에 번졌다.

료마는 다시 큰 사나이에게로 위치를 바꾸었다. 큰 사나이는 뒤로 물러서며 그렇게 말했다.

"료마, 숙달했구나."

료마는 놀라며 물었다.
"너는 누구냐?"
"잊었나? 다시 보자."
그는 발소리를 내며 물러나 이윽고 어둠 속으로 사라졌다. 팔이 잘린 사나이도 그를 뒤쫓듯이 달아났다.
료마는 멍하니 서 있었다.

그러고 나서 얼마 후 지바 도장의 료마에게 진객(珍客)이 찾아왔다.
도둑 도베였다.
문지기 방이 비어 있어 거기서 기다리게 하고, 해질 무렵 일과가 끝나고 나서 만났다.
"오랜만이로구나!"
마루에 올라서니 도베는 화덕에 장작을 지피고 있었다.
"추워졌습니다."
"무슨 일인가?"
"볼일이라고 할 것도 아닌데요. 한 가지는 서방님 얼굴을 보는 것이고 또 하나는 서방님께 부탁할 일이 있어서요."
"거절이야. 네 부탁이란 신통한 게 없어. 묘한 여자를 갖다 대기나 하고……."
"사에 말씀인가요? 참 그렇군요."
도베는 생각난 듯이 말했다.
"그 여자 죽었어요."
"뭐?"
료마는 얼른 코 옆을 긁었다.
"아니 그게 무슨 소리지? 앓았었나?"

"예, 그놈의 콜레라라던가 하는 거로 작년 여름 서방님이 계시지 않을 때 어처구니없이 죽었어요. 저는 마을을 떠나 있어서 몰랐는데, 돌아와서 집주인에게 물으니 그렇다는 거예요. 그 무렵 찾아갈 사람이 없는 시체들을 장작더미처럼 쌓아올려 한꺼번에 태웠다니까, 전혀 찾는 이도 없어 뼈가 어디 있는지도 모르지요. 불쌍하게 됐습니다."
"그래?"
료마는 안됐다는 표정을 지었다.
"그래 후카가와 만넨 거리(萬年町)의 게이넨사(惠然寺) 스님에게 위패를 맡기고 공양해 달라고 부탁했지요."
"그것 참 좋은 일을 했구나. 끝까지 돌보아 준 셈이니까."
"나도 단 한 가지 좋은 일을 했으니까 죽으면 극락까지는 못가더라도 지옥에서는 좀 얼굴을 들 수 있겠지요."
"아니 너도 슬슬 세상이 무서워졌구나."
"정말예요."
도베는 머리를 긁으면서 말했다.
"요즘 어쩐지 지금 하고 있는 짓이 싫어졌어요."
"도둑질이 말인가?"
"그렇지요. 대개 소매치기나 도둑이란 정신을 쏟고 있을 땐 어떤 일이 있어도 걸리지 않는데 일단 이런 심사가 들면 틀림없이 실패를 한단 말이죠. 이젠 오래 살 것 같지도 않습니다."
"너도 제사 지내 줄 사람도 없는 처량한 귀신이 되겠구나."
료마는 히죽히죽 웃고 있다.
"좋아. 네가 잡혀 죽으면 생전의 정분으로 내가 잘 아는 스님에게 부탁해서 향이라도 피워 주지."
"서방님, 너무 하시는군요. 저는 그런 걸 부탁하러 오지 않았어요."
"그럴 테지. 어쩐지 너무 일찍 부탁한다 싶더라니."
"부탁하고 싶은 것은 살아 있는 이 몸이죠. 이 벌이에서 깨끗이 발을 뽑을 생각이니 이번에 아주 시원스럽게 부하로 삼아 주십시오."
"거절하겠어. 옛날 미나모토 요시쓰네(源義盛)는 도둑 중에서도 상도둑 이세 요시모리(伊勢義盛)를 부하로 삼았다지만, 난 그런 취미 없어."

그러나 거절한다고 얌전히 물러설 도베가 아니었다.
"그야 뭐 녹을 달라는 건 아닙니다. 서방님이 훌륭하게 될 때까지 거저 봉사하겠다는 겁니다. 어때요?"
"멋대로 하렴."
료마는 귀찮아졌다.
"고맙습니다. 틀림없이 도움이 될 거예요. 서방님도 정신 차리시고 도베게 녹을 먹일 수 있는 신분이 빨리 돼 주십시오."
"그런데 이야기는 좀 다르지만, 지난 밤 쓰키지에서 돌아오다가 묘한 놈을 만났다."
"예, 어떤?"
"노상강도, 두 놈이다."
료마는 짤막하게 설명을 했다.
"어두워서 얼굴은 보이지 않았지만 나중에 목소리로 생각해 보니 아무래도 그것이 시노부 사마노스케 같았어. 아냐, 틀림없다. 그 녀석이 에도에 돌아와 있나?"
"글쎄요."
아이즈에서 도장을 열고 있다는 소식까지는 알고 있었으나 도베도 그 뒤는 모른다.

"일종의 미치광이야. 내게 아직도 원한이 있는 모양이지."

"알았습니다. 이런 일은 제 전문이죠. 찾아내겠습니다."

2, 3일 지나 도베가 나타났다.

"역시 에도에 돌아와 있어요."

"어디 있나?"

"원래의 혼조(本所) 종각 아래입니다. 집을 다시 개축하고 몰라볼 만큼 훌륭한 도장이 돼 있더군요. 문무 교수(文武教授) 겐메이 관(玄明舘)이란 이름입니다."

"문무 교수?"

"예."

"무예는 그렇다 하더라도 학문이란 놀랍군."

"요즘 유행이죠. 제자를 마구 받아들이고 식객을 두어 뭔가 일이 벌어지기를 기다리는 바로 그런 패들이죠. 문무 교수하면 제법 그럴 듯하지만 사실은 빛 좋은 개살구격인 양이 낭인들의 소굴입니다. 혼조나 후카가와 근처에는 그런 도장이 많습니다."

딴은 료마가 오랜만에 에도에 돌아와 보니 그러한 패들의 횡행이 눈에 띄게 두드러져 있었다. 만일 막부가 양이를 단행하면 맨 먼저 달려가 싸움터에서 한 이름 떨치려는 녀석들이다. 전국시대의 노부시(野武士 : 산야에 숨어서 강도짓을 하던 무장 농민 집단)들과 다를 바가 없다.

'사마노스케조차 양이파가 되는 세상이로구나.'

어중이떠중이 모두 그렇다.

개국론이냐, 양이론이냐 하는 말은 날로 시끄러워지고 있다.

료마의 동료로서는 다케치 한페이타가 그 급선봉(急先鋒)이었다.

그런데 막부의 외교 방침은 양이가 아니다. 공이(恐夷)라고나 할 만한 태도로 열강의 무력에 겁을 집어먹고 저자세 외교를 계속하고 있었다. 이를테면 마지못한 개국주의라고 하는 편이 옳겠다.
　교토의 조정은 그렇지가 않았다.
　고오메이 천황(孝明天皇)은 병적이라 할 만큼 극단적인 외국 혐오자였다. 물론 양이주의로서 이로 인해 각처의 양이론자는 교토로 몰려들며 막부와 대항하는 세력이 생겨나고 있었다. 그것이 근왕 양이론이 되고 양이 도막론(攘夷倒幕論)이 되어 가는 것이었다.
　료마는 이 무렵 시대사조인 양이론에 중독된 정도의, 아직 정치적으로는 무자각한 청년에 지나지 않았다.
　'사마노스케가 양이주의자라면 가나가와에 가서 외국인이라도 베면 좋을 텐데, 내게 비겁한 기습을 해 오다니 도무지 알 수 없는 녀석이다.'
　료마는 그렇게 생각했다.
　료마 쪽에서야 벌써 잊고 있는 일이지만, 시노부 사마노스케로서는 연전의 료마에게 혼난 일이 상당한 원한으로 남았을 것이 틀림없다.
　"내게 원한이라니 어쩔 속셈일까."
　"숱한 인간 중에는 그런 성미의 사나이도 있죠. 여우나 너구리 근성이라고나 할까요. 한 번 원한을 품으면 평생 잊지 않는 놈이죠."
　도베는 제법 아는 체하였다.
　"저는 말입니다. 보잘것없는 도둑이지만 아무래도 좋아하는 것과 미워하는 것의 차별이 심한 편이고, 생각하면 집념이 깊죠. 사마노스케의 기분도 모르는 바 아닙니다."
　"허어, 너도 여우나 너구리 근성이냐."
　료마는 놀라서 고개를 갸웃거렸다. 도베는 얼굴을 쓱 문지르고 웃었다.

"이러지 마십쇼."

"딴은, 알 것 같기도 하군."

이 사나이가 료마에게 쏟는 한결같은 정성은 실로 이상할 정도였으나, 이것이 경우에 따라 원한으로나 변한다면 얼마나 집념이 강할 것인지 짐작할 만하다.

"서방님처럼 원래가 담백하게 생기신 분은 모르실 겁니다."

"뭐 별로 담백하지도 않아. 나는 이래봬도 깊이 여러 가지 생각을 하고 있어."

"그야 생각이 깊겠지만, 애증(愛憎)에 있어선 그야말로……."

"글쎄, 애증이라면 어떨는지. 아냐, 어쩌면 겉으로 보기와는 달리 더 집념이 강한지도 모른다."

"글쎄요, 서방님 같은……."

도베는 싱글싱글 웃으며 무언가 말하려다 그만두었다.

"무어야? 뭐가 의미심장하게……."

"아니 뭐. 그러니까 서방님은 조심하셔야 합니다. 무심코 한 노릇이 남의 원한을 사고 있는 일이 많을지도 모르죠. 시노부가 좋은 예입니다. 그놈은 평생 서방님을 노릴는지도 모릅니다."

"도베, 설교로군."

료마는 농으로 받고 말했다.

"남자란 남의 원한에 일일이 신경을 쓰고 있으면 큰일을 할 수가 없어."

"그야 그렇지요. 하지만 사람 중에는 여러 가지 놈들이 있다는 걸 알아 두는 것도 나쁘지 않지요."

"너무 알아서 탈이야, 시노부 덕분에. 아마 언젠가 또 생각난 듯이 그 사나이는 습격해 오겠지."

"그것이 그 사나이의 살아가는 보람 같은 것이죠. 어쩌면 그 녀석, 서방님을 목표로 검술을 닦고 있는지도 모릅니다."
"딱 질색이군."
료마는 쓴웃음을 지었다.
"싫어도 저쪽의 생각이니까 할 수 없지요. 온갖 놈들이 온갖 인정을 쳐들고 몰려들어 북적거리고 있으니까 에도도 이렇게 재미가 있는 거지요."
이 안세이 3년도 저물었다.
섣달그믐 가까이 때마침 번저에 다니러 간 료마에게 고향의 곤페이 형에게서 급파발이 당도했다.
료마는 불길한 예감이 들었다.

편지를 펼치니 형 곤페이의 특색 있는 달필로 놀라운 사실이 적혀 있었다.
죽었다.
아버지 핫페이가 말이다.
"……"
료마는 눈을 부릅뜨고 허공을 바라보았다. 편지에, 아버지는 지난 12월 4일 갑자기 쓰러져서 이어 숨을 거두었다고 한다. 54세였다.
료마는 다시 편지에 눈을 떨어뜨렸다. 거기 핫페이의 임종 모습이 간결하게 적혀져 있었다.
거기에는 운명 직전까지 혼수상태에 있던 핫페이가 별안간 눈을 떴다는 것이다.
─료마.
아버지는 료마를 불렀다고 한다.
그리고 이어서
─료마, 료마.

그렇게 부르더니 목소리가 멎자 숨이 끊어졌다는 것이다. 유언이라고 한다면 단지 그것뿐이었다.

핫페이로서는 막내아들 료마의 앞날이 어지간히 염려가 되었던 모양이다.

핫페이, 이름은 나오타루(直足).

원래 시오에 마을의 향사 야마모토 집안에서 양자로 들어온 사람으로 료마의 죽은 어머니 유키코와의 사이에 2남 3녀를 두었다.

골격이 남달리 늠름하여, 곤페이, 오토메, 료마의 몸집이 큰 것은 핫페이의 혈통이라고 해도 좋았다. 젊어서부터 궁술, 창술, 모두 뛰어나 각각 면허를 얻었고, 글씨도 잘 썼으며 와카(和歌)에도 뛰어나 있었다. 그리고 성격이 부드러워 료마에 대해서도 큰 소리로 꾸짖은 적이 없다.

언제나 주위에 봄바람이 이는 듯한 아버지였다.

료마가 열아홉 살 때 에도로 떠난 다음에도 때때로 맏아들인 곤페이에게 말하곤 했다.

"그 녀석 울지 않을까."

진심으로 걱정을 했다.

또—.

"그 오줌싸개가 무사히 큰 것만 해도 대단한 수확이야. 그러나 어른이 된 다음에 그 방자한 놈이 사람 틈에 끼어 세상을 살아갈는지 그게 걱정이다, 곤페이."

그런 말도 했다.

아마 임종에 료마의 이름을 세 번이나 부른 것은

"정신 차려서 살아 가거라, 료마."

그렇게 일러 주고 싶었던 것이 아닐까.

"다케치 형."

료마는 미소지었다.

"사카모토 군, 아버님 부음인가."
눈치 빠른 다케치는 료마가 들고 있는 편지가 무엇인지 벌써 짐작하고 있었다.
"네."
료마가 끄덕이자 다케치는 예의바르게 두 손을 모아 말했다.
"그것은 정말 불행한 일이오."
"네에."
료마는 억지웃음을 짓고 있었다.
"하늘의 이치야."
"뭐라고? 아버님의 서거가 하늘의 이치란 말인가?"
"당연하잖은가? 내가 죽고 아버님이 남으셨다면 일이 거꾸로 되어 슬픔을 지워 드리게 되는 것이지만, 다행히 차례대로 되었으니 할 수 없는 일이지."
"그렇지만."
다케치는 성실한 사나이이므로 눈에 눈물을 보이며 료마의 태도에 분명한 노기를 나타내었다.
"자식으로서 견딜 수 없는 일일 텐데."
"당연한 일이지."
료마는 히죽히죽 웃고 있다. 이 묘한 사나이는 이런 얼굴을 짓는 것밖에는 달리 지금의 슬픔을 견디어 낼 방법을 몰랐던 것이다.
"료마, 아버님의 부음을 보고 웃다니 조심성 없구나."
"미안하네. 난 이런 사내니까, 눈에 거슬린다면 내가 없어지지."
칼을 들고 나가 버렸다.
'뭐 저런 놈이 있나. 저러니 사카모토 핫페이님도 눈을 감지 못하

고 돌아가셨겠지.'

다케치는 그런 생각을 했다.

그 후 삼일 동안 료마의 모습이 번저에도, 지바 도장에도 보이지 않았다.

"문을 닫고 복상해야 할 텐데 료마는 어딜 싸돌아다니고 있을까?"

다케치는 자기 주변에 모이는 번저 안의 젊은이들에게 푸념하며 후두둑 눈물을 떨어뜨렸다.

다케치는 료마가 무척 좋았다. 좋아하는 만큼 료마가 때때로 보이는 정체 모를 불손한 태도가 불만스러웠다. 특히 지금과 같은 경우, 다케치와 같은 유고 사상에 굳어진 눈으로 본다면 료마의 태도는 인류의 일대 불상사라고도 할 수 있는 것이다. 료마가 좋은 만큼 가슴이 답답하여 눈물이 흐르는 것이었다.

그런데 료마의 모습이 사라진 다음 날 번저 문지기들이 서로 수군댔다.

"밤새 정원 동산에서 이상한 소리가 들렸다. 들었나?"

그것이 그 다음 날 밤에도 들렸다. 짐승이 울부짖는 소리 같다고들 했다.

포졸 한 명이 조심조심 가까이 가 보니 솔밭 속에 웬 사나이가 마른 풀 속에 뒹굴고 있었다.

'누굴까?'

그렇게 생각할 틈도 없이 사나이는 마치 사나운 파도 같은 목소리로 울기 시작했다.

포졸이 등불을 가까이 가져가자 사나이는 벌떡 몸을 일으키며 무서운 기세로 소리 질렀다.

"가까이 오지 마라!"

으악! 소스라치게 놀란 포졸은 동산에서 굴러 떨어진 다음 엎어지며 넘어지며 외쳤다.

"수상한 놈이다!"

그 포졸은 소리높이 지르며 초소에 급보하여 동료들과 함께 동산 근처를 샅샅이 뒤졌으나 아무도 없었다.

그것이 아무래도 료마인 것 같다는 소문이 다케치의 귀에 들어온 것은 며칠이 지나서였다.

'묘한 놈이로구나.'

다케치는 모든 것을 알 수 있었다.

지은이
시바 료타로(司馬遼太郎)

그린이
전성보(全聖輔)

옮긴이
박재희 창춘사도대학일문학전공 김문운 니혼대학일문학전공
김영수 와세다대학일문학전공 문호 게이오대학일문학전공
유정 조지대학일문학전공 추영현 서울대학교사회학전공
허문순 경남대학불교학전공 김인영 숙명여대미술학전공

료마가 간다 1
지은이 시바 료타로/책임편집 박재희 추영현 김인영
1판 1쇄/1979. 12. 1
2판 1쇄/2005. 8. 8
3판 1쇄/2011. 12. 1
3판 10쇄/2025. 3. 1
발행인 고윤주/발행처 동서문화사
창업 1956. 12. 12. 등록 16-3799
서울 중구 마른내로 144(쌍림동)
☎ 546-0331~2 (FAX) 545-0331
www.dongsuhbook.com

*
이 책은 저작권법(5015호) 부칙 제4조 회복저작물 이용권에 의해 중판발행합니다.
이 책의 한국어 大몽상표등록권 문장권 의장권 편집권은 저작권법에 의해 보호받으므로
무단전재 무단복제 무단표절 할 수 없습니다.
이 책의 법적문제는「하재홍법률사무소 jhha@naralaw.net」에서 전담합니다.

*
사업자등록번호 211-87-75330
ISBN 978-89-497-0715-0 04830
ISBN 978-89-497-0714-3 (전8권)